JN120413

月の白さを知りてまどろむ
2
古宮九時
イラスト 新井テル子

「シシュ、私の客になって」

敷布の上で膝を抱えている少女は、
恨みがましい潤んだ目で
青年を見上げた。
小さな唇が動いて彼の名を呼ぶ。

サァリは円を描くように身を翻した。
形のよい指先が
客たちの視線を誘って上げられる。
彼女は腕を追って胸を反らせた。
夜空に浮かぶ月に目を細める。
美しい夜だ。

「神供の男よ、
約束通り迎えに来たぞ」

シシュが抜刀するより先に、
銀髪の少女の透けた指が彼の顎にかかった。

目次

第三譚 003
1. 釣果 004
2. 侵食 038
3. 交代 075
4. 誠実 117
5. 巫舞 132
6. 結 171

第四譚 181
1. 夜 182
2. 傷跡 195
3. 未練 227
4. 対峙 245
5. 泡沫 275
6. 感傷 291
7. 晴天 306
8. 羨望 328
9. 絶氷 350
10. 結 385

あとがき 390
章外：祝福 392

月の白さを知りてまどろむ ②

つきのしろさをしりてまどろむ

古宮九時
イラスト 新井テル子

第二譚

月の白さを
知りて
まどろむ

1. 釣果

今は昔、古き国の治める世において、地下に眠る巨大な蒼い蛇が目を覚ました。

その大蛇は地面全てを一巻きできるほどの巨体を持っており、地上へ這い出ると天に燃え盛る太陽を食らおうとした。

人々はあわてふためき、蛇を止めようとしたが敵わず、しまいに古き国の王は神に助けを求めた。

そうして現れた一人の神は、蛇の体を千々に斬り分けると対価を求めたという。

神が欲した対価は、舌を愉しませる酒と、心を躍らせる音楽、そして彼女を温める人肌の三つだ。

王は彼女のために一つの街を作り捧げ、人の世には再び安寧が訪れた。


神話の享楽街、アイリーデ。

神に捧げられたこの街は、その誕生から千年以上もの間、美酒と芸楽と聖娼の街として、当時の面影のまま栄えてきた。

そして神話の時代よりこの街に座してきたのは――美しい女の姿をした神だ。

古き約に基づいて己の床に客を迎え、次代の神を産み落としていく女たち。

天の理の一つであるこの月の神は、母から娘へ代替わりしながらも神という存在を薄めることはない。彼女たちはそうして人と共に生きることを選び続けてきた。

連綿と続くその選択が、何を呼びこむのか未だ知らぬまま。

今の神である少女もまた、己が選ぶであろう客を待って……まどろんでいる。

※

新月の夜、開けられた蔵の中からは、年月そのものを凝縮したような空気が流れ出してきていた。嵌めこみの天窓しかない内部は暗く、夜に慣れた目にもすぐには何があるのか分からない。

小さな提燈を手に、蔵の主である少女は目をすがめて中の様子を窺う。

月光を思わせる銀髪は黒いヴェールの下に隠されており、青い瞳も清冽な美貌も見えない。この屋敷の当主である彼女がそうして顔を隠しているのは、彼女が「神話正統の妓館の主」と「王都の貴族の当主」という二面性を持っているからだ。

巫名としてはサァリーディ、親しい人間からはサァリと呼ばれている彼女は、年に一度の蔵開けに立ち会うため、少し前から生家であるウェリローシア家へと帰ってきている。

前回の蔵開けまでは、ただ蔵の中のものが整理されるのを見届けているだけだったが、今回はサァリも探したいものがある。開かれた扉が固定されると、彼女は蔵の中へと足を踏み入れた。

左右に堆く積まれている葛籠には何が入っているのか、去年の記憶は既に判然としないものに成り果てている。古き国の王の血を継ぐウェリローシア家は、この大陸でもっとも歴史ある家とあって、所蔵している品数も多いのだ。一応目録は存在しているのだが、そこに記せない品もある。

サァリが探しているものもそんな一つだ。蔵の中をきょろきょろと見回している彼女の肩に、後ろから手が置かれる。灰色の髪の青年がきっぱりと言った。

「邪魔です。下がっていてください」

「邪魔って……」

仮にも当主なのに邪険にされた。とは言え、彼女にそんなことを言えるのは、ウェリローシアを取り仕切る従姉兄（いとこ）二人くらいだ。

中性的な顔立ちは整っているが、冷ややかな表情が常である従兄、ヴァスは、サァリが場所を譲ると、使用人を指揮して蔵の中の整理を始めた。次々庭に運び出される葛籠を、サァリとは従姉のフィーラと共に邪魔にならぬよう見守る。そうしているうちに見覚えのある木箱が外に出てきた。

サァリは飛び上がると、急いで木箱に駆け寄る。

「これ、開けてもいいですか？」

「好きにすればいいわ。この中のものは全部あなたのものなのだから」

フィーラは当然のように胸をそらして言う。この蔵のものは便宜上ウェリローシア家の所有物ではあるが、実のところ当主である巫以外のものではありえない。

サァリは頷（うなず）いて木箱を開けると、中から古い帳面を数冊取り出した。題名はない。一冊一冊手書きで書かれたそれらは歴代の巫が記した帳面だ。彼女は一通りぱらぱらと捲（めく）ると腕の中に抱える。

様子を見ていたフィーラが興味深げな視線を投げてきた。

「何を調べるの？」

「ちょっと、自分の力の使い方について」

最近、己の力が巫の領域を逸脱してきているという自覚はある。二つの意識の断絶が薄らぎ、その間をたゆたっているのだという自覚が。

まったき神でありながら人間の中で生まれ育ったサァリには、今まで培ってきた人としての顔と、本性の神性の二側面がある。いわば人のふりをして生きている神だ。この神性は本来なら、彼女がただ一人の客を迎える時に初めて顕現し、交合によって人としての側面と統合される。

ただサァリは以前の事件の際、この神性が目覚め、けれど結局神供である人肌を迎えていない。いわば彼女は今、不安定なまま大き過ぎる力を持っている状態だ。

「理由はどうあれ、せっかく力があるんだから上手く使えるようにならないと」

「やる気があるのはいいけれど、客選びの方はいいのかしら？」

「う……もうちょっと待ってください……」

サァリが迎える客とは、つまるところ彼女を人の世に繋ぎ止める半身だ。

神と人を繋ぐもっとも重要な古き約。そうして彼女が産む娘が、次代の神になる。

生涯に一人だけしか選べないのだから、きちんと納得して決めたいと思うのだが、サァリももう十六だ。普通の娼妓なら十七には客を取っていて当然で、貴族の姫であっても政略結婚をする頃だ。身内の苦言をもらうのは仕方がない。

もっとも、サァリの正体が神であることを知っているのはアイリーデにいる数名だけで、従姉弟であるフィーラやヴァスも知らない。それくらいアイリーデの秘中の秘だ。

そのせいかフィーラはあっさり引き下がる。

「あなたの目にかなう相手がいないのなら仕方がないわね。あまりにも見つからないようなら、わたしが見繕ってあげるわ」

「不要です……」

従姉に選ばれでもしたら彼女の傀儡のような男が来てしまいそうだし、それは御免だ。

サァリはぽつりと漏らす。

「私が選ぶならもっと――」

その先は、ぼんやりとは浮かぶのだが上手く言葉にならない。形にならない。

何重もの意味で複雑なのだ。たとえば現状もっとも気になる相手が「将来女性を守って死ぬ」などという不吉な先視を受けていたりなど。

サァリは隣のフィーラを見上げる。

「……私は、周りの人間を危険に巻きこみやすいのでしょうか」

「あら。あなたの傍にいられるのなら、危険くらい安いものでしょう？」

「そういうことを聞いてるんじゃないんだけど……」

一緒にいて「彼」を危険に曝してしまうのは自分か否かが知りたいのだが、これはそもそも外れぬ先視の持ち主にも見えなかったことだ。その時が来るまできっと誰にも分からないのだろう。

気になって仕方がない未来は不分明で、けれどそれ以上に不分明なのは自分の感情だ。おまけに相手が自分をどう思っているかも。

サァリは小さな息を吐いて、ふっと夜空を見上げる。

暗い天はいつもと変わらず、ただ何か大事なものを覆い隠しているように見えた。

※

神話の街、アイリーデ。

その北の外れには一軒の妓館がある。三つの神供のうち「人肌」を司るそこは、神話正統の由来を持ち、女が客を選ぶ店だ。

聖娼を擁していると言われるこの館にいるのは街唯一の巫であり、彼女の正体は神だ。

かつて人肌の返礼として己を捧げた古き国の王と、月の神の間に一人の娘が生まれた。その娘もまた血に薄まることのない神であり、自分の客を迎えて次の神を生んだ。彼女たちはそうして千年もの間、血脈というやり方でアイリーデを陰から治めてきたのだ。

今代の巫であるサァリーディは十六歳。

祖母が死んだ後、若き館主として妓館「月白」を切り盛りしている。

そんな彼女の助けとなることが、王都より化生斬りとして着任してきたシシュの役目だ。

黒髪黒目の端整な顔立ちに、よく鍛えた体躯を持つ青年。自警団の制服に軍刀を提げている彼は、日が落ちかけた夕暮れ時に月白を訪ねる。古い木造りの門まで来た彼は、ちょうどそこに友人の姿を見出して眉を寄せた。

サァリの兄である男は、すぐにシシュに気づいて振り返る。

「お、ちゃんとサァリに会いにきたのか、感心感心」

「自警団の報告書を持ってきただけだ……」

本来なら化生斬りであるシシュがサァリを訪ねるのは、化生討伐の要請時のみだ。ただ何故か自警団において、いつのまにか彼がサァリへの連絡役のようになってしまっている。彼女に言わせると「シシュが決まった時間に詰め所へ顔を出すからじゃないかな。そういう人ってアイリーデには珍しいし」とのことなので、街の役に立っているならいいかとも思う。

というわけで、彼女の仕事の邪魔をしに来ているわけではないのだが、妹を可愛がっている兄にとっては違う意見らしい。神供三家の一つ、「美酒」を司るラディ家のトーマ・ラディは、笑ってシシュの背中を叩く。

「ちょうどいいから夕膳を出してもらうか。月白にいい酒を入れたばかりだ。味見していけ」

「そんなには飲まないぞ」

「俺が飲むからいいんだよ。サァリがお前の顔を見ると喜ぶしな」

「――――シシュ！」

少女の声が彼を呼ぶ。

玄関から現れた彼女は、月光に映える銀髪に白い着物といういつもながらの出で立ちだ。

上品さと無垢(むく)さを兼ね備えた館主。大輪の蕾(つぼみ)を思わせる美貌がシシュを見とめて綻ぶ。

少女は真っ直ぐに駆けてくると彼に飛びついた。

「いらっしゃい！」

「勢いが強すぎる……」

「滅多に来てくれないんだもん」

彼に引き剝がされると、サァリは美しく微笑む。

そんな微笑は、確かに彼女が高貴な存在であるとシシュに思い出させた。

最古の妓館の主であり神。古き王の血を継ぐ貴族の媛。王都では顔を隠してドレスを着ていた彼女は、愛らしく問いかける。

「今日は要請？　それとも遊びに来てくれたの？」

「遊びには来ない……報告書を持ってきただけだ」

書類を出すとサァリは礼を言って受け取る。二人を置いて玄関に向かっていたトーマが言った。

「サァリ、夕膳出してやってくれ。あ、俺のも」

「はーい、じゃあ主の間で待ってて」

彼女がそう言うと、三和土(たたき)にいた下女が部屋札をトーマに手渡す。月白の客室の中でももっとも奥

まった場所にあるその部屋は、本来ならサァリが客を取るための部屋だ。

　だが今のところサァリの神性が顕現した時に、便宜上「人肌」の神供として捧げられたシシュは、彼女との関係を実質白紙に戻してもらっている。サァリ自身「大人になりきれていないから、まだ客を選べない」と言っていたのだ。一生に一人だけの伴侶なのだから、よくよく吟味し熟考して決めた方がいいと思うし、自分が彼女から選択の自由を奪ってしまうなど論外だ。十年でも二十年でも彼女が納得できるまで時間をかければいい。それは彼女が持つ当然の権利で……誰かがそれを侵そうとするなら、自分は断固として戦うだろう。

　それが年上の人間として当然の振る舞いだと思っているのだが、トーマにはあまり通じなかった。

「お前のその変な生真面目さは別にいいんだが、それでサァリが別の男を選んだらどうするんだ」

「別に……どうもしようがないだろう。彼女の意志だ」

　主の間の座敷で、夕膳を待ちながらシシュは返す。湯飲みを手にしたトーマは呆れ顔になった。

「何だそりゃ。お前、サァリの神供になりたくないのか？　あいつの可愛さがまだ分からないって言うなら、半日くらいかけて説明してやるぞ」

「何でそんなに押してくるんだ……」

「そりゃ、大事な妹なんだから、あいつの希望を叶えてやりたいだろ」

「勝手に妹の心を決めるな。巫はまだ十六だろうが」

　説明されなくても、彼女の性格はおおよそ知っている。いくつもの重責を負って毅然としているところも。懸命に己が役目を果たそうとしているところも、勝気で情が深いところも、この街やここに生きる人々を愛しているところも、よく知っている。

　だからこそ余分な重荷を増やすべきではないと思っているのだが、トーマには理解されないようだ。

苦い顔でシシュがお茶を飲んでいると、下女たちが夕膳を運んでくる。彼女たちに礼を言って箸を取った時、サァリが大皿を持った下女と共に現れた。

卓の中央に姿盛りされた刺身の大皿が置かれると、シシュは驚く。

「どうやってこんな活魚を調達したんだ」

「お客さんの持ちこみ。釣り帰りなんだって。ほら、東の方に大きな湖があるでしょ」

「あそこか。凄いな」

確かに近くに湖があると地図では知っているが、シシュも実際訪れたことはない。確か森の中にある湖で、アイリーデから少し王都よりの南東に位置しているはずだ。

納得して箸を伸ばす青年に、皿を持ってきたサァリは微笑む。

「食べ終わった頃、お茶持ってくるね」

「サァリ、俺にも」

「トーマは最近意地悪ばっか言うからやだ」

「いやいや、そんなことはないぞ。俺が苛めてるのはシシュの方だ」

「本当にやめろ……」

刺身を小皿に取りながら、シシュはうんざりと顔を顰める。一方、サァリは兄をねめつけて腰を上げた。その視線がふらりと奥の間に向く。気づいたトーマが顔を上げた。

「どうした、サァリ？　何か心配事か？」

「あ、ううん。最近やってないから、後で神楽舞の練習をしようかと思っただけ」

「神楽舞なんてあるのか」

アイリーデにおいて芸楽を司るのは、神供三家の一つ「ミディリドス一座」だ。シシュも見回り中彼らの演奏や芸を見たことがある。だからこそ彼もなんとなくこの街の芸楽は彼らが全てを負っていると思いこんでいたのだ。

　そんな疑問が顔に出たらしく、サァリが微笑む。

「娼妓も一通りやるよ。見習い娼妓は三弦と唄と舞はやるし、ほら、裏道を歩いてると弦の練習の音とかしない？」

「する。あれはミディリドスじゃなかったのか」

「そうそう。ミディリドスの芸楽師は一人前って認められるまで、外に音を出さない決まりなんだ。だから普通に街を歩いてて聞こえる練習は娼妓だよ。私も小さい頃からお稽古してたし」

「大変そうだな。巫の舞なら俺も見てみたいが」

　何ということのない感想を口にした瞬間、サァリがガタリと盆を落とす。その隣でトーマが声を殺して笑い出した。意味不明な二人の反応に、シシュはいつも通り眉を寄せる。

「なんなんだ、一体……」

「いや、悪い悪い。別にお前のせいじゃない。単に巫の神楽舞って誰にも見せないものなんだよ。神供を迎えた時に、その男の前だけで踊る儀礼舞だ」

「……なるほど」

　確かにそれを見たいと言ったなら、婉曲に口説いているとも取られかねない。脱力してうなだれるシシュに巫の少女はあわてて言い繕った。

「あの、普通の舞もいくつか舞えるから！　そっちならいつでも大丈夫だから！」

「お前って本当素で迂闊だよな。これが計算でやってるなら感心するんだが」

「どうして計算しないといけないんだ……」

どうにもこの兄妹と話していると振り回されてしまう。そうこうしているうちに、サァリは赤くなった頬を押さえてそそくさと退出してしまった。襖の閉まる音で、二人はまた目の前の膳に意識を戻す。手酌で酒を飲むトーマが、ふっと微笑した。

「あいつは可愛いだろ」

「…………」

シシュは沈黙を保つ。どんな答え方をしても失礼になる気がしたからだが、トーマは沈黙を肯定と受け取ったらしい。からからと笑った。神の兄である男は、透き通る酒に口をつける。

「別にお前に器用さなんて期待してないから、お前らしくやってくれ」

「俺は化生斬りとしてこの街に来てるんだが」

「それはそれでとても助かってる。――ああ、できれば神としてのあいつを拒絶したりするなよ。あとあと面倒なことになる」

笑ったままの男の目に、微かに翳が落ちる。自嘲のような軽侮のような感情。それに気づいたシシュは眉を寄せた。

「面倒なこととは？」

他の人間なら、そこで遠慮のない問いをしなかったかもしれない。

トーマは率直な性質の友人に対し、すぐには答えようとしなかった。無言で笑って軽く肩を竦める。

ややあって泳がせた視線が、閉ざされたままの奥の間を捉えた。

「……俺の父は、相手が神であることに耐えられなかった。母は客取りの夜に己のもう一つの側面を拒絶されて、神としての自分を完全に切り離して封じたのさ。そしてウェリローシアを出て父に嫁いだ。……サァリは知らない話だ」

トーマは唇の片端だけを上げる。そこには普段あまり本心を見せない男の、押し殺した怒りのようなものが垣間見られた。両親のどちらに、何を怒っているのか。簡単には踏みこめぬ他家の事情にシシュは眉を寄せる。

トーマは空気を切り替えるように酒盃を置くと、うってかわって軽い声音で言った。

「そう言えば、新しい化生斬りが見つかったぞ」

「そうか」

「っていうか、最近化生斬りの入れ替わりが激しいな。どんどん辞められて絶えたら困るな」

「さすがに絶えないだろう……。俺の前任者はなんで辞めたんだ？」

アイリーデの化生斬りは通常五人だ。シシュは王都に要請が来たため、それに応えた形になったが、自分が呼ばれるに至った欠員のきっかけについて聞いたことはなかった。酒盃を傾けるトーマは、何と言うことはないように返す。

「高齢でやめた。最後の半年は寝ついててほとんど動かなかったな」

「待て。今でも似たような状態の化生斬りが一人いるんだが」

「化生斬りの任期は本人が辞めるって言うまでだから、よくあることだぞ。そんなだからこっちも四人体制に慣れきってて、お前を呼ぶにも時間かかったわけだ」

「……結構いい加減だな」

「だから今回は早く手配しただろ」

「できるなら早くやっておけ」

そもそも化生斬りは大体が単独行動で、他の化生斬りと顔を合わせることもあまりない。一人増えれば単純には一人あたりの仕事が減るはずだが、シシュは頻繁な街の見回りを習慣にしている。仮に増員されたとしても現状に変わりはないだろう。

黙々と刺身を消費していく青年を、トーマは面白そうに眺める。

「魚好きなのか？」

「割と」

「じゃあ明日釣りにでも行くか」

「釣り？」

どうしてそのようなことをしなければならないのか。第一、明日は休みでも何でもない。

トーマは大概ふざけた人間だが、何の考えもなく動くことは稀だ。これは別の意図があると思った方がいいだろう。釣竿を持ったこともないシシュは、怪しむ目で男を睨んだ。

「一体何を企んでるんだ」

「いやあ、それがな……」

明るい笑顔で、トーマは言った。

「来るはずだった化生斬りが途中で行方不明になってるようでな。一緒に捜しに行かないか？」

「………」

もう四人にすればいいんじゃ、とシシュは思ったが言わなかった。

※

「大体行方不明ってなんなんだ……」

関係ない行きたくない、と言えたならよかったのだが、トーマが手を回したのかいつのまにか自警団長にまで捜索任務の話がいっていた。結果として正式に「街外任務」を振られてしまったシシュは、澄んだ青空の下、馬上の人となって王都へ続く街道を下っていた。隣で手綱を取っているトーマは、ご丁寧に釣竿を鞍につけている。

まさか本当に釣りでもするつもりなのか、この男なら妹のために魚を土産にしたいなどと言いかねない。そうなったらさっさと自分だけ帰ろう、とシシュは固く心に決めた。

トーマはよく晴れた空を仰ぐ。

「それが、その化生斬りは王都を経由してアイリーデに向かってる途中で消息不明になったんだと。最後に目撃されたのが王都の祝祭でだって話だ」

「二週間も前じゃないか……」

「四人に慣れてて対応が遅れた」

「もう増やすのやめろ」

昨晩は我慢したのに今日は言ってしまった。しかし言わずにはいられない。どうしてこんなことに巻きこまれているのか、シシュは今すぐ馬首を返したい衝動に駆られた。

それでも人一人行方不明というなら放置しておくわけにもいかない。時折商人の馬車が通っていくだけの街道を、シシュは見渡す。

「それで、まさかこのまま王都まで街道を見て回るんじゃないだろうな」

「いや、あてはあるんだ。そこを見に行っていなかったら諦める」

「あて？　……まさか」

「そのまさかだ」

トーマは鞍につけた釣竿を示す。

「昨日魚を持ってきた常連がな、湖の近くの森で徘徊している男を見たんだと。その風貌がどうやら件の化生斬りと似ててな」

「…………」

実に怪しい話になってきた。そのようなところで徘徊している人間など、無事見つけられたとしても役に立つのだろうか。もう聞かなかった振りをして帰るのが一番いいかもしれない。

しかしシシュの内心を見透かしてか、トーマは前を見たまま笑顔で言った。

「逃げるなよ。逃げたら恥ずかしい目にあわせるからな」

「別に逃げない……」

「ついでに魚を釣ってサァリへの土産にしよう。きっと喜ぶぞ。可愛いぞ」

「二日連続で同じ土産になるんだが……」

もう抵抗するよりもさっさと終わらせた方が早そうだ。シシュは手綱を取り直すと、馬足を速める。

問題の森まではアイリーデから急げば一時間ほどで着くはずだ。その後どれだけ森を見て回るか——願わくば釣りの方が長いなどということにはならぬよう、シシュは祈りながら街道を進む。

そうしてアイリーデに向かう客や商人たちとすれ違いながら、二人が問題の湖に着いたのは昼前のことだ。森の中の湖はアイリーデと同程度の大きさを持っており、アイリーデから流れこむ水のおかげで透明度が高い。そこから更に細い川となって北東に流れ、やがて海に注ぎこむ。鏡のような水面は、景色を映しこんで風光明媚と評判で、街道から外れて立ち寄る人間たちのために水際にまで道が通っていた。広がる水辺を前に、手綱を近くの木に繋いだシシュは辺りを見回す。

「……いないようだな」

「だなあ。釣り客に目撃されてるんだから、そう奥深くでもないだろうが」

「ちょっと中を回ってくる。道の北側から見てくるから――」

「じゃあ俺は釣りを」

「南側を見ろ」

さすがにこの広い森をまるまる見て回っては日が暮れてしまうが、道の周辺くらいなら手分けすればすぐに終わるはずだ。シシュは「怠けたら巫に言いつける」と釘を刺して、森の中へと足を踏み入れた。

湿った草を踏み分け、周囲に注意しながら彼は人の姿を探していく。葉に残る夜露が服を濡らし、木の幹についた手が手袋越しにささくれだった感触を伝えた。これが着物に素手であったなら、たちまち裂傷だらけになってしまっただろう。シシュはそこまで考えて、ふと探している男の風貌を聞いていないことに気づいた。

「しまった」

一回戻ってトーマに聞いた方がいいだろうか。それとも人を見つけたら当人に確認していけばいいのか。考えながら一歩を踏み出したシシュは、足裏のぐんにゃりとした感触に動きを止めた。そっと地面を覗きこむ。

――そこには鬱蒼と茂る草に埋もれて、着物姿の若い男が仰向けに倒れていた。

「人間……だな」

男は、顔を見る限りシシュより少し年上だろうか。金に近い茶色の髪に、愛嬌のある幼めな顔立ちをしている。まるで子供のようだ、と思ってしまうのは表情のせいで、男は気を失っているにもかかわらず、うっすらと笑顔を浮かべていた。シシュは放置したくなって来た方向を振り返る。

トーマの姿は見えない。今のところは真面目に森の中を見て回っているのだろう。シシュは身を屈めると、男の首に触れて脈を取った。幸い、生きてはいるようだ。

男の淡い緑の着物は、ぐっしょりと夜露を吸いこんでいる。素足に草履だというのに、裂傷一つ見られないのは幸運なのかもしれない。それか肌が丈夫なのか。シシュは男の肩を叩いた。

「おい、起きろ」

いくら街道からそう遠くないとは言え、このままここで寝ていては獣に襲われる可能性もある。

化生斬りならそれくらい自分でなんとかしろと言いたいが、まったく関係ないただの行き倒れだったら困る。シシュは男の佩いている刀を確認すると、叩く手に力を込めた。

「起きろと言ってるだろう」

それでも男は目覚める気配を見せない。よほどいい夢を見ているのだろう。へらっと寝顔が緩むのを見て、シシュは溜息を零した。彼は注意して男の刀を外すと、その体を肩に担ぎ上げる。そう大きくもない男の体は軽くはなかったが、運べないというほどでもない。シシュが足下に注意しながら道に戻ると、ちょうどトーマが近くの森から出てくるところだった。

「お、今度は何担いでるんだ」

「さあ。その辺で寝てた」

シシュは男の体を小道に下ろす。だが眠る男はそれでも目を覚まさない。トーマが男の顔を見てじっと考えこむ。

「……こいつかな」

「断言できないのか」

「いや俺も実際会ったことはないし。帯刀してたんだろ？　もうこいつでいいか」

「いい加減極まりない……」

「お前がうるさすぎんだよ。アイリーデの人間が皆そんなだったら、とっくの昔に不文律は法規になってる」

もっともらしいことを言いながら、トーマは先ほどのシシュと同様に男を起こそうと試みたが、まったく反応はない。諦めの早い彼は寝たままの男を馬の鞍に上げると、落ちないよう釣り糸で縛りつけた。軽く引っ張って固定されていることを確認すると頷く。

「よし、釣りしていくか」

「帰れ」

結局、男が目を覚ましたのは、アイリーデに着いてからのことだった。

※

兄が月白の館に人を連れてくるのは、珍しいことではない。

それはほとんどが神供三家への面通しという意味合いをもってのことだが、極稀になんだかよく分からない理由でよく分からない人間を連れてくることもある。

今回もそういった類らしく、サァリはぼさぼさの頭で愛想よく笑っている男を、初めて見る生き物のように眺めた。男の後ろではシシュが立ち去りたそうに顔を顰めている。

「……で、この方が新しい化生斬りであると？」

「ネレイ・ファトと言います。アイリーデの巫っていうからどんな女性かと思ってたけど、やあ可愛い可愛い」

「……ありがとうございます」

なんだか調子が狂ってしまう。やたらと明るい様子が、シシュと違う意味でアイリーデに似合わない。サァリは笑顔を浮かべながら内心困惑した。それに気づいてトーマが助け舟を出してくる。

「まだ本決まりじゃない。化生斬りの試験はこれからだ。ただ森で行き倒れて何も食ってないっていうからな。適当にちゃんとしてやってくれ」

「かしこまりました」

主としての笑顔でサァリは答える。本当は「何でも拾ってきちゃ駄目」と言いたいところだが、化生斬りが相手ではそうも言えない。

それに――この男にはどことなく逆らいにくいような、放っておけないようなものを感じるのだ。

サァリは自分がそう思ってしまうこと自体をどこか落ち着かなく感じた。さまよわせた視線がシシュのものと合う。

「どうかしたのか?」

「あ……ううん、なんでもない。ありがとう」

街では鈍感で通っている青年だが、彼女の不安や不調はちゃんと見て取ってくれる。そんなところが嬉しくて、だがサァリは自分でも何がおかしいのか分からないでいた。

その間に草履を脱いだネレイがきょろきょろと辺りを見回す。

「ここが月白かぁ。へえ」

「空いている部屋にご案内いたしますわ。食事ができるまでの間、湯浴みをなさってください。着替えはご用意いたします」

「いや、すみません。お世話になります」

「サァリ、適当に追い出していいからな。自警団の場所は教えてある」

「失礼を勧めないで」

少しの冷ややかさを声音に込めると、兄は笑いながらシシュを連れて帰って行った。シシュだけは残してくれればよかったのに、とサァリは兄を恨めしく思ったが、兄も兄でシシュを気に入っているからすぐに連れ回してしまう。もう少し妹に譲ってくれてもいいと思うのだが、トーマに言えば「そりゃ、お前が自分でシシュを誘えばいいだろ」と返されるのが明らかなので言えない。サァリはこれでも彼の仕事の邪魔をしないように気をつけているのだ。

そんなわけで玄関にネレイと下女だけになってしまうと、サァリはまた不思議な息苦しさを感じ始める。ただ主として巫としても、初対面の人間に無様な姿は見せられない。彼女は男を案内して階段を上り始めた。ついてくる男が暢気な声を上げる。

「月白といえば、娼妓が客を選ぶと聞きましたが、皆さんはどちらに？」

「下の広間におります。ご希望なら後で案内いたしますわ。ただ着替えをお済ませになってからの方がよろしいでしょう」

「やあ、確かに。嫌われちゃいそうだね」

その感想に、サァリは無言で微笑むに留める。

一応彼女が館主ではあるのだが、正直言って月白の女たちの好みはよく分からない。外見で選んでいると思しき女もいれば、まったく関連性のない相手を選ぶ女もいる。中にははなはだ問題のある選び方をする娼妓もいるが、今のところ大問題にはなっていないので放置している。

とかく神の側女たちは自由なのだ。だがサァリは、彼女たちが化生斬りを避けていることもまた知っていた。

少女は艶やかに磨かれた廊下を行きながら、後ろの男に尋ねる。

「それにしても、森で何をなさっていたのです？」

「いやあ、それがよく覚えてなくて。せっかくだから湖を見てこうって思ったんだけどね。気がついたらこの街にいたんだよね」

「不思議なお話ですわね」

——聞けばネレイが消息を絶ったのは二週間前のことらしい。

二週間のうち、どれくらい森でさまよっていたのか。得体の知れない話にサァリはまた不安を覚えた。しかし男はそこで何かを思い出したらしく、ぽんと手を鳴らす。

「そういえば、なにか不思議な生き物を見た気がするな」

「え？」

「とても大きな金色の……あれなんだったんだろうな……」

男の考えこむ気配に、サァリは足を止めて振り返った。

鳶色（とびいろ）の目から初めて笑いが消えている。そこに漂う鋭さは、確かにこの男も化生斬りなのだという実感を少女にもたらした。これはアイドと同じで、表裏がある性質の人間かもしれない。できることならその裏までを見せてくれるか、完璧に覆い隠してくれるかすればいい、とサァリは願った。

ネレイは彼女の視線に気づいて顔を上げる。

「夢かな。まぁよく覚えてない」

男はまたそこで、愛想よく笑った。

※

ネレイを見た自警団員たちは、あんなにあっけらかんとした人間で化生斬りが務まるのかと思ったようだが、彼は無事審査に合格した。

久しぶりにアイリーデには五人の化生斬りがそろったが、巫は入れ違いに休みの時期に入る。満ちてきた月がサァリの力を増大させるためだ。彼女の力は、歴代の巫たちから見ても突出している。「まるで神であることを放棄して家を出た母親の分まで力を持って生まれたようだ」と、隠された事情を知る者たちなら皆、一度は考えただろう。だがそれをサァリ自身に言う者はいなかった。彼女が幼い時から重い責を負って誇り高く生きていることを、全員が知っていたので。

穏やかな日差しがアイリーデに注ぐ昼下がり、サァリはウェリローシアの蔵から持ち帰ってきた帳面を寝所に広げて読みふけっていた。店を開ける火入れの時間まではまだ余裕がある。サァリは何冊もの帳面をこうして空き時間に読み進めているのだ。

そうして広範囲結界の張り方について読んでいたサァリは、下女からの呼び声に顔を上げる。

「――主様、要請を頂いてます」

「あ、行きます！」

あわてて飛び上がったサァリは、部屋の姿見を確認した。誰の要請など考えるまでもない。少し乱れていた髪と着物を直し、紅(べに)を引きなおすと小箱から腕輪を取り出す。

そうして小走りに玄関へと向かうと、そこには気まずそうな青年が待っていた。

「シシュ」

「悪い。面倒をかける」

「いいの。実験台になってくれるんだもんね」

「その言い方、不安が増すんだが……」

軍刀を佩いた青年の腕を取って、サァリはどんどん外へと歩き出す。本来夜の街だけあって、まだ日が上にあるこの時間は通りに出ても人の姿は少ない。

少女は彼の腕にしがみついたまま小声で問うた。

「風貌は？」

「十代半ばの少年。ラディ家の見習い職人と同じだ」

「あ、写し身かあ」

化生とは、人が集まるところにいずこからともなく発生する妖物だ。他の街であれば鳥獣の形をした影で、限られた人間にしか視認することができないが、近くに寄られると精神が引きずられて傾いてしまう。これがアイリーデでは、実体を持った人型となるのだ。

アイリーデの化生は、人の想念に触れてそこに在る人の形へと変じる。だから稀に、実在する人間と同じ姿形を取る「写し身」が現れる。写し身は化生特有の赤目以外は本人と変わらぬため、対処が遅れると面倒なことになるというのが、この街の常識だ。

シシュも進んで要請をしたかったわけではないだろうが、写し身とあっては放っておけなかったのだろう。半月より満ちてからサァリに要請を出せる化生斬りは、今のところ彼女の正体を知っている彼だけだ。サァリは半月からの日数を数える。

「まだ三日だから、多分行ける。今、力の使い方勉強してるし」

「分かった。信用している」

「そんなに信用されてても不安になるから、ちょっとは疑ってて」

「……やっぱり俺一人でやろうか」

「駄目。練習台になって」

シシュは他の化生斬りより勤勉に働いているだけあって、サァリの力で化生を繋がれることに慣れている。繊細な力の制御を試す相手としてはうってつけだし、むしろ他にはいない。サァリは念のため二つつけてきた制御用の腕輪をちらりと確認した。

「そういえば、こないだの新人さんはどんな感じ？」

「知らない。一緒に行動していないからな」

「アイリーデって新参に厳しいよね。基本放置っていうか」

「それで俺も困ったから一応最低限は伝えた。もっとも当人は、見回りついでに妓館や賭博小屋によく顔を出しているらしい。馴染(なじ)むにも時間はかからないだろう」

「さぼってるんじゃないの？　それ」

確かに以前からいる化生斬りの中には妓館に住んでいる男もいるが、だからといって遊び歩いていいわけではない。自警団のことについて口出しする権限はサァリにはないが、目に余るようなら誰かしらから注意がなされるだろう。

サァリはそこまで考えて、ふっとよぎった不安に眉を曇らせた。

「……シシュ、あの人のこと平気？」

「何がだ？」

――彼には分からないらしい。

サァリは自分でもよく分からない気鬱に、首を小さく横に振った。シシュは軽く眉を顰める。

「どうかしたのか？」

「ううん、なんでもないの」

明確な何かがあったわけではない。初対面の時以来会っていないのだから当然だ。サァリはかぶりを振って己の中の不安を振り落とす。

　昼のアイリーデも大通りまで行けば、行き交う人々で賑(にぎ)わっていた。化生を探してここまで来た二人は、建物の陰から人の流れを見やる。サァリはシシュの腕にしがみついたまま目を細めた。

「写し取られたのって、前にシシュと一緒に月白に来た子、だよね？」

「ああ。テテイと言ったな」

　その時も確かトーマの紹介でやって来たのだ。サァリは少年の風貌を思い出すと頷いた。

「ちょっと実験してみていい？」

「もともと実験なんだろう」

「そうなんだけど、違うやり方を試してみようかって」

　サァリは青年の左腕をますます力を込めて締め上げる。それについて今まで黙っていたシシュが、ついに口を開いた。

「なんで今日はそうなんだ……？」

「肩に担がれるよりましだから」

「俺が悪かった」

「本当は、気配を染みこませてるの」

　目を丸くする青年に、サァリは人波を睨んだまま説明する。

「今、ウェリローシアの蔵から持ってきた昔の巫の手記を読んでるの。その中にあった術なんだ。よく身につけてるものを媒介として結界を張るって」

「俺がどうして『よく身につけてるもの』になると思ったのか、聞いてもいいか？」

「だってよく一緒にいるし」

「実験は失敗になりそうだな」

熱のない、というか疲れきってしまったようなシシュの反応に、サァリはむっと唇を曲げる。

「そんなのやってみないと分からないし！　いいからやるからね！」

「……任せた」

諦めたような声音は「駄目なら駄目で走るからいい」という考えが滲み出ていた。サァリは更に言い募ろうとしかけたが、そんなことをしている時間はない。諦めて呪言を紡ぎ始める。

シシュにとってそれは、意味の分からぬ音の羅列にしか聞こえないだろう。

彼女は言葉を意識に、意識を力に、連動させ染み渡らせて、己の望む「檻」を作り上げた。頭の中から波が引いていくように、「檻」は彼女から切り離され、シシュの周囲に残る。

彼もその気配を感じ取ったのか、己の周りを見回した。

「何をしたんだ？」

「シシュを中心にうすーい結界を張ってみたの。円状で大体、あそこくらいまでの距離が半径」

言いながらサァリは通りの真ん中辺を指さす。この大きさならば大体、通りを歩けば左右に洩れが出ないはずだ。距離を目測していたらしいシシュは、サァリを振り返った。

「結界ということはひょっとして、化生を寄せ付けなくなるのか？」

「それだったらシシュが斬れないでしょ。薄くしてあるから、化生も中に入れる。ただ入った瞬間あなたも向こうも違和感を覚えるはず」

「ああ。そうやって炙り出すのか」

「うん。あと範囲内に入ったら教えて。『閉じる』から」

サァリは両手を組み合わせて中にものを閉じこめる仕草をする。今度はシシュもすぐに意味が分かったらしい。「範囲内から化生が出られなくできるのか」と感嘆の声を上げた。

「閉じこめちゃえば、後は中心点のあなたが動くのに引きずられる……と、思う」

「どうして推測なんだ」

「やったことないから」

だから実験なのだ。この術にどういう使い道があるのかは、また後で考える。今はとりあえず上手(うま)くいくかどうか試したい。

シシュも諦めたか納得してくれたのか、腰に佩いた軍刀を確かめた。いつもきっちりと制服を着ている青年は、他の自警団員よりも硬質な空気を纏(まと)っているせいか、端整な顔立ちと相まっていささか目立つ。まるで一瞬ごとに色が変わる享楽街において、ただ一つだけ不変の美しい刀のように。

サァリはそんな彼の横顔に自然と見惚(みと)れた。

「どうした、サァリーディ？」

「あ……ええと、じゃあ私は、シシュの少し先を行ってるね」

「後ろじゃないと合図に気づかないだろう」

「前にいた方が、シシュに気づいて逃げ出した化生を捕まえられるかもしれないでしょ。いつもそれで走る羽目になってるし」

事実を指摘すると彼は苦い顔になる。

アイリーデの化生斬りは巫に要請を出して二人一対で化生に対することが多いのだが、シシュの場合、何故かサァリを連れてひたすら走り回ることが多い。他の化生斬りたちは巫の少女をあまり動かさずに化生を捉えられるのだが、シシュはそうなる前に化生に感づかれやすいのだ。

サァリからすると、あの大柄な鉄刃(てっぱ)よりも見つかりやすいのはどうしてなのか原因をつきとめたい気もするのだが、まさか当の化生に聞くわけにもいかない。もうそういうものとして計算に入れるしかないだろう。だから彼女がシシュに先行するのだ。

「結界を閉じてもらう時の合図はどうする?」

「私の名を呼んで。きっと小さくても気づく」

彼が呼ぶその声だけはきっと雑踏の中でも聞き分けられる。不可視の細い糸が通っているように、ささやかに震えてサァリにまで届く。叶わぬ夢から目覚めた朝と同じく、彼女は裏づけのない確信をもって微笑んだ。シシュはその微笑に軽く瞠目して……けれどすぐに目を逸らす。

「分かった」

「うん。じゃあ行くね」

「サァリーディ」

通りに踏み出しかけていた少女は、びくりと飛び上がって振り返る。軍刀の柄を左手で押さえている青年はいつものように居心地が悪そうで、アイリーデから少し浮いて見えた。彼一人だけ、この街に溶けあわないまま佇んでいるような不思議な感覚。サァリはそんな錯覚を味わいながら、胸を押さえて乱れかけた動悸を整える。

「何?」

「もし何か来たら声をかけろ。すぐそちらに行く」

「……嬉しいけど、その忠告嫌な記憶が蘇る」

「何の話だ……」

いつも通り苦い反応をする彼に、サァリは落ち着きを取り戻す。

「大丈夫。頑張るね」

そう言って、この街の主である少女は通りへと踏み出した。

穏やかな日差しの注ぐ昼の大通りは、いつもよりも幾分人が少ない。サァリは通りを南に向かって進んでいく。途中一度だけ振り返ると、人波の向こうにシシュの姿が見えた。やはりどことなく目立つ彼に、サァリは口の中で笑いを噛み殺す。

そんな風に一瞬気を緩めていた少女は、突然横から話しかけられぎょっとなった。

「何か楽しいことでもおありですか？　サァリ様」

「あ……」

そこにいたのは神供三家のうちの一つ、ミディリドスの長だ。朱色の衣を纏い、口元を黒い紗布で覆った女は、横笛を入れる箱を脇に抱えている。

彼女が外を歩いていることなど珍しいが、楽器を持っているところを見ると仕事だったのだろう。一人で笑っているところを見られてしまったサァリは、気まずさを押し隠して誤魔化そうとした。

「なんでもないんです。あの、ちょっとだけ色々……」

支離滅裂になってしまった。サァリは誤魔化すことを諦めて話を変える。

「今日は舞台でもあったのですか？」

「少し若い者たちに稽古をつけていたのです。わたくしも後継者を育てねばなりませぬから」

――神供三家の中で、唯一血統による継承を行わないのがミディリドスだ。

芸楽一座である彼らは、親を失った子供、或いは親に手放された子供を弟子として育て、己の技術を伝える。その一生において血を分けた子を持つことはない。結婚もしない人間がほとんどだ。彼らは自らの全てを芸に注ぎ、だからこそ他の追随を許さない腕を持っている。大陸のどこの街であっても「ミディリドス」を名乗れば、彼らをお抱えにしたいと望む人間は出てくるだろう。

だがミディリドスは誰の下にも入らない。彼らの奏でる芸楽は全て神のものであるからだ。

そんな一座において長の弟子とは、つまり次代の長を意味する。

サァリは自分と同時代を生きるだろうその相手に興味を抱いたが、ミディリドスはとかく「未熟」を表に出すことを嫌う。向こうがいいと言うまでは、望んでも会わせてはもらえないだろう。

サァリはそこで、もう一人のことを思い出した。

「新しい化生斬りの人にはもう会いましたか？」

化生斬りは不文律ではあるが、神供三家への面通しが必要であるとされている。ならばミディリドスの長も、あの男に会ったはずだ。密かに緊張して様子を窺うサァリに、女は頷いて見せた。

「ええ。少し変わった人ですね」

「ああ……」

やっぱり、という言葉をサァリはのみこむ。自分が感じている不安と長が感じている違和感が同じものか、更に突っこんで確かめようとした。

「あの――」

「サァリーディ」

青年の声は大きくはなかったが、違えることなく真っ直ぐ彼女へと届いた。

サァリは迷わず右手を上に挙げ――握る。

「縛」

張ってあった結界の外周を、流された力が走っていく。それは一秒にも満たない間に円環をなぞると、青年を中心として檻を作り上げた。素早く振り返ったサァリは更に化生を狙い打とうと左手を上げかけ、しかしそこで虚をつかれる。

「あれ、どっち？」

軍刀に手をかけているシシュは、まだそれを抜いてはいない。

そしてその前には同じ格好をした二人の少年がいる。彼らは前後になっており、前に立つ一人が後ろのもう一人を庇っているようだった。

サァリの位置からはそれぞれの目の色は見えない。化生の気配も感じない。どちらを打てばいいのか逡巡しているうちに、後ろの一人が両腕を上げた。その手を前の少年越しに青年へと伸ばす。

「っ、シシュ！」

もし後ろ側の少年が化生なら、前の少年が邪魔になって斬れない。

サァリは瞬間で決断した。二人の少年を共に打ち倒そうとする。

だが伸ばされた少年の両手は……前にいる一人の両眼を覆って隠しただけだった。何が起きているのか、サァリは当惑して力を手元に留める。

シシュは二人に何かを囁いたように見えた。そして彼は軍刀を抜く。

二人の少年は抵抗しない。

シシュの振るった刃は滑らかに弧を描くと、音もなく前にいた少年を掻き消した。

大通りで抜刀したことで周囲は一瞬騒然となりかけたが、ミディリドスの長が上手くそれを収めてくれた。場所を変え、茶屋の個室に移った三人は改めて少年の話を聞く。職人見習いであるテテイは潤んだ目を擦り鼻を啜りながら、これまでのことを話してくれた。

——写し身は、数日前突然彼の前に現れたらしい。

最初は自分と同じ姿の化生に驚き怯えたテテイも、相手が何もしてこないと分かると安堵した。

なんでも写し身は、テテイのことを心配して「困ったことはないか」と訪ねてきたのだ。それまで慣れない丁稚奉公に苦労していたテテイは、戸惑いながらも己の悩みを話した。それをよく聞いて相槌を打ち、解決策を提案してくれる写し身は、まるで本当の親友のようだったそうだ。

「けど今日いきなり、『もう行かなきゃいけない』って言い出して……」

「行かなきゃいけない？　どこへ？」

「どこかへ、っていうか……もう消えてしまうんだ、みたいな感じでした。もともと弱く生まれたから長持ちしないとか」

「もともと弱く？」

サァリはその言葉を反芻したが、テテイが鼻を啜り上げる音を聞いて我に返った。三人の中で一番年が近いからということで聞き取り役を担っている少女は、落ち着いた声で確認する。

「それで、あなたは彼を追いかけてきた？」

「はい。なんとかできないかと思って……でもそこで化生斬りの人に会って……」

どうすればいいのか分からなかったテテイは、写し身の両目を隠そうとした。赤い目さえ分からなければ斬られない、と思ったのだ。

最後まで話した少年は「すみません」と頭を下げる。

彼の声は震えていたので、三人はそれ以上少年を咎めることはせず、彼を帰した。

「ああいう風に人を助ける化生もいるのか？」

テテイが帰った後、三人は改めてお茶を頼みなおした。シシュが重い空気に口火を切る。

素朴な問いに答えたのはミディリドスの長だ。サァリよりもずっと長い間アイリーデの街を見てきた女は微笑んだ。

「おりましたよ。昔も今も。稀にではございますが」

「人の想念に影響されて姿を取るってことは、人の影響も受けるってことだから。そういう変わった化生は娼妓の姿に多いんだけどね」

「そうなのか……」

感心したような複雑な声音は、よく磨かれた黒檀の卓に溶け去る。サァリは茶碗で顔を隠しながら、こっそり彼の痛ましげな表情を窺った。

シシュは二人の少年に相対して、庇い合う彼らの姿に同情したのだろう。同情して、だが己の責務を捨てることはしなかった。その頑なさは彼の美点だとサァリは思う。たとえアイリーデの流儀と違っても、彼の持つような実直さが必要なこともあるのだ。

三人がそれぞれの感情を消化してしまった頃、サァリは気になっていたことを思い出す。

「あの写し身、少し変わってたよね。すごく気配が薄かった」

「もともと弱く生まれた、という話だったか」

「それなんだけど、長持ちしないって自然消滅しちゃうってことでしょう？　どうしてそんな状態に生まれたんだろう。そんなの聞いたことないよ」

問いかけは、ほとんどが自分で考えるためのものだ。シシュに聞いても分かるわけがないし、ミディリドスの長が知っているとは思えない。サァリは卓の表面に映る己の顔を眺めた。

「どうしてなんだろう……」

答えはない。サァリはまた這い寄ってくる不安を感じて、沈みこむように目を閉じた。

2. 侵食

少年の写し身が出現したのを最後に、化生の通報はぱったりと途絶えた。

いつもよりは早いが、おそらくあれが今月最後の化生だったのだろう。アイリーデでは月が満ちると同時に巫の力が増していき、化生の出現が抑えられる。

結果としてその間は、化生斬りも休みになるか他の自警団員と同じ仕事をするかだ。当然後者を選んでいるシシュは、日の落ちたばかりの街を一通り見回ると、夕食を取るためにいったん宿舎に戻ることにした。

その途中、顔見知りの男に呼び止められる。

「やあ、お元気でしたか」

愛想のよい笑顔で挨拶してくる着物姿の男は、同じ化生斬りであるネレイだ。何を考えているのかよく分からない相手に、シシュは「特に変わりは」と淡白に返した。

宿舎へと続く暗い道を眺めたネレイは、色とりどりの灯りが溢れる通りを振り返る。

「もうお帰りですか。街の本分はこれからでしょうに」

「食事を終えたらもう少し見回りをするつもりです」

「なら、ちょうどいい。私と夕食をご一緒しませんか?」

――疲れそうだから一人がいい。

と思ったシシュだが、まさかそう正直にも言えない。それに相手から誘ってくるのだから、何かしら聞きたいことがあるのかもしれない。

「分かりました。そう長い時間でなくてよければ」

「もちろんです！　じゃあ行きましょう」

ずんずんと歩き出すネレイは、何が楽しいのか鼻歌を歌っている。陽気な様子はその辺りの酔漢といい勝負だ。シシュは呆れて、だが何を言う気にもなれず男の後をついていった。妓館や飲み屋が軒を連ねる通りを歩いていく。

ネレイは壁を染める赤い灯りを見やって笑った。

「華やかな眺めですな。もう少し大人しくてもいいでしょうが」

「享楽街だからそういうものでしょう」

堅物と皆に言われるシシュでも、それくらいのことは弁えている。街にはそれぞれの歴史と文化があるのだ。アイリーデの空気は特に古い由来を持つもので、簡単に変わるものでなければ変えていいものでもない。その権利があるのは街の主である少女だけだ。シシュはそう思いながら、何故かいつもより若干暗い印象を夜の街並みに抱いた。

ネレイは、二階の窓から身を乗り出している娼妓に微笑みかける。

「しかし、呼ばれて来てはみたものの、意外と化生に出くわさぬものですな。実体があるというから、かなり用心はしているのですが」

「月が満ちれば化生は出なくなるのです。また半月を欠く頃になれば通報も増えるでしょう」

「それまでの間、何をしているか迷いますね」

おどけているのかネレイの戯れ言に、シシュは何も返さない。特に返答を期待されていないことが分かったからだ。向こうも沈黙に気を悪くした風もない。迷いなく道を進んでいく。

やがてネレイは明るい通りから外れ、石灯籠の明かりが点々と続く道へ入る。右に雑木林が見えてきた頃、シシュは相手がどこに行くつもりなのか悟った。道の先に半月の提灯が見えてくる。

ちょうど客が帰るところであったらしい。二人の老人を門先に出て見送っていたサァリは、ネレイに気づくと一瞬表情を硬化させた。だがそれは、陰影の加減でしかなかったようにすぐに嬉しそうな笑顔へと変わる。

「今日はどうなさったのです？」

「先輩と夕食を頂きに来たんですよ」

ネレイがそう言って一歩横に退くと、サァリはそこで初めてシシュの存在に気づいたらしい。まず驚いて、次に困惑の表情を見せた。

「シシュ、いらっしゃい」

「仕事中に悪い」

いつものように返すと、サァリは少しだけほっと目元を緩めたように思えた。だがそれは彼の気のせいかもしれない。少なくとも提灯に照らされる彼女の貌には一分の曇りもなかった。

サァリは下女を呼びつけて何事かを指示すると二人に笑いかける。

「どうぞ。ご案内いたします」

洗練された所作で踵を返す少女の隣に、ネレイは当然のように並んだ。手を伸ばして彼女の頭をぐりぐりと撫でる。

サァリはそれに困ったような笑顔を見せたが、不快そうではなかった。むしろはにかむ彼女は嬉しそうでもあり、親しげな空気にシシュは目を丸くする。いつのまにそれほど仲良くなったというのか。少なくともシシュは彼女が同様に接する人間を一人しか知らない。彼女の血縁である兄だ。

上がり口に座ったネレイは、青年が立ち尽くしているのに気づいて怪訝(けげん)な顔になる。

「どうしました?」

「あ……いや、別に」

——何も驚くことはないはずだ。

サァリは化生斬りから「親しくしてくれ」と言われればそれに応える。シシュもそうして客扱いを免れているのだ。だから人懐こいネレイが彼女と打ち解けていてもおかしくはない。彼は知らぬうちに自分が思い上がっていた気がして恥ずかしくなった。

「何なんだ、まったく……」

口の中で呟(つぶや)いて、青年は二人の後を追う。

ネレイと談笑しながら廊下の先を行くサァリは、その途中一度だけ彼を振り返った。微笑を浮かべたままの彼女はけれどどこか不安げで、シシュはそんな風に見えてしまう己に少しうんざりする。

サァリが彼らを通したのは主の間だ。ネレイは勝手知ったる様子で座卓につく。まもなく夕膳と酒が運ばれてくると、ネレイは上機嫌で箸をつけ始めた。彼は酒を飲みながら、この街に来て見聞きしたことを次々話題にするが、シシュは用件が切り出されるのを待っているので話が弾まない。

——もしかして聞きたいことなど何もなく、単に世間話をしたいから誘われたのではないか。

そうシシュが遅ればせながら気づく頃には、食事はほとんど終わりかけていた。

食後のお茶を持ってきたサァリを、ネレイはにこにこ笑って手招きする。

「サァリ、今色々話していたんだよ」

「あら、何のお話ですか?」

「この街について。いいところも悪いところも」

シシュの前にお茶を置いたサァリは、ネレイの隣に座りなおすと男の盃に酒を注ぐ。楽しそうにその話を聞いて男を見つめる横顔は、シシュのよく知るものでありながら、まったく知らない娼妓のようにも見えた。ネレイは時折彼女の髪に触れ、終始機嫌がよさそうに語っていく。

「だからね、妓館という存在が悪いわけじゃないけど、それを当然と思ってしまうのはどうかな。選べるならきっと娼妓ではなく別の道を選んだ人だっているだろう」

いつのまにか話題は不穏な方向へと移り変わっている。誇り高いサァリの機嫌を損ねそうな話にシシュは思わず顔を顰めた。だが彼女本人を見るとにこにこと楽しそうに聞いている。シシュが目を丸くする間に、ネレイは当然のように続けた。

「夜の商売なんて本来は後ろ暗いものだ。なのにそれを当然と思わせるこの街の空気は、あまりよくないよ。みんな異常さを刷りこまれてる」

「ええ。確かに仰る通りです」

陶然と首肯する少女にシシュはついに耐えきれなくなって茶碗を置いた。軍刀を手に立ち上がる。

「途中で申し訳ないが、見回りがあるので失礼します」

「あれ、もうそんな時間ですか?」

暢気な声を上げる男は席を立とうとはしない。代わりにサァリが腰を上げかけたが、シシュは手振りだけでそれを留めた。彼はそのまま挨拶もそこそこに部屋を出る。言いようのない気分の悪さが喉元まで来ていて、一刻も早く月白を出てしまいたかった。

足早に廊下を行く青年の表情に、途中すれ違った下女がぎょっとする。しかし彼はそれにも気づかず、己の中の淀みを意識から消し去ろうとしていた。

——自分だけが彼女にとって特別だと思っていたわけではない。

ただ王都とはまったく気風が違うこの街で、屈託なく接してくれる少女は確かに落ち着ける居場所の一つでもあったのだ。そこを見知らぬ他人に突然踏み入られて気分が悪い――そう感じる自分の狭量さが腹立たしくて、シシュは舌打ちしたくなった。

「馬鹿馬鹿しい……巫にも客を選ぶ権利はあるだろうに」

彼女が誰かと親しくしていたからといって、文句を言う筋合いはない。

それを確認するために口にした言葉は、何故かシシュの気分をますます悪化させた。

上がり口に戻った彼は、下女から靴を受け取ってそれを履く。さっさと立ち去ろうとした時、しかし女の声が背後からかかった。

「お待ちくださいな」

振り返るとそこには見知った娼妓が立っている。トーマの恋人であるイーシアは、上がり口に膝をつくと四角い布包みをシシュに差し出した。そう厚くはない包みをシシュは眉を顰めて注視する。

「これは？」

「主から、あなた様がいらしたら渡して欲しいと少し前に預かっておりました」

「サァリーディが？」

――なんだかおかしな話だ。

渡したいものがあるなら、サァリが直接渡せばいい。先ほどまで顔を合わせていたのだ。そうでなくとも宿舎に届けさせてもいい。月が満ちている間シシュは滅多に月白には来ないのだ。いつ彼の手に届くか分からない。なのに何故、イーシアに預けるなどということをするのか。

疑問に思いながらもシシュは包みを受け取る。裏返してみると、布の合わせ目には筆書きで何かの呪（しゅ）が書かれていた。封印されているとしか思えない包みに、シシュは不可解さを募らせる。

「これは開けてもいいものなのか?」

「帰ったら開けて欲しいと、言付けられました」

「……分かった」

よくは分からないが、他人には見られたくないものらしい。シシュは布包みを小脇に抱えた。

サァリが見送りにくる気配はない。そのことを考えないようにしようと思いつつ意識してしまったシシュは、代わりにイーシアに問う。

「新しい化生斬りは、よく月白に来るのか?」

本当はもっと別のことを聞きたかった問いに、女は微笑んで頷く。

「ええ。感じのよい方ですわね。トーマもよくそう言っています」

それを聞いたシシュは、内心の嘆息を禁じえなかった。


荷物があるため、見回りを諦めて部屋に帰ってきたシシュは、受け取った布包みを卓の上で開けてみた。何重にもなっている布を開いて、中を確かめる。

「これは……帳面か」

三冊あるそれらを捲ってみると、中は手書きだ。内容からして巫の術を書き留めたもののようだ。

シシュは以前サァリが「蔵から持ってきた手記を読んでいる」と言っていたことを思い出す。

「何でこれを俺に寄越すんだ」

事情を説明する手紙の類でもあるかと思いきやそれもない。シシュは元通り帳面を包みなおそうとして、ふと硬い感触に気づいた。一番下の一冊の端から銀色のものがはみ出ている。

摘んで引き出してみると、それはいつもサァリが左手に嵌めている腕輪だった。本来なら力を制限するために彼女がつけているものが、何故ここに紛れているのか、まったく意味が分からない。シシュはしばらく腕輪を手に考えたが、結局帳面と共にそれを包みなおしてしまうと窓際の文机に置いた。

明日月白に行って理由を聞けばいいとは思ったが、どうにも気が進まない。こういう時は、さっさと寝てしまうに限る。シシュは早々に明日の支度を済ますと、床に入った。

そうして眠ったにもかかわらず怪しい物音にすぐ気づいたのは、眠りが浅かったせいだ。

断続的に嫌な夢を見ていたシシュは、聞こえる音が現実のものであると気づくと、息を殺して隣に手を伸ばす。そこにあった軍刀を取ろうとして——しかし指は、ひんやりとした柔らかいものに触れた。なんであるのか考える間もなく、隣にそれが滑りこんでくる。

「や、やっと出られた……もうやだ」

ぐすぐすとべそをかいている声。縮こまって震えているそれがなんだか分かったシシュは、一瞬の後に飛び起きる。

「サァリーディ⁉」

月光が差しこむ部屋。白い敷布の上で膝を抱えている少女は、恨みがましい潤んだ目で青年を見上げた。小さな唇が動いて彼の名を呼ぶ。

「シシュ……」

隣で膝を抱えている少女は、床についたところを出てきたのか浴衣姿だ。長い銀髪は下ろされており、化粧もしていない。そんな様子で青年の部屋にいるのだから、誰かに見られたなら多大な誤解を招くことは疑いない。

そもそもどうして急に部屋に現れるのか。以前も神としての彼女がこうやって押しかけてきたことはあるが、その時とは大分様子が違う。むしろ普段のサァリのままではないかと思われる少女は、啞然としたままの青年を見上げて唇を嚙んだ。

「シシュ」

「……何だ」

「私の客になって」

「は？」

耳か精神か、どちらかを疑おうとしかけたシシュは、けれど次の瞬間サァリに抱きつかれて思考停止した。半ばのしかかるようにして正面から彼にしがみついている少女は、恨みがあるのかと思うくらい両腕に力を込めてくる。彼の胸に顔を埋めて、べそべそと泣いた。

「客になってくれれば、きっとなんとかなるから……大丈夫だから……」

「大丈夫と言われても」

驚きから覚めて、頭が回り出したシシュは納得する。

——つまりこれは現実ではないのだ。そうでなければ脈絡がなさ過ぎる。大方、月白であんなことがあったゆえ、彼女の夢を見ているのだろう。

「にしても発想が酷い……」

自分がここまで情けなくなったことは初めてかもしれない。いくら巫の少女の興味が余所に向いたからといって、このような夢を見て憂さを晴らそうとはどうかしている。彼は大きく溜息を吐きながら頭を抱えた。抱きついたままのサァリが顔を上げる。

「シシュ？」

「いや……もう寝るか……明日には忘れよう」

「寝ちゃ駄目だってば！」

彼の上に乗ったままのサァリは、両肩を摑んで前後に揺さぶってくる。ずいぶん激しい夢だが、これで目覚めるならちょうどいい。シシュはされるがままに首をがくがく揺らした。

本格的に眩暈がしそうになったところで、サァリがようやく手を止める。

「いい？　いいよね？　黙ってるのは肯定ってことにするからね？」

「……どうせ俺の夢なら、巫にはもう少し落ち着きが欲しい」

「夢じゃないって！」

サァリはむっとした顔になると口を開く。暗い部屋で白い歯が艶めかしく見え――彼女はそのままシシュの首筋に顔を寄せた。

青年は噛みつかれるのかと覚悟して、けれどぞっと全身を走る感触に言葉を失くす。肌の上を滑る唇が、別の生き物のように軽い音を立てて肉を啄ばんだ。かかる息が背を粟立たせる。

まぎれもない娼妓の所作。それ以上に明瞭過ぎる感覚に、シシュは少女との会話を反芻した。すぐ下にある彼女の顔を見下ろす。

「……夢じゃないのか？」

「違います！」

「夢の方がよかった……」

「いいから現実を見て！　ほら、現実！　あなたの前にいる私が、避けようのない現実だから！」

現実を連呼されているのはともかく、この状態は非常にまずい。寝ているところを起こされたため、シシュの方も寝着姿だ。その上、サァリが足を割って抱きついて揺さぶってくれたおかげで大分着崩れてきている。とりあえずそこまでを認識すると彼は少女を引き剝がそうとした。

「待て、灯りをつけるから落ち着いて話し合おう」

「やだ！　絶対離れない！」

「いや本当に夢じゃないのか？　意味不明なんだが」

「夢なら客になってくれるなら、夢でいいから」

「よくないから離れてくれ……」

柔らかい体がべったりと乗っているのも、細い肢が絡まってくるのも、現実ならばそろそろ本当によくない。シシュは彼女から意識が余所に向くよう努力しつつ、細い肩を押さえて逃れようとしたが、サァリはてこでも動く気がないのか青年にしがみついた。

「大丈夫だから！　ちょっと痛いけど多分大丈夫だから！」

「痛いのは普通巫の方だと思うが……」

「正式な段階を踏まないで神供になると、かなり心臓がぴりっとくるんだって。でもシシュなら大丈夫だよね？」

「いや待てその話初耳だ」

呪ならよく受けているが、それと同列に言われても困る。

第一そう簡単に決められる問題でもないはずだ。ないはずなのだが、このまま圧力をかけられていると自分でもどうなるか分からない。自信が加速度的に崩れていっている。シシュは自分が動転していることを自覚すると、冷静になろうと意識して努めた。そっと少女の背中を叩く。

「サァリーディ、少し落ち着け……事情を説明してくれ」

名を呼んで宥める。

サァリはびくりと体を震わせると、顔を上げて彼を見つめた。

青い瞳が不安に揺れているのをシシュは目を逸らさず見返す。その目にわずかながら安堵が浮かび、彼女はまた幼子のように彼の胸に顔を埋めた。ぐすぐすとサァリが泣いている間、シシュは長い銀髪を黙って撫で続ける。

ややあって頭が冷えたらしい彼女は、彼から離れて正座をすると「ごめんなさい」と頭を下げた。


今のこの状態が現実だというなら、まず間違いなく新しい化生斬りの男と関係しているのだろう。

少し前までネレイのことを不安げに見ていたサァリが、どうして急に彼と親しくなっていたのか。

その理由を寝床に座る彼女はぽつぽつと話し始めた。

「最初におかしくなったのは周りの方だったの。月白にあの人がやってきて、最初の時のお礼だってお菓子を差し入れてくれて花の間でお茶を飲んでいったんだけど、その後あの人と話していた娼妓たちが皆彼に心酔してるっていうか……そういう感じになったの」

「ああ……」

それがどういう状態であるのか、今日のサァリやイーシアを思い出せば薄々見当はつく。同じ人間でありながら、まるで別人のような素振り。それが少しずつ月白を汚染していったのだろう。

シシュの部屋に来ている少女は、彼の上着を羽織ったまま身を震わせた。その青い目が落ち着きなく辺りを見回し、文机の上で留まる。

「そのうちに私も少しずつ影響を受けてきて……まず外に出たくないって思うようになったの」

「外に出たくない？」

「うん。月白の敷地から外出したくないって思うようになった。出ようとすると頭と体が重くなって、そうしている間に少しずつ自分が自分じゃなくなるっていうか、操作されてるみたいな感じになっていったの」

「じゃあ、やっぱりあれは巫本人だったのか」

今日彼女がここに来てから、あまりの違いに月白での彼女は偽者ではなかったかとも疑ったのだが、どうやらそうではないらしい。サァリは頷いて文机の上の包みを指さした。

「途中で何かがおかしいって思った時に、あれを用意したの。外に出られないってひょっとしたら月白の結界が関係してるんじゃないかと思って。腕輪を媒介に、それがある場所になら結界を越えて行けるようにしてみたの」

「ああ、よく身に着けているものか」

いつ月白に来るか分からないシシュに渡すよう頼んだのは、賭けのようなものだっただろう。だが結果としてサァリの目論見(もくろみ)は成功した。彼女は月白から無事彼のもとに脱出できたのだ。

「巫の手記もよそに渡しちゃ駄目だと思って入れたけど、ちゃんと無事でよかった」

「ああ……もっと早く月白に顔を出していればよかったな。すまない」

「いいの。ありがとう」

涙の跡が残る顔で微笑む少女は、いつもの彼女と同じでいじらしく見えた。

今までどれだけ一人で不安だったのか、それをずっと知らぬままでいたことにシシュは苦い気分を味わう。彼女がネレイを気にしていたのは知っていたのだ。もっと気をつけてやればよかった。

シシュはあの時、森の中で男を拾ったことを後悔した。

「事情は分かったが、どうして神供がどうこうの話になるんだ」

触れない方がいい話題かとも思ったが、触れなくても後で気になりそうな予感がする。

サァリはあっさり返した。

「私にまで操作がかかってるのは、私の精神構造自体が今不安定なせいじゃないかって」

「ああ……そういうことか」

神としての意識を呼び起こされ、だが神供を迎えていない彼女は、己の二面性を抱えたままだ。統合しようとしてしきれていないこの状態につけこまれたのかもしれない。ならば少なくとも神供を得れば、侵食への対抗も可能と考えられるだろう。

シシュは納得して——だがさすがに容易に頷ける問題でもない。

「狙いは分かったが、もうちょっと落ち着け……」

「やだ」

「サァリーディ」

名を呼んで冷静にさせようと思ったシシュは、しかし予想に反してサァリの目にみるみる涙が溜まるのを見てぎょっとした。少女の十指がきつく敷布を握る。

「だってシシュ、今のままじゃ私、月白に帰れない。トーマだってイーシアだっておかしくなってるし、私もおかしいの。あの人を主の間に通すなんてどうかしてる」

「それは……」

「どんどん自分がひどくなるのが厭なの。自分の思う通りに動かない。このままあの人の言いなりになって、好き放題言われて……そんなの、絶対許せない」

血が滲むほどに敷布を握り締める少女は、恐怖と怒りで混濁した目をシシュへと向けた。

その眼差しは、恐ろしいまでの意志に溢れていて美しい。人ならざる者の目だ。

そしてそれは彼のよく知る少女の目でもある。

毅然として折れることを拒む、誇り高い精神だ。

不安を抱えながら彼女は当然のように顔を上げて進む。無理を押してでもそうしてしまうのだと知っているから……助けなければ、と思う。

シシュは彼女が震えていることに気づくと頷いた。

「分かった。もう大丈夫だ。なんとかしよう」

「シシュ」

「とりあえず月白には帰るな。ネレイには俺が探りを入れる」

あの男が何を考えて何をしているのか、それが分からなければ手の打ちようがない。今はいわば、多くの知人が人質に取られているようなものだ。

けれどサァリはそれを聞いて、心配そうに眉を寄せた。

「でもシシュまでおかしくなったら」

「操作されない程度に調べるから平気だ」

いくら不安定な状態とはいえ、サァリまでも掌中にしてしまう相手だ。これは念のため王都の力を借りた方が確実かもしれない。シシュは朝になったら手紙を出そうと決める。

「ともかく今日はもう眠れ。疲れていると心も弱くなる」

「シシュは？　ちゃんとここにいる？」

「いるから平気だ」

「一緒に寝てくれる？」

「びりっとしそうだから嫌だ」

シシュは不安げな彼女をなだめすかして床に入らせると、枕元に座って白い手を握った。

ここしばらく受けていた精神操作によほど参っているのか、サァリはしばらくぐずっていたが、最後に「ごめんなさい」と呟くと微かな寝息を立て始めた。シシュはその様子を見守っていたが、彼女が目覚めないと分かるとそっと手を解く。

「何なんだ……」

一体何が起こってこうなっているのか。気持ちの悪い話だが、事態は今までよりずっと好転している。サァリがこちらに戻ってきて、怪しむべき相手が分かっているのだから。

シシュは、自分を選んで頼ってきてくれた少女の寝顔を見つめる。白い顔に手を伸ばすと、そこに残る涙の跡をそっと拭った。

そうして彼は文机の前に座りなおすと、無言のうちに三通の書状をしたためていったのだ。

※

「終わったか?」

「もう少し。まだ開けないでね」

襖の向こうで、しゅるしゅると布の擦れる音が聞こえる。戸口である襖の前に座っているシシュは、帯を解くような音を何かと思ったが、すぐにその疑問は解けた。背後で襖の開く音と共に遠慮がちな声がかかる。

「シシュ、ピンか針糸持ってない? 裾が長すぎて歩けない」

顔を出したサァリは彼の私物である洋装を着ている。ただ袖も裾も長さを持て余していて、子供が悪ふざけをしているようだ。ちょうど少女を真上から覗きこむ形になったシシュは、シャツの襟元から白いさらしが巻かれているのを見て、何を感じるより早く音の正体に納得した。

視線に気づいたらしく、少女の手が合わせ目を握る。

「シシュ……」

「……いや、悪い」

あまり言い訳をすると墓穴を掘りそうだ。彼は、赤面しねめつけてくる少女を見ぬように座敷に入ると、そそくさと道具箱を取りに行った。

窓から差しこむ陽はまだ朝の範疇だ。あれから一晩明けて、シシュはまずサァリを外に出せるよう変装させることにしたのだ。針と糸を手にしたサァリは、試行錯誤の結果、長過ぎる袖と裾を折り畳んで軽く留め、長い銀髪を結い上げて目深に帽子を被る。

小さな嵌めこみ鏡で自分の姿を確認した少女は、シシュを振り返って首を傾げた。

「これで私って分からない？」

「遠目ならな。よく見れば分かる」

化粧をせずとも少女の唇は充分に赤いのだ。いくら胸を押さえてあっても、じっと見られれば男装の少女だとすぐに分かる。シシュは必要なものが入った布鞄を彼女に手渡した。

「よし、行くぞ」

「うん」

宿舎の部屋を出て、二人は人のいない廊下を歩き始める。できればこのまま誰とも会わず外に出たい――そう思っていた彼らは、しかし角を曲がったところでいきなり知り合いと出くわしてしまった。見回りから帰ってきたらしい鉄刃は、シシュと、その後ろに隠れた少女を見て足を止める。

まだ気づかれていないかもしれない、そう思って青年が無難な挨拶を口にしかけたところ、大男は重く頷いた。

「仲がよいのは結構だが、逢うならば巫を連れこむのではなく、自分が月白に泊まるといい。化生斬りに外泊を禁ずる規則はないからな」

「……え、いや」

「月が満ちている時期だ。きちんと門まで巫を送ってくるといい」

鉄刃はサァリに会釈してすれ違うと、自分の部屋に戻ろうとする。呆然と見送りかけたシシュは、けれど少女に背中をつつかれ我に返った。鉄刃に向けて小さく声をかける。

「このことは他言無用でお願いしたい」

「分かった。約束しよう」

どうやら見事に勘違いされたようだが、その分口止めはすんなり通った。シシュは複雑な気分で少女の手を引く。

「後で誤解を解かないとな」

「……もうかなり根深く信じこまれてる気がするけど」

「どうしてなんだ」

「なんでだろうね……私も不思議」

ともあれ無難に済んだことは事実だ。シシュはそれ以上誰かに見つからないよう、裏口から少女を出す。そうして二人が向かったのはアイリーデの西門だ。この街から王都までは毎日何便も荷馬車が行き来している。そのうちの一つ、王都が取りまとめている乗合馬車も兼ねた便に、シシュは少女を押しこんだ。荷台の入り口端、木箱と並んで粗末な座席に座ったサァリは、青年を不安げに見やる。

彼女が膝上に抱えている布鞄には、親書と歴代巫の帳面が入っているのだ。

シシュは少女に言い聞かせた。

「慎重に動け。まずは俺の母の家に行って、城とウェリローシアからの返事を待つんだ。トーマのことがあるからな。特にウェリローシアの方は、おかしくなっていないかよく確かめろ」

「うん」

「事態が解決したら迎えに行く。誰かが俺の名を騙ってきても信じるな。俺が自分で行く」

「……気をつけてね、シシュ」

サァリの双眸には不安が揺れている。シシュまでもが変わってしまうことを恐れているのだろう。

彼女は白い指を伸ばして青年の頬に触れた。

シシュがその手を取ると指先はひんやりと冷たい。まるで彼女の心の曇りを反映しているようだ。

「俺は大丈夫だ。何か分かったら連絡する」

「うん。でも無理しないで」

「いざとなったら、トーマを殴って正気に戻すから平気だ。ちょうど色々殴りたいと思ってた」

三割くらいは本気でそう言うと、少女はくすくすと笑った。血の気の薄かった頬に朱が差して、幾分いつもの彼女に戻る。そんな姿はとても愛らしいが、本来は月白の館で凛と美しくある彼女が、このように姿を偽って自分の街から逃げねばならないという事実は、やはりシシュを苦々しい気分にさせる。何が狙いでネレイは月白に異変を起こしているのか、早々につきとめねばならない。

サァリは懐から銀の腕輪を取り出すと、それをシシュに手渡す。

「これ持ってて。もしもの時のために」

「俺に渡して巫は困らないのか？」

「二つあるから大丈夫」

だぼついた袖の中から、サァリはもう一つの腕輪を上げて見せる。シシュは納得して腕輪を制服にしまった。少女は一段声を潜めて囁く。

「もし動きづらいことがあったら、ミディリドスの長に相談してみて」

「ミディリドスの？　あの女性か」

「うん。彼女なら滅多に表に出てこないから、あの人の影響を受けてないんじゃないかと思う。最初から彼がおかしいって気づいてたみたいだし」

「なるほど」

そう言われると、何も気づかなかった自分を振り返って忸怩たる思いを抱いてしまうが、味方の可能性があるならありがたい。シシュが素直に聞き入れると、サァリは少しだけほっとしたような笑顔を浮かべた。薄い木の椅子に座りなおす。

「手に負えなそうなら私も一緒に動くから。迎えにきてね」

「そうだな。その時は心臓の痛みを覚悟するか」

少女の気を軽くしようと冗談で言った言葉は、けれどみるみるうちにサァリを赤面させた。彼女は体を二つに折ってじたじたと暴れる。子供の頃の赤恥を曝されたような反応に、シシュは若干の気まずさを覚えたが、少女はやがて力尽きたのか動きを止めた。真っ赤な顔だけを上げて微笑む。

「――うん。待ってる」

本気であるのか違うのか。その返しに、シシュは絶句して何も言えなかった。

サァリを乗せた荷馬車が街道の向こうに見えなくなると、シシュはこれからのことを考えながらアイリーデの中へと戻っていった。

異変の原因はどう考えてもネレイだが、サァリでさえ精神操作されたことを考えると正面から近づくのは危険だ。まず相手の動きを探った方がいい。幸い、この街に来てすぐ遊び歩いていたという化生斬りの噂(うわさ)は、シシュも今までにいくつか聞いている。

まずは噂で聞いた妓館や賭博小屋を訪ねてみようと、彼は近くにある店から回ることにした。

もっともこんな早朝に開いているはずがないので、場所を確認してから夜出直すしかない。それをしながらミディリドスも探そうと考えて街を回り始めたシシュは――しかしアイリーデを一周した後、異常事態に気づき愕然(がくぜん)とした。

というのも妓館から賭博小屋、小さな飲み屋に至るまで、ネレイが通っていたという店は全ていつのまにか、その看板を下ろしていたのだ。

「これはどういうことだ……?」

いくらなんでも二週間足らずの間に十軒近くが店を畳んでしまうなどということがありえるのか。

だが確かに閉まっている店の戸には、それぞれ商売を辞める旨の貼り紙がしてあった。

しかも改めて通りを見直してみれば、同様に店仕舞いをしている妓館が何軒もあるのだ。

確かに昨日いつもより街が薄暗い気がしたのだが、妓館に興味がないので気づかなかった。一体アイリーデに何が起きているのか、摑みがたい現状にシシュは当惑する。

「あの男がおかしいことに気づいて逃げ出したのか、それとも……」

――既に何らかの犠牲になったのか。

ネレイは月白で妓館批判をしていたのだ。精神操作でそれに同意させられていたサァリがどれほどの屈辱を味わっていたか。考えるだけでも腹立たしいが、ネレイがそういう考えの持ち主であるということが街の異変に関係しているのかもしれない。

シシュは念のため北の外れにある月白も見に行くことにした。昼は誰もいない小道を抜け、雑木林の先の門を見やる。そこに店仕舞いの張り紙が貼られていたらどうしようか、と彼は少し恐れていたのだが、古い木造の門はいつもと変わらない様子だった。

ひとまず安心して踵を返しかけた青年は、しかし振り返った瞬間ひやりとした緊張を味わう。

そこにはいつから立っていたのか、帯刀したトーマが竹垣に寄りかかってシシュの様子を眺めていた。男は愛想よい笑顔で軽く手を上げる。

「よ、早くから見回りか？　お前がこんなところまで来るなんて珍しいな」

「……見回らない場所があったら問題だろう」

「そりゃそうだ。真面目な化生斬りで助かるな」

「なら自分も少しは真面目になれ」

話す内容は普段のトーマと変わりない。だが男の雰囲気は明らかに日常の平穏を裏切っていた。いつ刀を抜いてもおかしくない空気。

シシュは軍刀を意識しながらトーマの前を通り過ぎようとする。冷えた声がそこにかかった。

「――サァリを知らないか？」

足を止め、男を見やる。

抜けばすなわち一足一刀の間だ。そしてトーマは強い。おそらく自分と互角か、それ以上には。もし斬り合いにでもなれば、お互い無傷でいることは難しいだろうし、そうなればきっとサァリが悲しむ。

シシュは内心の不穏を押しこめると、できるだけいつも通りに返した。

「巫がどうかしたのか？」

「いなくなってるんだそうだ。てっきりお前のところにでも押しかけたかと思ったが」

「来ていないな……。他に心当たりはないのか？」

「俺の知る限りではな」

ネレイのことを何か引き出せないかとも思ったが、トーマは平時でも食えない男だ。無理に会話を続けるより切り上げて他の人間にあたった方がいい。

シシュは他に人のいない左右を見回す。

「分かった。見回りを兼ねて探しておく」

「頼むぞ。夜までには帰るよう言っといてくれ。あんまりくだらない我儘（わがまま）を言うんじゃないとな」

男は竹垣から体を起こすと、月白の門へと入っていく。

一見いつもと変わらぬようにも見えるその背を見送って、シシュは顔を顰めた。

はたしていつものトーマなら「くだらない我儘を言うな」などとサァリに言うだろうか。あれだけはたから見ても妹を溺愛している兄が。

シシュは薄気味の悪さを抱いて雑木林を離れる。誰かに見られているような嫌な気配が背中にまとわりついたが、あえて振り返らず何にも気づいていないように街中へと戻った。

そうして充分離れてから彼が向かったのは、小さな茶屋だ。南西の裏路地にあるその店は、シシュがアイリーデで唯一行きつけにしている場所だ。こぢんまりとした店内は、木のテーブルが二つに椅子が六つしかない。いつ来ても空いているし、むしろ他の客をあまり見ることがない店だ。

今日も客のいない茶屋を訪れたシシュは、定位置である一番奥の席に座る。すぐに店主がやって来て、今日の品書きを置いていった。

無愛想な主人の背に、シシュは声をかける。

「ルハス茶を頼む。――あと、最近何か変わったことはないか？」

裏路地でひっそりやっている小さな店では、何の情報も得られないかもしれない。だがその分、抵抗なく尋ねることはできる。アイリーデのあちこちに異変が起きている以上、迂闊に聞きこみをして敵に感づかれないとも限らないのだ。

猫背の主人はゆっくりと振り返った。

「さて、特には聞きませんで」

「そうか。急に妓館がいくつも店仕舞いしているから、何かあったのかと思ったが」

「どうでしょうな。女房に聞いてみます」

主人はそう言うと店の奥に入っていった。

五十代半ばの主人の妻は、確か夫より十歳ほど若かったはずだ。元はアイリーデの娼妓だったという彼女は、王都からきた職人の男と好き合って店を辞めた。そうして二人はこの小さな店を開いたのだと、シシュは茶屋に来ていた娼妓に聞いたことがある。大方主人が聞きに行ってくれたのも、妻の方が街の事情に詳しいと思ってのことだろう。

しばらくして奥の暖簾をくぐって現れた妻は、盆に乗せた茶碗をシシュの前に置くと、人好きのする笑顔を見せた。

「化生斬りさん、いらっしゃい」

「ああ」

「アイリーデに何か変わったことがないかって？」

薄緑のお茶は、澄んだ表面から爽やかな香りを立ち上らせていた。茶碗を手に頷くシシュを見て、盆を抱えた女は「そうさねえ」と考えこむ。

「確かにここ最近何軒も立て続けに店仕舞いしてるねえ。あたしが知ってる店もいくつかあるけどさ」

「閉めた理由を聞いたか？」

「それがねえ。別に何か困ったことがあって、ってわけじゃあないみたいなんだよ。ただみんな妙に晴れ晴れしててね」

「晴れ晴れ？」

「そう。それで別の街にいって別の店をやるっていうのさ。あたしもびっくりしたよ」

「それは……」

一体何を意味しているのだろう。せっかくのお茶にもかかわらず眉間に皺を作ってしまったシシュに、女は苦笑した。

「おかしな話さね。人が変わっちまったっていうのかねえ。娼妓たちもさ『もうこんな仕事はしたくない』って言うんだよ。——おかしくなったかとおもったね」

最後の言葉は吐き捨てるも同然のものだった。主人の妻について「人のよい女だ」としか印象を持っていなかったシシュは、呆気に取られて女を見上げる。

その視線に気づいて彼女は、婀娜めいた仕草で肩を竦めた。

「化生斬りさんはうちの旦那と一緒で王都から来たんだろう？　だから馴染まない考えかもしれないけどさ、アイリーデの娼妓は自分の仕事に誇りを持ってるんだよ。そりゃ月白の聖娼たちみたいに皆が神話正統ってわけじゃないけどさ。他の娼妓だってみんなアイリーデの人間だ。嫌々夜を売るくらいなら他の街に行ってやってくれって、どの女もみんな最初に言われるんだよ。この街がこの街のままであることが、神への返礼なんだってさ」

　女はそこまで言うと照れたように笑う。丁寧に化粧をしているその顔は、年を重ねてもかつての華やかさと毅然を失ってはいなかった。アイリーデに生きる人間の芯を、シシュは女の姿に感じ取る。

　――古き神話を継ぐ街は、未だその精神を失ってはいない。

　人々は千年もの間返礼を忘れず、神は捧げられる神供を受けて街を治めている。街の遥か地中に眠る蛇の気を抑え続けるためにだ。

　それがアイリーデという街の真の姿で、だが今、神である少女は街に留まれなくなっている。加えて住民たちが街を捨て始めているという話は、一筋縄ではいかない不穏さをシシュに再確認させた。

　彼はしばらく考えこむと、最後の質問をする。

「俺より後に来た化生斬りにはもう会ったか？」

「さぁ。話には聞きましたけどねえ」

「私は見ましたよ」

　そう答えたのは戻ってきた主人の方だ。シシュは自分よりも無愛想な男を見上げた。

「どんな感じだった？」

「新人の評判でも集めてるんですかい？」

「そんなところだ。当人にばれないよう聞くのが難しい」

　シシュが不器用ながらも精一杯冗談を交えて言うと、主人は口をもごもごさせた。少し迷うような素振りは密告めいた行為を躊躇っているせいかとも思ったが、そうではないらしい。男は小さく唸って、シシュの方を見た。

「ありゃあ、言っちゃ悪いがアイリーデから浮いた御仁ですさね。なんというか妙に明るくて……気味が悪い」

「気味が悪い？」

思わず聞き返したシシュだが、主人の言葉は的を射ているように思えた。

彼自身、この一件について思っているのだ――気味が悪いと。

会計をして茶屋を出たシシュは、聞きこみを控えると通常の見回りに切り替えた。お世辞にもアイリーデに馴染んでいると言えない自分がこれ以上聞きこみをしたら、即ネレイに伝わりかねない。それよりは己の目で街の変化を探した方がいいだろう。

シシュは注意しながら通りを回り始めたが、昼の大通りを行く人々の多さは普段と変わりがない。今回の異変において、まず影響を受けたのはアイリーデの夜の方なのかもしれない。

「ミディリドスを見つけることができればな……」

サァリにはああ言われたものの、いつも街角で見かける芸楽師たちは、この日に限って何故かどこにもその姿がなかった。気づいてみれば音楽の止んだアイリーデは、まるで鼠が逃げ出した沈む船のようだ。ひたひたと不気味な変化が近づいてくる気分を否応なしに感じる。

だがそうは言っても、実際はミディリドスが街を捨てることなどないだろう。彼らは神供の一つで、神に捧げる己の楽に誇りを持っている。シシュは、街角に出ていない時のミディリドスの楽師がどこに待機しているのか、聞かなかったことを後悔した。

「まったく……物知らずを実感するな。後で巫に色々聞くか」

今までは、何か分からないことがあればすぐサァリかトーマに聞けたのだ。

だがこの兄妹を頼れない現状、シシュは自分がアイリーデについてまだまだ無知だと実感してしまう。こんな調子ではまた何かあった時に困る。今度サァリに会った時に色々聞いておかねばならない。

ただそれも、無事サァリをこの街に戻せてからの話だ。

シシュは軍刀の柄に目をやる。今は黒水晶の飾り紐がついているだけのそこに彼は一瞬複雑な感情を抱いた。今の事態に関係ないことを考えかけて——だがちょうどその時、通りの先に問題の化生斬りの姿を見つける。

着物姿のネレイは、ゆらゆらとこちら近づきながら、愛想よい笑顔で行き交う人々と会話していた。狙って出くわしたのではない相手にシシュは素通りするか迷ったが、それをするには既に不自然な距離になっている。ひとまず彼は通りすがりざまネレイに挨拶することにした。できるだけ通りの端に寄り、向こうが気づいたところで会釈する。

だがそれで済めばいいと願ったのも虚しく、ネレイは喜色を浮かべて近づいてきた。

「やあやあ、昨日はありがとうございました」

「……どうも」

「今日はこれからどちらに？」

——これは返答を誤ってはまずいことになる気がする。

見回りと答えるべきか昼食と答えるべきか考えて、結局シシュはどちらでもない答えを口にした。

「部屋に帰ります。見回りも一区切りつきましたので」

そうしてネレイから距離を取ろうとした青年は、しかし男が横に並んだことにぎょっとした。ネレイは当然のように彼の同伴者となって歩き出す。

「いやあ、昼の街はいいですね。気分が浮き立ちます」

「……そうですか」

「夜も悪くはないのですけれどね、ここは少し病的な空気でしょう？　もっと健康的でいた方がいい」

男の言葉は、街を揶揄するというよりも単なる無神経な発言に聞こえたが、この状況においては妙に癇に障る。シシュは用心しながらも世間話の範疇として探りを入れた。

「昨日もそんな話をしていましたが、妓館が嫌いなのですか」

「嫌いってわけじゃあないですけどね。この街のはあまり好きじゃありませんね」

「ならどうしてアイリーデに？　断ることもできたでしょう」

シシュなどは王命でこの街に来ており実質拒否権はなかったが、他の化生斬りは違うはずだ。わざわざ有名な享楽街に来てそこを嫌うというのはどういうことなのか。探りというにはぶっきらぼうな問いに、ネレイは笑う。

「実はですね……人を探してるんですよ」

「人？」

それは意外な話に思える。片眉を上げたシシュに男は頷いた。

「お恥ずかしい話ですがね、ずっと昔に出て行ったきりの妹を探しているんです。どうやらこの街にいるようでしてね」

「娼妓になっていると？」

「ええ」

ネレイは恥ずかしそうに頭を掻いたが、その笑顔の下にどのような感情があるのか、シシュには読み取ることができない。男は目を細めると、建ち並ぶ妓館の閉ざされた窓を見上げる。

「子供じゃありませんから、放っておけばいいんでしょうけど、それにしてもちっとも帰ってきやしない。いい加減業腹になりましてね」

「迎えに来て連れ戻そうというわけですか」

「そんなところです」

予想外の話にシシュは頭の中を整理する。

――この男に肉親がいたとは思わなかった。

もちろんいないはずがないが、一連の変化でなんだか普通の人間ではないような気がしていたのだ。シシュは、ネレイの妹がこの一件に関係しているのかどうか悩む。

「……探すのならば、見かけを教えてくれれば気をつけますが」

「いやあ、いいんですよ。急いでいるわけじゃありませんし。第一どんな姿になっているかわかりゃしない。名前だって変わっているでしょうからね」

「そんなものですか」

「そうですよ。悪い男に騙されてなきゃいいんですけどね」

いつのまにか大通りから外れた二人は、宿舎に向かって細い道を歩いていく。このまま部屋についてこられたらどうしようかと考えるシシュの肩を、ネレイが軽く叩いた。

何かと思いシシュは足を止める。細められたネレイの吊り目が近づいた。

「ところで、すみません……彼女をどこにやりました？」

柔らかな、けれど刃物を差しこむような問い。

シシュは瞬間息を止める。かろうじて驚きが顔に出なかったのは、もともと表情が変わりにくい性格のおかげだろう。

実のところ彼は、本当にサァリをアイリーデから逃がしていいものか迷ってもいたのだ。彼女のためにはこの街から避難させるのがいいと思いながら、それでも彼女抜きで本当に不可解な事態が解決できるのか危ぶんでもいた。

だが今この瞬間シシュは、心からサァリを逃がしてよかったと思う。宿舎の部屋に置いておいたくらいでは、知らぬうちに連れ戻されていたかもしれない。その点王都であれば王もウェリローシアも彼女を守るだろう。不穏の手もすぐにそこまでは届かないはずだ。おそらくは。

シシュはそう内心を整えると、得体の知れない化生斬りを見返す。

「彼女？　もしかして巫のことですか？」

「ええ。今朝から姿が見えないのだそうです。これはひょっとして、あなたがどこかに連れ出したのではないかと思いましてね」

「トーマにも同じことを聞かれたが、心当たりはないです」

このような時に無愛想は便利だ。いつもと大差なく答えられたシシュに、けれどネレイは含むところがあるような苦笑を見せた。

「本当でしょうか。あなたからは彼女の気配が濃く感じられるのですがね」

——そんなことも分かるのか。

とシシュは返したくなったが、そのまま返せば語るに落ちてしまう。察するにネレイは「人ならざるものが見えるだけ」の化生斬りというよりは、種々の異能を持つ巫に近い力の持ち主なのかもしれない。シシュは努力して意図的に顔を顰めてみせる。

「気配？　何ですかそれは」

「ご自分では気づいていないのでしょうねえ。あなたの体には残り香のように彼女の気配が染み着いていますよ。彼女をどこにやったんです？」

シシュはその言葉を聞いて、懐にしまったままの腕輪のことを思い出す。ネレイが言っているのはおそらくこれのことだろう。だが素直に腕輪を取り出すことはできない。シシュは「気配」と聞いて思い出したことを返す。

「この間、術の実験台になったせいではないでしょうか。巫が俺自身を媒介に結界を作っていました。よく共に行動しているから気配が染みこんでいるのだそうです」

「……なるほど。面白いお話ですなあ」

それで本当に納得したのか違うのか、ひとまずネレイは追及をやめたらしい。二人は無言のうちに先の角を曲がった。三階建ての木造宿舎が見えてくる。ネレイは宿舎の壁を見上げた。

「あなたならば彼女の行方を知っているかと思いましたが、いや残念残念」

「巫と親しいというなら、そちらの方がご存じでは？　昨日の様子ではそう思いました、が……」

反論は口にした瞬間、シシュを軽い自己嫌悪に陥らせた。

これではまるで男に嫉妬して嫌味を言っただけだ。だが訂正するのは恥の上塗りに思えたので、彼は近くの壁を蹴って回りたい衝動に駆られながら、黙してそれを耐えた。

ネレイはにこにこと人懐こく笑う。

「親しいのは確かですが、目を離すと足下を掬われてしまうのは如何ともしがたい。娼妓というのはこれだから困ります。あなたも用心した方がいいですよ」

「用心？」

「ええ、そうです。――彼女の客になろうなどと考えない方がいい」

男の声が一段低くなる。これは牽制なのか単なる世間話なのか、シシュは判断に迷った。

かつて王都でも、初対面の貴族の子弟から似たようなことを言われたことがある。その時は深く考えず頷いて、何故か決闘騒ぎにまでなってしまった。おまけに決闘には勝ったが、しばらくほとんど面識のない女性に付きまとわれ、王には大笑いされたという後日談つきだ。不可解な思い出は彼の中で「意味が分からない挑発を突然振られても、よく分からないまま返事をしてはいけない」という教訓になっていた。

教訓を生かすためにも、率直に相手の意図を聞くことにする。

「巫の客になると何か不都合があるのですか？」

「不都合と言うようなものではないですがね。色々と嫌な思いをすることになるでしょう？　人にはそれぞれ役目があるものです。分を弁えず己の領域を踏み越えれば、周囲にしわ寄せが出かねない」

「つまり、化生斬りは巫の客にふさわしくないと言うことですか」

ネレイの忠告は、無礼と言ってさしつかえないものだったので、シシュは遠慮なく返した。同じ化生斬りとして釘を刺されたネレイの笑顔は、途端に作り物のようなものになる。

「そう言ってしまうと語弊がある気もするのですがねえ。あなたはほら、どちらかというと王都の人間なのでしょう？　必要以上にこの街に関わっては、お互いのためによくないでしょう。常識が違う人間と仕事以上の付き合いをするのは大変なものですよ」

「そう、でしょうか」

この男の目的は一体何なのだろう。

サァリを手中にすることとか、アイリーデを変えることとか、それとも本当に妹を探しているだけか。狙いが分かれば手の打ちようもあるかもしれないが、その狙いがよく分からない。シシュは生返事をしながら慎重に男の表情を探った。だが彼の意図が分かっているのかいないのか、ネレイは作りものめいた笑顔のままだ。

——もう少し探りを入れてみてもいいかもしれない。

シシュは心中でサァリに詫びると、相手の挑発に乗ってみることにした。

「巫は、俺を選ぶと言いましたが」

もしネレイの目的がサァリであるなら、これで黙ってはいないはずだ。

そう思った瞬間、シシュは反射的に抜刀しかけた。

遅れてぞっと戦慄が背中を走る。彼は啞然として自分の体を見下ろした。

――刃が、腹を貫いたかと思った。

そう錯覚するほどの鋭い殺気が、ネレイから無言で発されたのだ。

シシュは柄にかけた手を油断なく意識する。予想を超えた変化に意表をつかれはしたが、これで斬りかかってくるならかえって話が早い。原因不明の状況で腹の探り合いをするよりよほどマシだ。

爪先に力を込める。足下で砂が軋む音が耳に障る。

シシュは息を整え、その時を待った。

しかしネレイは一向に己の刀を抜こうとはしない。細い目が笑みの形を作ってシシュを見る。

「それは羨ましい。ですが吹聴するような話でもないでしょう。妬む者に何をされるか分からない」

「文句があるというのなら、受けて立つつもりはありますが」

来るなら今来い、と言外に込めたにもかかわらず、ネレイは「勇ましいことですな」と笑っただけだった。いつのまにか殺気は嘘のように消えており、生温い空気が細い路地に流れている。

せっかく誘いをかけたにもかかわらず肩すかしを味わって、シシュは手近な壁を蹴りたくなった。こう流されてしまっては、単に自意識過剰の人間が自慢したようにしか聞こえない。どうしてやることなすことこう裏目に出てしまうのか。主君の大笑いが見える気がしてシシュは内心全てを呪った。

そうこうしているうちに、二人は宿舎の門前にまで来る。

シシュはここに来てようやく、ネレイがどこに住んでいるか知らないことに気づいた。まさか同じ宿舎で暮らしていたのだろうかと考えた時、だが男は笑顔で手を振る。

「それじゃあまた」

「あ、ああ……」

今までの会話は何だったのかというくらいあっさりと、ネレイは踵を返し去っていった。

一人になったシシュは、男の姿が見えなくなると、とりあえず門の柱を蹴る。

「一体何なんだ……！」

もやもやとした気分の悪さだけが溜まってしまった。とりあえずネレイが限りなく黒に近いとは分かるのだが、灰色をうろつかれている以上どうにもできない。いっそ尻尾を出してくれれば快く斬れるのだが、相手も化生斬りである以上それなりに手こずるだろう。シシュは、ネレイの審査に立ち会って腕を見ておけばよかったと後悔した。

「とりあえずミディリドスと……ネレイの妹か」

ネレイ自身に突破口が見えない以上、他に糸口を見つけるしかない。王都から返信が来るとしても、明後日以降になるのは確実だろう。それまでの間に、最低でも事態を悪化させてはならない。

自室に戻ったシシュは、部屋の隅の乱れ箱に少女の浴衣が畳まれているのを見つけて、不思議な気分になった。いまいち現実味のなかった昨晩の出来事が蘇（よみがえ）ってくる。

「神供、か」

もしかしたら昨夜の彼女の望みに応えていれば、この問題はあっさり解決していたのかもしれない。

アイリーデは彼女の街だ。最初から彼女こそが全てに使える切り札なのだろう。

だがそうは思っても、切り札を切るには早過ぎるという思いもある。サァリ自身言っていたのだ。

「まだ知らないことばかりだから、客を選べない」と。

そのような少女に急場で決断を強いることがいいとは思えない。彼女よりも数年多く世を見てきた人間だからこそ、こんな時には別の道を見つけて少女が追い立てられないようにしてやりたかった。

ただもしどうしても打つ手が見つからないというなら、切り札を切る覚悟はせねばならないだろう。

シシュはそれについて自分がどう考えているのか、計りかねて眉を寄せる。考えれば自分が情けなくなるような予感がしたし、言葉にしてしまえば違うものになる気がした。とりあえず大笑いする主君が容易に想像できて腹が立つ。

「びりっと……びりっと？」

化生と化生斬りを縛る呪でそれなりに衝撃があるのだから、神と神供を結ぶ痛みはどれほどのものなのか、考えるだに恐ろしい。

だがそれくらいはきっとのみこめる。肝心なのはやはり痛みではなく、もっと別のことなのだ。

シシュは乱れ箱に歩み寄ると、中の浴衣をそのままに押入れへとしまう。

微(かす)かに漂う甘い香りは、正視するとのまれそうな少女の笑顔を、シシュに思い出させたのだった。

3. 交代

男物の服を着ていても、よく見れば本当の性別が分かるとは言われたが、娼妓(しょうぎ)の着物姿でいるよりはよほど見つかりにくいはずだ。行き着いた小屋の狭い部屋で、サァリは窓越しに月を見上げた。満月を過ぎかけた月は、雲のない夜に冴え冴え(さざ)として白光を辺りに注いでいる。

王都に行く乗合馬車は、街道の途中で夜を越すのが普通だ。ほとんどの便は路傍の広場で雑魚寝をするのだが、シシュが選んだ馬車は宿泊用の小屋と契約しており、サァリは人生で初めての野宿をせずに済んでいた。

彼女はだぼつく袖の下から銀の腕輪を取り出す。

「シシュ、大丈夫かな」

今、彼女自身が持っている腕輪は、母が家を出る時に残していった方だ。子供の頃から身につけていた方の腕輪はシシュに渡してある。それは月白(つきしろ)から脱出する際にも鍵となったもので、彼が持っていればいざという時の目印にも使えるはずだ。

ただそれを持つ青年がちゃんと無事でいるのか、そこまでは窺(うかが)い知ることができない。サァリは消化しきれない不安を噛(か)みしめた。

「本当もう、なんなんだろ……」

——原因の知れない薄気味悪い状況に、シシュだけを残していくのは正直怖い。

だが、今は彼に任せるしかない。下手にあの街に残っても、精神操作をされた時に一番手強い敵になってしまうのは彼女自身だ。サァリがおかしくなれば、アイリーデどころか国さえ滅ぼすことも可能になる。

　そんなことはしたくないと思っても、サァリはネレイを前にすると彼の言うことを聞いてしまう。まるで子供が頭を撫でつけられ押さえつけられるように、彼に追従せねばと思ってしまうのだ。

　これがどういう力のなせる業なのか、一度味わったサァリにもよく分からない。トーマまで操作されていることからして、精神の強靱さとはあまり関係ない気がする。

　たとえば月白の娼妓や下女たちは全員操作下に置かれたが、月白に来る客たちの方には違いがあった。この違いは一体どこからくるのか。サァリは粗末な寝台に戻ると、膝を抱えて横になる。

「なんでシシュは平気だったんだろ……」

　最初は単純に接触回数が少ないせいかとも思ったが、一度しかネレイと顔を合わせていないはずの客が彼に心酔していたこともあったのだ。更には最近毎日のように月白に来て、何度かネレイと話していた旅客もいたが、彼はまったく操作を受けていなかった。

　サァリはそこにある違いは何かしばらく考えて——一つの仮説に達する。

「ひょっとして、アイリーデの人間ほど影響を受けやすい……？」

　アイリーデの巫であるサァリや、ラディ家の次期当主であり巫の血を引くトーマ、そして正統月白の娼妓たちや古くからの客たちなど、サァリの近くにいてネレイの影響を受けた人間たちは、皆アイリーデの本質に近い者たちばかりだ。アイリーデの精神を知り、それを貴んで生きる人間——もしそんな人間たちこそ影響を受けやすいのだとしたら。

「ひょっとして……ミディリドスとかまずいんじゃ」

　サァリは青ざめて起き上がった。表に出ないからこそ影響を受けていないと思ったのだが、今の仮説が事実ならミディリドスなど操作を受ける筆頭だ。知らぬまま更なる危地にシシュを送りこんでしまったのだとしたら、自分だけ王都に避難している場合ではない。

寝台から跳ね起きたサァリは、部屋の戸に走る。

だがあと一歩のところで、戸は勝手に向こうから開かれた。そこに立っていたのは薄汚い格好の男だ。手に粗末な短刀を持った若い男は、髪を下ろしているサァリを見てにやにやと笑う。

「やっぱり女か。そうじゃないかとは思ったが」

「……何の用です?」

一応尋ねてはみたが答えは大体見当がつく。サァリ自身かその金品が目当てだろう。かけておいたはずの鍵をあっさり開けられていることからして、常習犯かもしれない。

サァリは服の合わせ目に手を入れると、さらしに挟んであった懐刀を抜く。これだけ月が満ちている時期では、迂闊(うかつ)に打つと殺してしまう可能性が高い。もちろん最終手段としてはそれもありだろうが、普通に追い払えるならそちらの方がいい。サァリは両手で体の前に懐刀を構える。

「出て行ってください。私は何も持っておりませんし、ここで揉(も)めている暇はありません」

「そうつれないことを言うもんじゃないさ。武器を下ろしな。怪我(けが)をする」

「怪我をするのはあなたの方ですよ。身の程を弁(わきま)えなさい」

――息を止める。

青い瞳が、月光そのもののように光を帯びる。

人ならざる存在が静寂の中、ゆっくりと頭をもたげた。どこまでも赤い唇が薄く微笑(ほほえ)む。

無知な男であっても、その異様さには気づいたのだろう。男は笑おうとして顔を引きつらせた。

「なんだお前……化け物か?」

「――下種風情が、うちの姫を化け物呼ばわりか？」

突然の声は男の背後から聞こえた。振り向く暇さえ与えられず男の体は崩れ落ちる。

その体を足で蹴り転がした青年は、冷えきった視線をサァリへと向けた。

「何ですか、その格好は……」

「ヴァス、どうしてここに？」

呆気(あっけ)に取られて懐刀を下ろす少女に、従兄(いとこ)の青年は苦りきった顔を向ける。

「今日突然、王の巫からウェリローシアに指示が来たのですよ。ここに貴女(あなた)を迎えに行った方がいいと。忌々しい話ですが、あの巫の先視(さきみ)は確かなので私が来た次第です」

「……すみません」

「何があったか知りませんが、王につけこまれるような迂闊な真似(まね)はなさらないで頂きたい」

サァリは軽くうなだれる振りをしてヴァスの表情を窺う。万が一彼まで操作されていたらどうしようかと思ったのだ。

サァリに対しいついかなる時も嫌味を欠かさない青年は、一見いつも通りではあるが、いつも通りに見えるという点ではトーマもイーシアも同じだった。あまりにもいつも通りで、ただ思考だけが少しずつずれていく。その変化を目の当たりにしてきたサァリにとって、ヴァスがヴァスに見えるからといって油断はできない。

細い突剣を佩(は)いている青年は、黙りこんでしまった少女に訝(いぶか)しげな視線を投げる。

「どうしましたか。言い訳でも考えているのですか。正直に事情を説明して頂きたいのですが」

「その前に、少し質問をしてもいいですか？」

まずは彼が本当に味方かどうかを確認せねばならない。彼女が用心している気配を感じ取ったのか、ヴァスは更に顔を顰めたが、話を聞くために気絶している男の体を外へと蹴り出した。戸を閉めてサァリに向き直る。

「何を聞きたいのですか」

「アイリーデの娼妓や妓館についてどう思います?」

ネレイの操作下にある人間のもっとも顕著な違いがそこだ。彼に心酔している人間はその考えを反映してかアイリーデの妓館に否定的になる。サァリは昨日までの自分を思い出し歯軋りしたくなった。青年はそんな従妹を気味が悪そうに見やったが、とりあえず答えてくれる。

「質問の意図が分かりかねますが……アイリーデの特色の一つでしょう。現状に何か問題でも?」

「問題というか……妓館の存在がよくないとか、潰れちゃえばいいのにとか、思ったりしてません?」

「何ですかそれは。思うはずがないでしょう。アイリーデの意味がなくなります」

「ヴァス!」

喜びの声を上げて飛びついた彼女に青年は固まる。数秒の間を置いて唖然とした声が返ってきた。

「何なんですか……精神でも病みましたか?」

「あなたがまともで安心したのです」

「人の精神を疑う前にご自分を疑ったらどうです」

彼の嫌味がこんなに嬉しいのは初めてだ。サァリはヴァスの手で引き剝がされると、大きく頷いた。

「ということはやっぱり王都は無事、と……」

「事情を説明してください」

青年の周囲にどす黒い怒りが見える気がする。そろそろ本気で雷が落ちそうだ。サァリはあわてて新たな化生斬りが来てからの街の異変を説明した。

「――と、言うわけなのです」

「何者ですか、その男は。というか本当に普通の人間ですか？」

「……よく分かりません」

少なくとも全てがネレイのせいだとしたら普通の人間ではないだろう。

サァリは寝台脇の小さなテーブルを振り返った。そこには広げられた布の上には三冊の帳面と書簡が乗っている。ヴァスは彼女の視線でそれらに気づいたらしく、テーブルの傍に歩み寄った。三通の書簡のうちウェリローシア宛になっているものを手に取る。差出人はシシュだ。

「開けてもいいですね？」

ヴァスの質問は許可を求めているというより単なる確認だ。サァリが頷くと青年はさっさとそれを開封する。中身は一枚だけでそう長い文面でもなかったらしい。ヴァスは一読して元通り書簡をしまいなおした。

「貴女から聞いた内容と大体同じですね。有事の際は貴女を保護してアイリーデの人間に注意して欲しいと」

「そうですか……」

「ともかく屋敷に戻りましょう。あなたをこんなところで寝泊まりさせるわけにはいきませんから」

「あ、それなのですが、私はアイリーデに戻りた――」

最後まで言えなかったのは、凍りつくような視線が突き刺さったからだ。青年はサァリがうっと怯んだのを見ると、わざとらしいほど大きく溜息をついた。

「あなたが戻ってどうなると？　聞いた話では面倒を増やすだけに思えますが」

「で、でも、アイリーデの人間ほど影響を受けやすいなら、ミディリドスも危なくて」

「更にあなたが加わる、と。もう少し落ち着いて考えたらどうです？」

「…………」

正論ではあるのだが、だからと言って手をこまねいていられる気分ではない。サァリは自分の意識が冷えていくのを感じた。強引にでも押し切ろうと口を開きかけた時、ヴァスは持っていた書簡を彼女へと差し出す。

「アイリーデには私が行きましょう。貴女はこのまま王都にお行きください」

「……え？　ヴァスが？」

「何か問題でも？」

「いえ……」

むしろ彼がそこまでしてくれるとは思わなかった。

ウェリローシアは基本アイリーデには干渉しない。それはお互いの領域を守るための線引きだが、彼ならばそのことを理由に関わること自体を拒否するかと思ったのだ。

目を丸くするサァリに、ヴァスは嫌そうな顔になった。

「驚かれても困ります。月白やアイリーデに何かあったなら、王都で私たちが動いていることも無意味になりますからね。王族がアイリーデで死んだ、などということになっても迷惑です」

「で、でも、あなたも操作されたりしませんか？」

「さあ、どうなるでしょうか。ただアイリーデを尊重しながら王都の人間であるという点において、私と王弟にそう差はないかと思いますが。違いますか？」

――それはそうかもしれない。

ヴァスはアイリーデに来ることさえほとんどない。シシュよりもよほどあの街と距離を取っている。

サァリは少し逡巡したが、書簡を握り直すと頷いた。

「では、お願いできますか」

「当主が命ずるのであれば」

「命じます」

少女の命令に、ヴァスは黙って頭を下げた。


サァリを迎えにヴァスが手配してきたのはウェリローシアの二頭馬車だ。

その馬を彼は御者に手伝わせて一頭だけ馬車から外すと、自分が乗れるよう鞍と鐙を取り付けた。

サァリなどには分からぬことだが、ヴァスは屋敷の馬それぞれの特徴を把握しているらしい。外した葦毛の馬を指して「これなら遅くとも夜明けまでにはアイリーデに着くでしょう」と言った。代わりに馬車には辺りの木に繋がれていた見知らぬ馬を補充する。サァリは従兄の手際に目を丸くした。

「その馬はどうしたのです」

「先ほどの盗人のものでしょう。迷惑料代わりです」

いい性格の青年は自分の装備を確認する。その背にサァリは不安を隠せない視線を投げかけた。

「アイリーデについたらどうするのです？」

「まずは月白を調べます。貴女の次に優先すべきはあそこですから」

「でも月白は今」

「注意しますので大丈夫です。それに、客の中にも操作されない人間がいたのでしょう？」

「そうなのですけど……」

月白の娼妓でヴァスの顔を知っている人間は確かにいないはずだ。ただトーマと出くわしてしまう可能性はあるだろうし、月白は女に選ばれなければ客にもなれない場所なのだ。普段であればサァリが多少口利きすることもできるが、今はさすがに不可能だ。

少女は従兄の顔を遠慮なくじろじろと眺めた。

「顔はいいから多分、誰かは取ってくれると思うけど……」

「何を失礼なことを言っているのですか」

「いいえ。あなたが女性だったら下女として入ることもできただろうな、と思いまして」

話の矛先を逸らすためにサァリがいい加減なことを言うと、ヴァスの表情はみるみるうちに冷えきった。ちりちりとした苛立ちがその双眸に見て取れる。

また怒られるかと反射的にサァリが身を竦めると、青年は我に返ったのか大きく溜息をついた。

「貴女は昔と同じことを言うんですね」

「え？　私、そんなこと言いました？」

まったく記憶にないサァリは、自分の顔を指さす。ヴァスは左目だけを細めて彼女を見た。

「覚えていないのですか。子供の頃のことですよ」

「子供の……？　分かりません。いつのことですか？」

本気で分からないサァリは気になって食い下がった。鐙を確かめていた青年は面倒そうな顔になる。

「大した話ではありませんよ。貴女が屋敷の部屋に閉じこめられていた頃の話です。私が中庭を歩いていたら貴女が窓から声をかけてきて……『女だったらよかった』と言ったのですよ」

「あれ……って、あ……！」

――思い出した。

サァリは少し前に見た夢の続きを、記憶の底から手繰り寄せる。

あの時彼女は窓から庭を見ていて、通りがかった従兄と何か話がしたくて仕方なかったのだ。鬱屈とした代わり映えのしない暮らしの中で、彼を見つけられたことはまたとない好機に思えた。

だからサァリは必死で話題を探して話しかけ……だが月白の主、アイリーデの巫として育てられている彼女と、ウェリローシアの要務を学んでいる少年との間には、何ら共通する話題がなかった。

要領を得ないサァリの話にヴァスは次第に呆(あき)れてきているようにも見え、彼女はつい言ってしまったのだ。「あなたが女の子だったらよかったのに」と。

その後はもうひどいものだった。

途端怒り出したヴァスはサァリの無知を責め出し、最後には「一人じゃ何もできないくせに！」と怒鳴られた。彼のその最後の言葉だけははっきりと覚えていたが、そこに至る原因を忘れていたのは子供の記憶の都合よさだろう。サァリは過去の自分に赤面して頭を下げる。

「失礼しました……。愚かな発言をして申し訳ありません」

「謝って頂くようなことではありませんよ。子供の戯言(たわごと)でしょう」

そう言われても、やがて当主となる少女の言葉が、少年だった彼の自尊心を傷つけたことは確かだ。思い返してみれば、ヴァスからの風当たりが強くなったのもその後からだ。

今は当主となった少女は、過去の自分の無神経さに身を縮こめて穴に入りたい気分になる。謝罪するには遅過ぎるが、謝らずにはいられなかった。

「本当にごめんなさい。あの時はあなたと話がしたくて……子供とはいえ浅薄でした」

もう一度深く頭を下げ、顔を上げると、ヴァスは珍しいものでも見るかのようにまじまじとサァリを見つめていた。子供だったあの時と同様に視線が合う。サァリは居心地の悪さを感じて目を伏せたくなったが、青年はふっと微笑んだ。

それは棘のない柔らかな微笑だ。サァリが初めて見る表情に驚いている間に、ヴァスは身軽な動作で馬の鞍に乗る。幾分笑いを含んだ声が馬上からかけられた。

「らしくないですね。貴女に噛みつかれないとは不思議な気分です」

「……自分の非を認めるくらいのことはできるつもりです」

「ならばきちんと屋敷に避難してください。後のことは私がやりましょう」

慣れた手つきで手綱を取る青年は、街道に向かって馬首を返した。すぐにでも出発してしまいそうな青年を、サァリはあわてて呼び止める。

「ヴァス！」

「何ですか。何か思い出した情報でもあるのですか」

そう言われても咄嗟に何も思いつかない。ただサァリは、闇の中に溶け入りそうな従兄を見て、急に不安になっただけなのだ。何故だかこのまま行かせてはいけない気がした。先視の目など持っていない少女は、そんな予感に駆られたこと自体、気弱になっている証の気がして言い繕う。

「あの、トーマに会ったら気をつけて……」

「ちょうどよいので殴ってやります。日頃から殴りたいと思っていましたし」

「…………」

シシュにも似たことを言われた気がする。サァリに優しい兄は日頃周囲に何をしているのだろう。

少女は挫けかけた気を張り直そうとして――月光を反射する鐙にあることを思い出した。ヴァスを見上げる。

「そう言えば……ネレイがおかしなことを言っていました」

「おかしな？　どんなことです」

「確か……湖の畔の森で……金色の大きな生き物を見た、と」

それは初対面の時にネレイが言っていたことだ。彼自身ひどく曖昧そうに思い出していた言葉に、サァリは何か引っかかるものを覚える。つい最近、似たようなものを自分も見た気がするのだ。あれはいつどこでのことだったか……視線をさまよわせた少女は、視界の中心に従兄を捉えた。途端、ぱちりと駒がそろったかのように思い出す。

「あ！　そうだ！　あれ！」

「大声を出さないでください」

「……あれですよ、あれ。ほら、この前の王都の事件で、地下の檻に色々入れられていたでしょう？　あの中に金色の大きな狼がいませんでしたか」

確かにサァリはその姿を覚えている。神として感覚が拡張していた時、周りの檻に何がいたのか全部分かっていたのだ。その中にいつのまにか現れた巨大な狼が、じっと自分を見ていたことも。

「……あれ？　いつのまにか現れて……？」

記憶を思い返したサァリは自分で困惑する。問題の金色の狼は、そう言えば最初に檻を見回した時はいなかったのだ。あんな目立つ生き物がまず目に入っていたなら、もっと記憶に残っていたはずだ。ぼんやりとしか覚えていなかったのは、視覚的に「見た」からではなく、ただ後方にいるのを「把握した」だけだったからだ。

サァリは愕然として額を押さえる。

「あなたは見ませんでした……？　確かあの時、正気でしたよね？」

あの場にはシシュやフィーラもいたが、彼らは当時花の香に誑かされており記憶がなくなっている。だが後から来たヴァスは違うはずだ。希望を多分に含んだ確認に、しかしヴァスは首を横に振った。

「もちろん正気ではありましたが、そのような生き物はいませんでしたよ。見間違いか、貴女も正気ではなかったかのどちらかでしょう」

「う……」

正気だった自信はあるが、ここで言い張っても平行線になるだけだ。あの場にいたアイドやレセンテにも聞ければいいのかもしれないが、サァリに彼らの所在は分からない。正気を疑われた少女は不可解を抱えて黙りこんだ。

それを見たヴァスは、いつもの冷笑より幾分穏やかな苦笑を向ける。

「まぁ、貴女がそう言うのなら留意しておきましょう」

「……気をつけて」

なんだか釈然としないが、問題はこれからだ。サァリが見守る中、ヴァスは手綱を取り闇の中へと消えていった。彼女自身はウェリローシアの馬車へと戻る。

これで果たして解決できるのか、原因が分からない以上まだ自信がない。ただそれでも少しずつは前進しているはずだと、彼女は底のない不安に陥りそうな自分へと言い聞かせた。

※

「……化生(けしょう)がいないな」

サァリを逃がしてから丸一日が経(た)った朝、シシュは見回りをしながら考えこんでいた。

昨夜もこうして見回ったのだが、何の手がかりも得られないのに加えて化生もいないのが不審だ。

本来化生は、月が満ちている時ほど力が増し数も増える。だがアイリーデにおいては、それ以上に力が増す巫が化生の出現を押さえこんでしまうのだ。

しかし今は、サァリがアイリーデにいない。彼女は自分がいない間、時期外れの化生が出るかもしれないことをシシュに伝えていった。

けれど予想に反して、街には化生の一体も見えない。ただ彼が出くわさないというだけではないのは、通報がないことからも明らかだ。通常なら化生の赤い目が目撃されれば、その年格好と出現位置が自警団へ伝わり、手の空いている化生斬りに伝達される。シシュは念のため他の化生斬りに任務が振られてないか自警団本部に確認もしにいったが、目撃情報自体がないとのことだった。

「これは単なる幸運と言っていいのかどうか……」

ネレイ以外に手を割かなくて済むのは重畳だが、原因不明というのはいささか気味が悪い。シシュは最後に見た化生である「写し身」のことを思い出した。

「もともと弱く生まれた化生、だったか」

そのことをサァリはしきりに不思議がっていたのだ。シシュは彼女の思考を追うように考えこむ。

化生の出ないアイリーデ。潰れていく妓館。そして怪しい化生斬りの男。

疑問と不審を頭の中に並べる彼は、茶屋の主人が言っていた「妙に明るくて気味が悪い」という感想を無意識のうちに反芻する。

だが今のところネレイ本人はのらくらと得体が知れず叩きようがない。

となれば、あと残っている糸口はミディリドスだろうか。

見上げると、早朝の街の上には薄曇りの空が広がっている。

まだ店もあまり開いていない時間で、通りに人の姿はまばらだ。しかしそれ以上にシシュはどこか街の空気が寒々しいものに思えて顔を顰めた。このままアイリーデから少しずつ人がいなくなっていってしまうなどということになりはしないか、不吉な予感が背筋を掠める。

「参った……」

ぐずぐずしている場合ではない。シシュはミディリドスの居場所を聞くために誰かを捕まえようと歩調を速めた。ちょうど路地の先に見知った人影を見つける。

この街では二人といない巨体を持つ化生斬りは、向こうもシシュに気づいたらしく無言で手招きをしてきた。シシュは昨日のことを思い出し眉を寄せながらも鉄刃の元に歩み寄る。そのまま二人は並んで歩き出した。

人の気配がない路地を、化生斬り二人は更に郊外に向かう。ややあって倉庫街に入り完全に周囲から人がなくなると、鉄刃は重い口を開いた。

「巫が、昨日から行方知れずになっているらしい」

「…………」

言われるだろうとは思っていたが、シシュは緊張に身を固くする。サァリが彼と一緒だったと知っているのは鉄刃しかいないのだ。どう誤魔化すか、それとも本当のことを話すか、そもそも鉄刃は操作を受けていないのか、シシュは迷った。

答えない青年に、巨軀の化生斬りは続ける。

「まぁ……口止めをされていたので黙ってはいたが。何があったか聞いてもいいだろうか」

「それは――」

何から話すべきか考えて、シシュは結局、問題人物について探りを入れることにした。話が変わることに断りを入れてから問う。

「新しい化生斬りについて、どう思っている？」

「ネレイのことか？　さあ、化生斬りとしては標準的な腕並みと思う」

「性格というか性質は」

「変わっているな。アイリーデの人間らしくない。まぁ前のアイドがアイリーデらしい人間過ぎてあのようなことになったからな。逆の人間を呼ぼうということになったのだろう」

鉄刃の感想は幾分感傷が入っているようにも思えた。シシュは言われて初めて二人の化生斬りを比べてみる。

ネレイがアイリーデらしくないとは茶屋の主人からも聞いたが、アイドがアイリーデらし過ぎるとは初めて聞いた。

だが言われてみればそうなのかもしれない。この街を憎んで恨んで傷つけようとした彼は、夜の闇と気だるさを引きずった街そのもののような人間だった。サァリが月であるなら、あの男はそれが作る影だ。傍目（はため）から見て似合いの一対に見えた二人を思い出し、シシュは面白くない気分を味わう。

しかし脱線しかけた思考を、鉄刃の声が引き戻した。

「それが巫と何か関係があるのか？」

「ああ……」

この分では鉄刃は操作されていないと思っていいだろう。ならミディリドスの居所を聞けるかもしれない。青年は空き倉庫を左に、水路を右に見ながら口を開いた。

「実は巫が新しい化生斬りに干渉されて困っている。だから一時的に月白から避難させた」

「干渉されているとは？　初耳だ」

どういう言い方なら無難なのか、シシュは考えながら説明していく。

「暗示……のようなものだろうか。そういったものをかけられて、月白にいる間は男の言いなりになってしまっていたらしい。なんとか逃げ出してきたが、解決法が分からないから月白に戻していない。あの男が確実に犯人で何をやったか分かればいいんだが、それが不明だ」

「そのようなことになっていたのか……」

深い嘆息が聞こえる。全ては伝えていないが、必要なことは大体理解してもらえたようだ。

「しかし、それならトーマが黙っていない気もするが」

「トーマも暗示にかかっている。今は月白全体がまずい」

「それは困るな。巫は今どこに？　何と言っている？」

「王都に逃がした。解決法は彼女も分からないらしい。ネレイを排除すればいいのだろうが……」

「――王都か。やっぱりな」

新たな声は倉庫の陰から聞こえた。それが誰だか分かる前に、シシュは素早く抜刀する。

振り返って軍刀を構える青年に、鉄刃は驚いた顔になった。倉庫の陰から現れたトーマが余裕に満ちた笑顔で二人を見る。その手には抜いた刀が握られていた。

「シシュ、勝手にアイリーデの巫を街の外に出されちゃ困るな」

「出さなければもっとまずいことになっていたと思うがな……」

「そうか？　どんな人間でも周囲の環境によって左右されるところはあるだろ？　サァリがお前に嘘をついていないとどうして思う？　本当にそっちのサァリが本物か？」

「巫は本物だったし、俺にあんな嘘はつかない。見れば分かる」

「そりゃ残念だな」

トーマは堂々たる所作で刀を構えた。よく研がれた切っ先をシシュに向ける。ゆらりと立ち上る戦意に、シシュは緊張を余儀なくされた。

——どちらも怪我なしに場を収めるのは、おそらく不可能だろう。

だがトーマをこのまま自由にさせておくわけにはいかない。彼が敵方についていれば迷惑この上ないのに加えて、サァリの行き先も聞かれてしまったのだ。これに関しては自分が迂闊だったと思うが、だからこそここでトーマを捕縛しないわけにはいかない。

幸い今は鉄刃と二対一だ。協力してかかれば手強い相手もなんとかなるだろう。

シシュは手筈を決めようと隣の大男を見上げ……そして、絶句する。

先ほどまで普通に話していたはずの鉄刃は、今は沈んで昏い目でシシュを見下ろしていた。重い口が開き、溜息が洩れる。

「……また化生斬りに欠員を出さねばならんとはな」

「まさか」

シシュは反射的に飛び下がり、鉄刃から距離を取った。

厚刃の刀を抜く大男の隣にトーマが並ぶ。二人はいつもと同じ様子で——だがやはり、普段とは違うどこか傾いた目でシシュを見据えていた。トーマが軽く肩を竦める。

「サァリが泣くと困るからな。死体は見つからないところに埋めてやる」

本気か、と聞きたい気もするが、少なくとも今のトーマにとっては本気なのだろう。

シシュはすぐ背後の水路を一瞥する。この二人相手に正面から戦ったら最悪の事態もありうる。なんとか退かなければならないが、その隙が得られるかも不明だ。脳裏にサァリの不安げな顔がよぎる。

——ここで死ぬ羽目になったら、きっと彼女が傷つく。

それを避けるためには、いくらかの損失も覚悟せねば。たとえば腕一本落とすくらいのことは。

そうならずに済めば一番いいのだろうが、シシュは戦況を把握できないほど楽天家ではなかった。

彼は内心の動揺を均(なら)すと軍刀を構えなおす。

声もなく先に踏みこんできたのは鉄刃の方だ。

真上からの重い斬撃を、シシュは刃の上を滑らせて力を逸らす。空いた男の脇に肘を叩きこもうと踏みこんだ時、だが青年は咄嗟の判断で身を沈めた。頭上を厚刃が薙(な)いで行く。風圧が髪を乱し、しかしシシュはそれには拘泥(こうでい)しなかった。すかさず突きこまれる切っ先を刀の背で弾(はじ)く。隙をついたはずの攻撃をいなされたトーマは口元だけで笑った。

「抵抗すると後が辛いだけだぞ」

「悪いが、黙って殺される趣味はない」

「お前がいるとサァリが揺らぐんだよ」

鉄刃の刀がシシュを斬り捨てようと振りかかる。

とてもではないが正面からは受けられない威力の攻撃だ。シシュはそれを右に跳んで避ける。

しかしそこまでを読んでいたトーマが、ぴったりと踏みこんで刃を振るってきた。右足を斬り上げようとするそれを青年は己の刃で受ける。硬い金属音が、朝の空気の中に鳴り響いた。

シシュはそのまま軍刀を引こうとしたが、トーマはそれを許さない。拮抗(きっこう)している状態から更に刃を押しこんでくる。柄がぎしりと嫌な音を立てた。

――動きを止めてはまずい。

相手は二人いるのだ。硬直はそのまま死に繋がる。

だがそう思っても、迂闊に刀を引けばその瞬間に斬られてしまう。シシュはトーマの足を蹴ろうとして、けれど鉄刃が視界の端で刀を振り上げるのに気づいた。

「っ、」

ほんのわずかな時間、シシュは己の死までを予想する。

だが鉄刃は直前でぐるりと振り返った。背後からの攻撃を厚刃で受ける。

キン、と新たな音が場に響く。遅れて疲れたような青年の声がシシュの耳に届いた。

「まったく……昨日の今日でもう窮地ですか。少しは慎重に行動して頂きたいものです」

「なんだ、お前が来たのか」

笑って刀を引くトーマの向こうに、見覚えのある青年が立っている。

細身の突剣を携える彼は、本来王都にいるはずのサァリの従兄だ。動きやすい乗馬服からは上流階級の人間であることが一目で分かる。中性的に整った顔立ちは、トーマよりもよほどサァリの血族らしく見えた。

思いもかけぬ人間の登場に、体勢を整えたシシュは敵か味方か判断に迷う。そんな彼にヴァスはすぐ気づいたらしく皮肉げな目を向けてきた。

「彼女に頼まれて来ました。ご心配なく」

「へえ、こいつを見殺しにしなくていいのか？　こいつがサァリに近づくのを嫌がってただろうに。自分でふるい落とすいい機会だろ？」

「……あんたのそういうところが嫌いなんだよ」

打って変わった口調で吐き捨てたヴァスは、改めて鉄刃に向かって突剣を構えた。左目だけを細めると、シシュに向かってトーマを顎で指した。

「そこの阿呆(あほう)は任せます。多少の怪我は構いません。かえって頭が冷えるでしょう。死んだら死んだでラディ家の始末はこちらがつけますので」

「ずいぶん大言を吐くじゃないか、ガキが」

「いいように操られてるあんたに言われたくないね」

従兄弟同士の舌戦は、放っておけばどんどん熱くなっていきそうだ。

シシュはその分冷静になると周囲を見回した。すぐ左に水路があることを確認すると、改めて目の前の男へと声をかける。

「トーマ、そろそろ大人しくしてもらおう……サァリーディが悲しむ」

その言葉にトーマは片眉だけを上げて微笑する。ここにいる誰よりも余裕を当然のものとしている男は、優しげにしか見えない顔で返した。

「ならやってみろ。お前にできるものならな」

トーマは今でこそ職人の家の次期当主だが、かつては妹のために化生斬りになるつもりだった人間だ。シシュもその剣を今までに何度か見たことがあるが、並の化生斬りを凌駕する腕前だった。

相対するトーマを油断なく睨みながら、シシュは己の持つ軍刀を確かめる。先ほど軋むような音がしていたが、今のところ異常はないようだ。青年はよく研がれた刀身を見て、ふとこの軍刀を拝領した時のことを思い出した。

『——お前のよい評判は聞いているよ』

当時シシュを呼び出し、王族の権利を与えてきた王は、宝石をあしらった豪奢な飾り刀を彼に授けようとした。しかし彼はそれを固辞したのだ。生まれがどうであろうとも自分は王の臣下であり、宮廷で安穏と過ごすつもりはないと。

それを聞いた王は、飾り刀の代わりにこの軍刀を持ってこさせた。そしてシシュへと無造作に差し出しながら言ったのだ。『ならば己が納得できる道を選べ』と。彼は懐かしい記憶に嘆息する。

「なかなか難しいことだがな……」

『納得できる』とは単純な勝利や敗北の問題ではない。先までを見て、その場その場の最善や次善を選べるか否かだ。それは単純に「勝て」と言われるよりも難しく――だがそこまでを考えられてこそ、王と血を分けた臣ということだろう。

軍刀を構えるシシュに、トーマは笑った。

「どうした？　王族がこんなところで負けたら恥か？」

「そんなことは考えていない」

目先の勝ち負けは大した問題ではない。ただ、だからといって最初から負けるつもりもなかった。

シシュはトーマの刀の切っ先から、続く肩までを視界に入れる。どれか一つに捕らわれ過ぎないよう注意しつつ、男の出方を待った。

トーマは無言で笑っている。その視線が空を見上げた一瞬、彼は踏みこんできた。

砂を擦る音。

強烈な斬撃がシシュの肩口に振りかかる。

常人なら反応できぬまま斬り捨てられただろうその一撃を、だがシシュは半身になりながら己の刃で受け流した。

逸らしきれなかった衝撃が腕を痺れさせるが、それには構わず切っ先を斬り上げる。

トーマの肩を狙った刃は、しかし相手の男が半歩右に避けたことで空を切った。トーマは続けざまにシシュの胴を薙ごうとする。速度よりも力を重視した攻撃に、シシュはまともに受けることを嫌って後ろに跳んだ。水路際にまで下がった青年は、後のない状況を把握する。

トーマがからからと笑った。

「また水路に落ちてみるか？　俺はそれでも構わんけどな」

「そろそろ御免蒙る」

――本気で斬りあって勝てるか否か。

それに加えて、シシュの方は相手を殺せないという条件付きだ。

彼はトーマまでの間合いを目測した。相手の肩越しに、鉄刃の攻撃を避けるヴァスの姿が見える。

シシュは方針を固めると顔の右側に突きの形で軍刀を構えた。笑いもせず促す。

「来い」

トーマは曖昧な微笑を見せた。彼は足下に視線を落とし――直後、刃同士のぶつかる澄んだ音が響き渡った。トーマの肩を狙った突きは軌道を逸らされ、服を斬り裂くに留まる。

一方シシュの胸元にも、避けきれなかった切っ先によって大きく制服の切れ目ができていた。

だがシシュはそこで止まることをせず、左手で刀の鞘を握る。右手の軍刀を引く代わりに、鞘でもってトーマの胴を薙ごうとした。

軍刀の突きを囮として、鞘の殴打で相手を水路に叩き落とそうとの目論見。だがトーマはそこまでも予想していたのか、刀を素早く引くと底知れぬ笑いでシシュを一瞥する。

その表情が……何故か瞬間、凍った。

「トーマ？」

問いながらも、これは絶好の隙だ。

シシュは軍刀の鞘で男の左脇を打ち抜く。そのまま体勢を崩しかけたトーマを、彼は更に遠慮なく蹴りつけた。大きな水音が後に続く。

水路に落ちる瞬間、ようやく表情の戻ったトーマは信じられないといった顔でシシュを見ていた。

青年は鞘を戻しながら一息つく。

「……そこで少し頭を冷やすんだな」

これで正気に戻ってくれるならありがたいが、そう簡単に油断はできない。

シシュはヴァスの方に向かおうとして、ふと制服の切れ目を見下ろした。胸元にしまっていた銀の腕輪がそこから覗(のぞ)いている。

「これを見たのか」

妹の持ち物であった腕輪を見て、一瞬でも何かが影響したのかもしれない。シシュは複雑な気分で波紋の残る水路を見やると、すぐにまだ戦い続けている二人の方へと向かった。

ヴァスは突剣を巧みに振るって鉄刃の攻撃をいなし続けている。サァリの従兄である彼は、確かシシュよりも三歳年下だったはずだ。シシュの三年前といったら士官学校を卒業してまもなくの頃だが、その当時の彼とヴァスの剣技は遜色ない。重さはないが危なげない技術に、シシュは密(ひそ)かに感心した。

だが高みの見物をしていられる場合でもない。加勢してトーマが上がってくる前に撤退しなければ。

――けれどその時、鉄刃の巨体がぐらりと傾(かし)ぐ。

シシュとヴァスはぎょっとして膝をつく化生斬りを見やる。倉庫の陰から鋭い声がかけられた。

「お二人とも、こちらに」

女の声は聞き覚えのあるものだ。口元を黒い布で隠したミディリドスの長が顔を覗かせる。その隣には長身の男が剝(む)き出しの笛を手に立っていた。

はたして彼らは味方か否か。ここ二、三日で散々な目にあっているシシュは躊躇(ちゅうちょ)する。

だがヴァスの方は「行きましょう」と言うとさっさと走り出した。彼一人だけ行かせるわけにもいかず、シシュは決断するとその場を駆け出す。ミディリドスの長が先導する後を走り出した。

シシュもアイリーデに来てから、見回りを重ねて大体の道を把握したと思っていたが、ミディリドスの通る道は細く曲がりくねった路地で、すぐに自分がどこにいるのか分からなくなった。

これで騙されていたとしたら致命的だ。シシュがそう危ぶみ出した頃、先を走っていたミディリドスの二人は古い小さな家へと入っていく。表札も何もない家は、漆喰の低い塀が周囲を囲んでいるだけで目立ったものは何もない。玄関への石畳には砂埃が溜まり、小さな庭には枯れかけた木が見える。

ミディリドスの長と共にいる男は、格子の引き戸を開けて彼らを招き入れた。

上がり口の向こうに畳敷きの部屋が見える。どこもかしこも薄汚れて古ぼけた家の中は物自体ほとんどなく、まるで空き家のようだ。

上がり口で靴を脱ごうとしたシシュに、女は「そのままで」と促す。彼は戸惑いながらも土足のまま中へと上がった。ミディリドスの長は畳の部屋に二人を案内すると口を開く。

「これから地下にご案内いたしますが……今は少々空気が悪うございます。お気をつけください」

長が伴っている男が畳の上に膝をつく。そうして彼は畳の縁に手をかけると、角の一枚を剝がした。ぽっかりと穴の空いているその下は、地下への階段になっている。剝き出しの土壁にところどころ蠟燭の火が灯っている様は、シシュに蛇代の事件を思い出させた。

「足下にご注意を」

ミディリドスの長は、自分が先に地下へと下りていく。それをヴァスは左目を細めて眺めていた。

青年はシシュの視線に気づいて彼を見ると、どうするか無言で問うてくる。これが罠かどうか、シシュも鉄刃との会話を思い出すに自信がない。動かない二人に、畳を押さえている男が軽く頭を下げた。

「用心なさるのは分かります。ただ私どもは今まで異変を避けるべく地下に避難しておりました。このこと自体が、私どもの正気を裏付ける証と思って頂きたい」

男の声音には偽りは感じない。そしてミディリドスがここのところ街から姿を消していたのは事実だ。ただ、偽ろうと思えばいくらでも偽れるだろう。シシュはトーマに斬られた制服を見下ろす。

逡巡は、ほんの数秒のことだった。

「……分かった。行こう」

罠だとしても、一つ一つ潰していかなければ活路も見えない。

シシュは覚悟を決めると暗い階段を下りて行く。その後にヴァスが続いた。

最後尾の男が入り口を閉めると、明かりは乏しい蠟燭の火だけになる。シシュは若干の息苦しさを覚えて気を引き締めた。少し暗くなったくらいでずいぶん気弱なものだ、と彼は自身を忌々しく思ったが、まもなく息苦しさは明かりのせいだけではないと分かった。

階段が終わり石畳の通路へと出たシシュは、そこで待っていた女の隣へと一歩踏み出しかけて――だが思わず立ち止まる。彼の背にぶつかりそうになったヴァスが迷惑そうな声を上げた。

「どうしたんです、急に」

「いや……」

サァリの血族であっても、この青年はどうやら普通の化生を見ることができないらしい。

シシュの視線の先、薄暗い通路のそこかしこには……化生未満の黒い影がいくつも溜まっていた。

人の精神を傾がせる影。シシュに息苦しさを覚えさせているそれらは、けれどぴくりとも動く気配がない。むしろ強い風が吹けば掻き消えてしまいそうな頼りない風情だ。何故ここにこんなものが溜まっているのか、出るはずの化生が姿を見せないことと何か関係があるのか、シシュは困惑した。

ミディリドスの長は、彼の表情から疑問を読み取ったのか、黒い影を指さす。

「あれらが地下に溜まり出したのは、アイリーデに異変が起き始めてからです。おそらく今地上に蔓延(まんえん)している力に抑えられて、上に出られないのでしょう。ですがそのおかげで、私たちが地上への力から逃れられたとも言えます」

「地上に蔓延している力？」

「ええ。そろそろあなたもお気づきなのではないですか？」

神に仕える女、アイリーデの芸楽師を束ねる長は嘆息する。そこには深い疲労と抑えきれぬ憤りのようなものが見えた。女は、影が蹲(うずくま)る中を奥にある扉に向かって歩き出す。

「今アイリーデを変質させている何かは、この街の『夜』を拭い去ろうとしております。だからこそ化生や『蛇』の力も抑えつけられ、実体化できていない……。ですが私どもは神に捧(ささ)ぐ芸楽の技に磨きをかけるため、日頃から地下におりますれば。侵食(しんしょく)の影響を受けにくくあるのです」

「地下に……そんな方策があったのか」

「単純に地下にいればいいというわけではないのでしょうが。もとより私どもの芸楽は『蛇』の怨念を和らげる意味をも持っております。同じ神供(しんぐ)でも酒よりずっと『地』に近いのです」

石でできた両開きの扉の前で長は立ち止まる。振り返った女は少しだけ困ったような苦笑を見せた。

「此処(ここ)より先はミディリドスの領域。未熟者どもの稽古が煩(うるさ)いでしょうが、どうぞご容赦を」

そう言って女は、厚い扉を押し開く。

開いた扉の先は、石の通路になっていた。

ただそれまでと違うのは、通路の左右にいくつもの板戸が並んでおり、その向こうから弦や笛の音が聞こえてくるということだ。

それぞれの音が入り交じり、石の通路に反響して渾然(こんぜん)としている様は圧巻の一言だ。人の姿がないにもかかわらず芸楽の音が波となり満たしている空間は、異郷と言うにふさわしい雰囲気を孕んでいた。

アイリーデの地下に広がる神供を初めて目の当たりにしたシシュは、思わず言葉を失う。

それはウェリローシアの代行者である青年も同様だったようでヴァスの嘆息が背後から聞こえた。

そんな二人に、ミディリドスの長は振り返って微笑む。

「どうぞ、こちらに」

示す先は石の廊下の更に奥だ。こちらの通路にも化生の成り損ないがそこかしこに漂っているのを見て、シシュは眉を顰めた。

「これで人心に影響は出ないのか？」

「未熟な者であれば多少は。ですが私どもは、もとよりどのような条件下でも、変わらず芸楽事に専心するよう叩きこまれますから。むしろいい修行になっております」

「それは……」

豪胆と言うべきだろうか。今までシシュは、自らに課せられそうになっている人肌の神供と、飄々と陽気な男が作る美酒の神供しか知らなかったが、楽の神供は想像以上に厳しい統制を自らに敷いているようだ。

ミディリドスの二人に前後を付き添われ、シシュたちは奥へ進む。長が前を見たまま口を開いた。

「本来ならば私たちに呼ばれる名など不要——ではございますが、このような事態となれば、必要なこともございましょう。わたくしがテンセ、後ろの男が」

「トズと申します」

「わたくしの後を継ぐ男です。どうぞよしなに」

それはつまり次の長ということであろう。振り返った二人の青年に、ぬぼっとした長身の男は無表情のまま会釈をした。シシュはその手に握られたままの細笛へ目を留める。

「先ほど、鉄刃を眠らせたのは」

「お察しの通りです」

どうやらこの細笛は笛に見えるだけで、実際は吹き矢であるらしい。ミディリドスの意外な技に感心しつつ、シシュは前を向き直した。先を行くテンセが一枚の板戸を開ける。

「ここを使いましょう」

言われて中に入ると、小さな上がり口の奥は一段高い畳敷きの部屋になっていた。八畳の間は普段稽古に使っているのだろう。座布団が隅に重ねられている以外は何もない。シシュとヴァスが靴を脱ぐ間に、女は座布団を用意した。ミディリドスの二人と青年二人はそれぞれ向かい合って座す。

口火を切ったのは、長であるテンセだ。

「今回お二人が正気であったのは幸運でした。既に化生斬りのうち三人は向こうについていることを確認しております。いかんせんわたくしどもだけでは手が足りません」

「三人？　それは俺を抜いた全員が？」

「いえ。ネレイが入って三人です。もう一人の行方は摑めておりませんが、もともと決まった居場所を持たぬ者ですので、どこかに入りこんでいるのでしょう」

「……そうなのか」

なんだか鼠みたいだという感想をシシュは抱いたが、今はそれどころではない。隣のヴァスが重ねて確認した。

「ミディリドスは全員正気だと思っていいのですか？」

「今の段階で自由になる者であれば全員、通常通りでございます。お恥ずかしながら異変に気づく以前に数人、影響が出た者がおりましたが、それらの者たちは皆こちらで拘束しております。お二方のお手を煩わせることはございません」

淀みのないテンセの補足に、シシュは思わず感心してしまった。自分たちが後手に回って右往左往していたのに比べると格段の違いだ。これはもっと早くミディリドスに接触していればよかったかもしれない。シシュは解決の糸口を探そうと身を乗り出した。

「拘束している者たちは元に戻せそうか？　俺も様子を見てみたい」

「お会いになるのは構いませんが、今のところ私どもには直す手立てがないのです」

「エヴェリは『アイリーデの人間ほど影響を受けやすい』と推測していましたが」

ヴァスの口から少女の名が出たことにシシュは驚きかけたが、そもそもこの青年がここにいるのはサァリの要望に応えてのことなのだ。話を聞いていて当然だろう。

新たに付け足された推測に、テンセは頷いた。

「おそらくそうなのでしょう。アイリーデの『表』の人間は大体が支配下に置かれたようです」

「原因が新しい化生斬りであることは確実なのですか？」

ヴァスのその問いに、ミディリドスの二人とシシュは顔を見合わせる。煮えきらない沈黙の数秒後、テンセは小さくかぶりを振った。

「確実、とまでは言えません。ただあの男が端緒であったことは間違いないかと」

――全ての異変は、ネレイがアイリーデの化生斬りとなってから始まったのだ。

知らなかったこととは言え、森で彼を拾ってきてしまったシシュは責任を感じて忌々しさを食んだ。

隣のヴァスが何かを考えこむように顎に手をかけている。シシュはだが、それには気づかずミディリドスの二人に確認した。

「ネレイを斬れば戻ると思うか？」

「分かりません。あの男自体がただの道具である可能性もありますから」

それはシシュ自身も訝しんでいたことだ。あの男が本当に全ての出所であるのか否か。もし本当にそうなのなら、湖で数日行方不明になどなったりするだろうか。シシュはぽつりと呟く。

「あの湖を調べた方がいいか……？」

もしあそこに今のネレイの原因があるなら、一度見てみた方がいいかもしれない。そう考えるシシュに、隣からヴァスが複雑な視線を注いでくる。先にそれに気づいたのはテンセの方だ。

「何かお気づきですか」

「いえ……私ではなくエヴェリが。そのネレイから聞いたそうです。『湖の畔の森で金色の大きな生き物を見た』と」

「金色の巨大生物？」

――一体それはどのようなものなのか。

湖で泳ぐ巨大金色鰻を想像しかけて、シシュは自分の想像力の貧困さにげっそりしてしまった。大体湖と森では近くても全然違う。森の中を鰻が徘徊しているはずがない。うなだれてこめかみを押さえる青年をヴァスが怪訝そうに見たが、そこには何かを探る気配があった。

「アイリーデでそういった生き物に心当たりはありますか？」

「ない」

「ありません」

三人がそろって首を横に振ると、ヴァスは眉間の皺を深くした。けれどそれきり彼は何も言わない。生まれた沈黙の間にトズが長へ「例の話を」と促す。テンセは頷くと二人の青年に向き直った。

「それで、今回の件への対抗策ですが……」

「対抗策があるのか！」

「どちらかというと術が、でしょうか。今のアイリーデとはまた状況が異なりますが、ミディリドスにはある口承が伝わっているのです」

「口承？」

「ええ。かつて巫が長く街を離れていた際に蛇の気が人心を蝕み、それに巫と神供で対処したという事例があります」

初めて聞く話だ。地下に化生未満の気が溢れている以上、今回の原因は蛇ではないのだろうが、上手くいけば応用できるかもしれない。シシュの表情から期待を読み取ったのか、テンセは微笑む。

「やり方ももちろん伝わっています。その術は舞と楽で構成されているのです。ですからわたくしどもには曲が伝わっていると言った方が正しいでしょうか」

「なら舞の方は、もしかして」

「お察しの通り、巫舞です」

シシュはずいぶん昔に思えるサァリとの会話を思い出す。月白で夕膳を取っていた際に、彼女は「普通の舞ならいくつか舞える」と言っていたのだ。その中に必要な舞があるかどうかは分からないが、充分期待が持てる話だ。シシュが隣を見ると、眉を顰めたままのヴァスが浅い息を吐いた。

「なるほど……それならエヴェリが知らなくとも記録が残っているかと思います。月白か屋敷かには」

「月白にはないと思う。サァリーディは脱出する際に大事な帳面は持って出ていた」

「ならあの三冊の中に書かれているか、蔵の中かですね」

だとしたら後はサァリ本人にこの話をするだけだ。日数計算を始めるシシュに対し、だがミディリドスの二人の顔からは緊張が消えていない。サァリの居場所が分からないせいかとも思ったが、その理由はすぐに判明した。テンセは二人の青年を順に見やる。

「ただもしこれが成功したとしても、他の懸念が出てくるのです。地上から今の圧力を拭えた際には、地下に押さえこまれていた化生の気が急激に表へ出てくるでしょう。月が満ちている時とは言え、反動で複数の化生が出現する可能性は充分にあります。その時、こちらに充分な化生斬りがいなければ大惨事になるやもしれません」

「……下手をしたらそれが決定打になってしまうな」

ただでさえ人が減って街が弱っているのに、化生が暴れ回ってはとどめもいいところだ。その時点で他の化生斬りが正気に戻っていればいいが、確実にそうとも言いきれない。シシュは、サァリやヴァスの手を借りられたとして残りを自分一人で対処できるか、真剣に計算し出した。そもそも巫舞でネレイ自身はどうにかなるのか、そこからしてさっぱり分からない。

無言で悩むシシュに、テンセは重い口を開く。

「どうしても人手が足りぬ時には、わたくしの権限でアイドの追放を解くことも可能です。あれならばアイリーデへの敬畏も薄く影響を受けづらいでしょうし、腕も充分で……」

「いや、不要だ」

「私が動きますよ。あの男の手は借りません」

ほぼ同時に二人から返され、テンセは目を丸くした。ミディリドスの長のそんな表情は珍しいらしく、ずっと石像のように動かなかったトズが噴き出す。トズはテンセに睨まれるとさっと口を噤んだ。

シシュはどことなく気まずくなって立ち上がる。

「とりあえずサァリーディだな。迂闊に戻すとまた傀儡になりそうだから、外で打ち合わせてぎりぎりで街に入れるようにしよう」

「それまで持ち堪えられればいいのですがね」

ヴァスが白々と不吉なことを言う。

次の瞬間——四人のいる座敷を大きな振動が襲った。

「な……っ」

激しい振動にシシュとヴァスは腰を浮かす。

けれどその揺れは三十秒もするとぴたりと収まった。様子を見に行こうと駆け出しかけたシシュを、テンセが留める。

「お待ちください。原因は分かっているのです」

「原因？　何かの襲撃ではないのか？」

「いえ。蛇の気です。昨日からひどくなりまして」

苦笑混じりの返答に、シシュは納得して嘆息する。

昨日から抑止者であるサァリが街を空けている。そのせいで蛇の気が波打っているのだろう。現状、地上の謎の力から圧されて地下に押しこめられているとは言え、早く手を打たねば蛇の気で事態は悪化しそうだ。シシュは足早に上がり口へと向かう。

「ともかく、サァリーディを連れてくる。二日で戻るからその間に用意をしておいてくれ」

乗合馬車であればその倍の日数はかかるが、シシュにとっては慣れた道だ。急げばなんとか半分の期日で戻ってこられるはずだ。

ヴァスはしかし、違うところに引っかかりを覚えたらしく左目を細めた。

「あなたが直接行くんですか？」

「俺以外が迎えに来ても信じるなと言ってある」

「ずいぶんな自信ですね。自分は絶対操られることはないと？」

彼の言葉はつっかかってくるような内容だったが、本人の声はいたって平坦だ。嫌味なのか本気で問題提起しているのか摑みかねて、シシュは結局真面目に返す。

「その危険性はあるが、幸い今はまともだ。影響を受けないうちに迎えに行く」

「……では私はその間、もう少し今回の原因を調べることにします。ああ、フィーラに気をつけてください。あなたなら捕まると凄い目にあうでしょうから」

「だから何なんだそれは……」

以前サァリにも同じ忠告を受けたが、彼女の血縁者はどうしてこうも意味が分からない人間ばかりなのか。つきつめて聞きたい気もしたが、知らぬ方が幸福だという気もする。シシュは「分かった」と返して片付けると、靴を履き始めた。テンセがその背に付け足す。

「万が一、この街がもう駄目だとお思いになりましたら、あの方を連れてお逃げください」

驚いてシシュが振り返ると、ミディリドスの二人は本気であることが窺える表情で彼を見ていた。奥にいるヴァスが真面目くさって頷く。

「当然でしょう。ウェリローシアの姫をみすみす共倒れにさせることはありませんしね」

そう言う青年は、サァリの正体が神であることを知らないはずだ。だから彼は単に、アイリーデ自体よりもウェリローシアの当主を重んじているというだけのことだろう。

だがミディリドスの二人が彼女を優先しろと言う時、その意味はまったく異なる。神供である彼らは捧げ物たるこの街が滅び、蛇の気が解放されようとも、神である彼女自身が無事であればいいと言うのだ。もともとどうして神を召喚したかまで遡れば、そのような判断は本末転倒な気もするのだが、サァリを敵の手に渡せないということは分かる。シシュはそれぞれの意を汲み取って返した。

「分かった。サァリーディを最優先する」

彼女を守ることは主命にも適っている。だから何としてもそこを譲ってはならない。

――たとえそのために自分が危地に陥るのだとしても。

シシュは己の未来をそう大雑把に捉えると、軍刀を確認し地下の部屋を出た。

※

緑溢れる硝子張りの温室の中は、ゆっくりと時間が流れているようだ。

小さな噴水が立てる水音。甘い花の香りが汗ばむほどの気温に混ざって広がっている。

緑の大きな葉が垂れ下がる中、奥に置かれた白い籐の椅子の上で、サァリは嘆息する。

シシュが用意してくれた書簡は、それぞれ王とウェリローシア、そしてシシュの母親宛のものだった。アイリーデを出た時はまだウェリローシアが無事かどうか分からなかったので、サァリはまず彼の母親のところに避難する予定だったのだ。それがヴァスの乗ってきた馬車に拾われたため、直接屋敷へ戻ることとなったのだが――

「やっぱシシュのお母さんのところ行けばよかったかも……」

「何か言った？　エヴェリ？」

「いいえ、何も」

籐の椅子に座るサァリは下着姿で、従姉のフィーラの要望でこうなった。理由を聞きたい気持ちがないわけではなかったが、そこにこだわって時間を取られるよりも、とりあえず一通りやらせてしまった方が早い。フィーラは地面に膝をついて少女の足の爪を磨いているが、心底愉しそうだ。

「それで、どこまで聞いたかしら？」

「一応全部話しました」

「不思議な話ね」

フィーラの相槌はまるで他人事だ。もっともウェリローシアからすれば、そうなってしまうのも無理はないだろう。彼らは月白や当主のために王都で動いてはいるが、月白自体に関わっているわけではない。とりあえずフィーラがまともであっただけで重畳と思った方がいい。

あとは城に送った書簡の返事がどうなるかだ。サァリは真白いコルセットを着せられた背を広い背もたれに寄りかからせた。

「本当に色々おかしなことばかりで……あ！　そうだ！」

「動かないで」

「フィーラ、レセンテに会えますか」

「理由を先に聞くわ」

「前の事件の時、地下の部屋で不思議な生き物を見ました。それが今回の件に関係していないか疑っているのですが、ヴァスに聞いたところそんな生き物はいなかったというのです」

「あら、不肖の弟ね。エヴェリが見たというなら、見たと言えばいいのに」

サァリの爪を磨くことに夢中の女は、いい加減極まりない返事を投げてくる。そんなところで嘘をつかれてもまったく意味がないのだが、飄々と生きている従姉にはサァリの思う常識は通用しない。

少女はまともな議論を諦めて念押しした。

「レセンテに会えますか？」

「あなたを娼館に連れては行けないわ」

「私は妓館の主です」

「そしてこの街では貴族の姫よ」

女の指が釘を刺すように艶めかしく動く。足の指の腹をなぞり上げる感触に、サァリは肘掛けを摑んで声を耐えた。押し殺した息を吐く少女に、フィーラは顔を上げると陰影の濃い笑顔を見せる。

「それよりもエヴェリ、別の話があるわ」

「……何の話でしょう」

「アイリーデで店仕舞いしたうちの何軒かが、隣国の王都で商売を始めるという話よ」

「え?」

そんな話は初耳だ。というか、店仕舞いしたというところからして知らなかった。ぽかんとしてしまったサァリに、フィーラは「こちらの情報網にかかった話なのだけれど」と前提して説明する。

「少し前からアイリーデでは商売を辞める店が続いているそうよ。古きも新しきも関係なく、憑き物が落ちたように、というか、憑かれたようにやめてしまう。――そのうちの数軒が隣国で今、商売の準備をしているわけ」

「それって、今回の件に関係して?」

ネレイのよく分からない洗脳がそこまで威力を発揮しているのだろうか。青ざめたサァリに、フィーラは爪磨き用のへらを振って見せた。

「関係しているかどうかは分からないわ。だって隣国への誘致に関わっているのは、テセド・ザラスではないかという話だから」

「……誰?」

聞いた名前の気もするが、誰なのかは思い出せない。首を捻ったサァリは、お仕置きのようにふくらはぎを撫で上げられ思わず「ひっ」と声を洩らした。今まで我慢してきたのに不意打ちに反応してしまった自分にがっかりする。そろそろ服を着たいのだが、いつまでこの状態のままなのだろう。

フィーラは心底愉しそうに爪磨きを再開する。

「テセド・ザラスは、この前の一件に関わっていた老人よ。ほら、王弟殿下を地下に案内した茶屋の主人がいたでしょう？」

「あ！　あー！」

「あの白い花を王都にばらまいたのも、花市場を取り仕切っていた婿に命じてテセドがやらせたのではないかという話。そのテセドに似た男が隣国で目撃されていて、アイリーデにあった店の誘致を指揮しているそうよ」

「それは……」

ならばネレイの黒幕はその男ということになるのだろうか。サァリは剝き出しの腕で頭を抱える。

「余計分からない……。どうなってるんだろ」

「目に見えるものから叩き潰していけばいいでしょう。とりあえずその新しい化生斬りには、わたしも会ってみたいわ」

「え？　どうしてです？」

「わたしの姫を言いなりにするなんて、どうやったのか気になるもの。体に聞いた方がいいかしら？」

「……それはちょっと」

普段から血の気の多い従姉は、怒っているのか興味を持っているのか表情からは読み取れない。サァリは肌寒いだけではない悪寒に身震いした。

「あら、エヴェリ。寒いの？」

「服を着たいのです……」

「退廃的で綺麗なのに。残念」

「このような時に風邪を引きたくありません」

シシュが迎えに来てくれても、風邪で寝こんでいたのでは顔向けができない。サァリは椅子から立ち上がると、脇に置かれていた黒い外衣を羽織った。別珍の滑らかな外衣は地面に引きずるほど長く、ひとまずは半裸であることも分からなくなる。

踵の高い黒靴に足を差し入れたサァリを、膝をついたままのフィーラは陶然と見上げた。忠実な犬が主人の命令を望むように、彼女はうっとりと当主の少女を仰ぐ。

「それで、これからどうするの、エヴェリ」

「過去に似たような事例がないか調べてみます。あなたは引き続き情報収集を。あとはレセンテに繋ぎをつけてください」

「夜には連れてくるわ」

フィーラは嬉しそうに笑うと、長い外衣の裾を持った。


月白から持ち出した三冊の帳面には、主に巫の扱う術について書かれている。だがウェリローシアの蔵にはそれ以外の記録も残っているはずだ。

黒いドレスに着替えたサァリは、昼でも暗い庭の蔵で一人葛籠の中を探していた。小さなランプの明かりを頼りに、ぱらぱらと古い帳面を捲っていく。

蔵開けが終わったばかりにもかかわらず立ちこめている独特の匂いは、既にサァリの嗅覚を麻痺させていた。昼食も取らず一心不乱に作業を始めてから二時間、少女の手はある頁でぴたりと止まる。

「これ……使えないかな」

記されているのは巫舞の一つだ。初めて見るものではあるが、基本的な振りがいくつかと神楽舞と同じ振りが二つ。そして他は、複雑な術を組む時の手振りによく似ていた。かつて蛇気がアイリーデに蔓延し、人の精神を傾けた際に使われたという巫舞は、正確には呪舞と言うべきものだろう。

サァリは三度それを読み返すと、帳面を開いたまま葛籠の中に置き、自分は一歩下がった。実際に舞って流れを確認してみようとする。

その時、蔵の戸に外から何かがぶつかる音がした。

「え?」

ゴツッという重い音は、戸を叩いたものにしては鈍いように思える。サァリは訝しく思いながら、音の正体を確かめるべくランプを手に取った。

「まさか外から閉じこめられたとかじゃないよね……」

そうだとしたら単純に困る。サァリは戸に歩み寄ると右手をかけた。できるだけ音をさせないよう、それを横に引いていく。できた隙間から外の匂いと、黄昏時の赤みがかった日が差しこんできた。全てを開けきる前にサァリは隙間からそっと外を覗いてみる。そして唖然とした。

「………なんで?」

蔵の入口が面している裏庭。屋敷へと続く白い敷石の途中にフィーラがうつ伏せに倒れている。

何があったのか意味不明な状況に、けれどサァリは我に返ると従姉に駆け寄ろうとした。

だが一歩蔵から出た瞬間、何かが彼女の足首を横から摑む。ぎょっとした少女は、戸の表の死角にもう一人が倒れていることに気づいた。

「え？　……アイド？」

蔵の戸に寄りかかるようにして倒れている男が、サァリの足首を摑んでいる。意識があるのかないのか、男の頭はがっくりと垂れていて分からない。彼女は屈んで彼の顔を覗きこもうとした。

その肩が、背後から軽く叩かれる。

「やあ、迎えに来たよ」

覚えのある男の声。

悲鳴を上げる暇はなかった。

サァリの意識はそうして、恐慌に陥る一歩手前で暗転した。

4. 誠実

ミディリドスの領域である地下空間からは、地上に出る道が複数あるらしい。

そのうちの一本をトズの案内で抜けたシシュは、街の南西の倉庫から外に出た。

外はいつのまにか日が落ちかけている。思っていたより時間が経っていたようだ。赤味差す空を見上げてシシュは渋面になった。後からついてきたヴァスが時計を確認する。

「王都につくのは早くても真夜中になりそうですね。馬の用意は……」

「こちらに」

トズが先導して歩き始めると、二人はその後に従った。人気のない路地裏を行きながら、トズが街の中央方向を指し示す。

「私どもは大通りが交わる場所に舞台を作ります。それが一番効果的でしょうから」

「目立つところでやって妨害を受けないか?」

「他の者に露払いをさせますが、あなた方も援護をお願いいたします」

「分かった」

おそらくは困難な戦闘になるだろうが、それを避けることはできない。シシュは、トーマが水路から復活していた時のことを考えて、いくらか頭の痛さを覚える。できれば妹のように事が終わるまで水底にいてもらいたいのだが、兄は普通の人間らしいので、そう上手くは行かないだろう。

――それともサァリならトーマの洗脳を解けるのだろうか。

あの時銀の腕輪を見てトーマが硬直したということは、まだ引き戻すことができるのかもしれない。

しかしその可能性を詰めようとしたシシュの視界で——金の光がまたたく。

雷光でも走ったのかと顔を上げたが、空にはそれらしきものは見えない。不思議に思う青年の前で、トズもまた振り返った。

「今のはなんですか?」

「さぁ……」

一瞬のことだったのでよく分からない。顔を見合わせる二人とは別に、けれどヴァスは北東の方角を振り返ったまま顔を青ざめさせていた。心当たりがあるのかシシュが問おうとした時、ヴァスの睨む方向からもう一度金光が瞬く。朱色の空を照らす光の出所は建物に遮られて見えないが、どうやら地上から発せられているようだった。ヴァスがぽつりと呟く。

「まさか、月白が」

言うなりヴァスは光の見えた方へ駆け出す。

シシュとトズは一瞬啞然としたが、事態を悟ると彼の後を追った。もし月白に何か起きているなら、最悪の場合、サァリをアイリーデから遠ざける判断を下さなければならないのだ。

三人は人気のない街の外周を走って月白へと向かった。雑木林が遠目に見えてきたところで、ヴァスはようやく速度を緩める。そうして、月白の門が窺える竹垣の影から様子を見やった彼らは、すぐには意味の分からぬ眺めに言葉を失った。一番後ろに立つトズが、ぼそりと呟く。

「門が縮んでいますね」

「縮んでいるというか……あれは地中に埋まっているのか?」

普段は小さな屋根を持つ月白の門。その門が今は、屋根を失い左右の柱だけ半ば地中に没している。

太い木の円柱はもともと濃い茶色ではあったが、今はまるで焼け焦げたかのように真っ黒になっていた。サァリが見たなら「建て直し……⁉」と青くなるだろうこと請け合いの状態だ。

子供の背丈ほどだけ地上に出ている二本の柱に、シシュは既視感を覚えて眉を寄せる。

ヴァスが踏み出そうとした瞬間、シシュはようやく心当たりを思い出した。咄嗟に彼の肩を摑む。

「待て。あれは結界の要柱じゃないか？」

シシュは、月白の敷地内に白い石柱が結界用として埋めこまれているのを見たことがある。二本の門柱からはそれと似たものを感じるのだ。もしその推測が合っているのだとしたら、月白は既に何者かの領域ということになる。

ヴァスも理解したのか、小さく息を詰めた。

「……なかなかに深刻な事態ですね」

「中を確認できるに越したことはないが、危険だな」

分かりやすい虎穴だ。だが確認せねば今後の方針に影響が出かねない。ヴァスは溜息をつくと腰の突剣を抜いた。共に行こうとするシシュを手で留める。

「あなたはここに。私の様子がおかしいと思った時は王都に向かってください」

「しかし」

「あなたに何かがあったら、エヴェリに私が詰られます」

本気か方便か分からぬ理由を残して、ヴァスは慎重に門へと向かう。残された二人は青年の後ろ姿を注意して見守った。やがて門の前に辿りついたヴァスは中を窺って——信じられぬものを見たかのように凍りつく。震える言葉がシシュの耳にも届いた。

「どうして、アイリーデに」

それを聞くと同時に、シシュは竹垣から飛び出した。軍刀に手をかけ、ヴァスの隣に並ぶ。

月白の館までは、門から白い敷石が緩やかな曲線を描いて奥に伸びている。

普段の夕暮れ時であれば、玄関先には半月を染め抜いた灯り籠が吊されており、そこに店が開いていることを示す火が入っている。そして開け放たれた玄関の前には下女がおり、上がり口には主である少女が客を迎えようと待っている――

だが今、灯り籠は薄闇の中に暗く沈んだままで、辺りに下女の姿は見えなかった。代わりに玄関先には着物姿の男が一人うつ伏せに倒れており、上がり口には別の男が座っている。その男の膝には、銀髪の少女が夢の中にいるような気だるげな顔で頭を預けていた。

喪服を連想させる黒いドレス。裾から投げ出された白い足が、磨かれた床の上で艶めかしく目立つ。落ちかけた瞼の下の目は虚ろで、下ろされた銀髪を男の手がゆっくりと撫でていた。

王都にいるはずの少女を手中にしているネレイは、染み入るような声で彼女に問う。

「それで？　どうしてこの街にこだわり続けている？　何故帰ってこない」

「……蛇の気が地に染みこんでいるのです。それを抑えなければ……」

「何故お前がそんなことをする必要がある」

「――サァリーディ」

少女の名を呼んだのはシシュだ。

この街において、ヴァスは彼女の名を呼ぶことができない。だからこそ立ち尽くしている彼に代わってシシュは少女を呼んだ。異様な光景を前にして、シシュは混乱しそうな精神をなんとか抑える。

呼ばれたサァリは胡乱な目で彼を見上げた。

そこに彼女本来の意思は窺えない。ネレイが少女の視線を追うように、ようやく門前に立つ二人を

視界に入れた。男は両眼を糸ほどに細めて笑顔を見せる。

「おや、そんなところでどうしました？　お連れはご友人ですか？」

「……お前は何だ？　何が目的だ」

サァリは王都に行かなかったのか、とは聞かなかった。

そんなことは聞くまでもない。敷石の上で倒れている男は、この街を追放され王都にいるはずのアイドだ。その彼が今ここにいるということは、王都で何かがあったのだろう。

先ほどトーマと遭遇した時には、まだ相手方はサァリが王都にいることを知らなかった。あれから動いてサァリたちをアイリーデに連れてきたのだとしたら、時間的にどう考えても人間の仕業ではない。――それ以上にネレイの背後にいる存在を見れば、これがもはや尋常な話を振りきっているとすぐに分かる。シシュは緊張を覚えて、いつでも抜刀できるように身構えた。

ネレイは口元だけに愛想を窺わせる。

「何だと聞かれても、あなたたちがそれを知って何の意味がありますか？」

「アイリーデに被害が出ている。見過ごすことはできない」

「そんなもの、この街を出て好きなところに住めばいいでしょう」

「――彼女をこちらに渡して頂きましょう」

慎重に出方を窺うシシュに対し、正面から切りこんだのはヴァスの方だ。年若い彼は既に怒り心頭らしく、いつネレイに斬りこんでいってもおかしくない剣呑さを漂わせている。

だが本当に突撃される前に一つ確認しておかねばならない。シシュは左手で青年を留めた。

「待て。ちょっと先に聞きたい」

「こんな時に何をですか」

「あの男の後ろに何が見える？」

上がり口に座っているネレイの背後をシシュは指さす。二階への階段と花の間へ続く廊下が見えるその場所を、ヴァスは左目を細めて見やった。訝しげな声が返ってくる。

「何って……館の中が見えますよ。だから何ですか」

「やはり見えないのか」

予想以上に頭の痛い事態だ。思わず呻くシシュに、ヴァスはますます顔を顰める。

「なんですか。何が問題だと？」

「いや……」

どう言っていいものか分からないが、説明するしかないだろう。シシュは化生の見えぬ青年に対し、化生ではない「それ」を指さした。見たままを告げる。

「あの二人の後ろに、金色の巨大な狼が座っている。おそらく巫が聞いた話のやつだろう」

「………」

唖然とし、ついで苦りきった顔になってしまったヴァスを置いて、シシュは狼に視線を戻した。

金色の狼は月白の広い玄関を占めるようにして座っている。馬よりも二回りほど大きい巨体は、金に光る長い毛のせいで一層膨らんで見え、異様な存在感を放っていた。狼はネレイの後ろで目を閉じ頭を垂れているが、眠っているのかどうかは分からない。

アイリーデの現状から言って、不可思議な力が絡んでいるのだろうとは思ったが、予想を遥かに超えた相手だ。シシュはついに軍刀を抜いた。隣のヴァスがげんなりとした顔で息をつく。

「まさか実在したとは。幻覚ではないんですよね？」

「あれがなんだか知っているのか？」

「期待されるようなことは知りませんよ。エヴェリが同じものを先日の事件時、例の地下の檻で見たそうなんです。私には見えなかったので何かの間違いかと思っていましたが」

「間違いであった方がよかったな……」

ヴァスには見えないという点では普通の化生と同じだが、明らかに化生ではない。むしろ化生を地下に押しこめてサァリを支配下に置いているところからして、より厄介な相手だ。

従兄の青年が何も知らないと分かると、シシュは改めてネレイに向き直る。

「お前は何者だ」

繰り返された問いに、ネレイは口元だけで笑った。壊れた人形の如きサァリの髪を撫でる。

「私はただ妹を探しに来ただけですよ。そう前に言ったでしょう」

「サァリーディがお前の妹か?」

「ええ。そうですよ」

思わぬ肯定に、シシュはヴァスを見た。ウェリローシアの青年はかぶりを振って返す。

「兄は例の一人しかいませんよ。間違いないです」

「じゃあ妄想か何かか」

娼妓になった妹を探しに来たネレイは、見つからないあまりにサァリをそうだと思いこんでしまったのだろうか。だとしたら迷惑この上ない——そう思いながらシシュはどこかで引っかかるものを感じていた。金色の狼を注視する。

——人ではない相手。そしてサァリの兄だと自称する男。

二つの条件が導くものが、シシュの知る限り一つだけあるのだ。だがそれはあまりにも突拍子もなさ過ぎて口にするのも躊躇う。

しかしそれでも確認しておかなければならないだろう。彼は軍刀を握る手に力を込めた。ネレイではなく、金色の狼を見て問う。

「お前は……古き神か？」

かつてこの大陸に召喚された月の女神。

その兄である陽の神がこれだとしたら、話のつじつまは合う。

シシュの確認に狼はうっすら目を開けた。化生のものよりも深い色の赤眼がその下から覗(のぞ)く。

真紅の両眼がシシュを見る。その目が、ふっと笑んで細められた。

明らかな肯定を意味する眼差(まなざ)し。

シシュは天を仰ぎたくなる。そんな彼にヴァスが呆(あき)れた視線を注いだ。

「急に何を言い出すんですか……」

「いや……事実らしい」

神話の時代、太陽をのみくだそうとする蛇を殺したのは、古き神の一人だ。

だが王の召喚に応えたその神の名も信仰も、今では当時の国の衰退と共に消えて残っていない。ただ御伽噺(おとぎばなし)が残っており、アイリーデがその由来を携えて栄えているだけだ。

けれど忘れられているだけで、その御伽噺は事実だとシシュは知っている。召喚された神は人ならざる血を残し、街に座す女たちはその祖と同じく人ではない。そこまでを彼は理解し受け入れていた。

受け入れてはいたが、このような事態になると、どうして自分に不可思議な役回りが来てしまったのか問いたくなる。まさかサァリ以外の神と相対する羽目になるとは思わなかった。

金の狼は再び目を閉じる。その前に座るネレイが笑った。

「なかなか察しがよろしいようで。それとも妹の客だというあなたは、何か聞いていたのですかね」

「は？　客？　あなたが？」

「……今そこにつっかかられると話が脱線する」

巫の客になるというのは、ネレイに探りを入れるためについた嘘だ。そんなことでヴァスに睨まれている場合ではない。これ以上の脱線を防ぐためにも、シシュは大きくかぶりを振った。

「巫から何かを聞いたわけではない。ただの推測だ」

「なるほど。失礼ながらもっと鈍い方かと思っていましたよ」

「俺のことはどうでもいい。それより、サァリーディ自身はお前の妹ではないだろう」

たとえ同じ血を持つ存在であっても、今の巫である少女とその祖である神とは同一人物ではない。サァリを勝手な身代わりにされる筋合いはないはずだ。

しかしネレイはそれを聞いても薄く笑ったままだ。男の声が一段低く、二重にぶれて響く。

「――我々が保つものは存在だ。それは個ではなく、在り方そのものだ」

「在り方そのもの？」

「本質と言い換えてもよい。血によって薄まることはなく、魂が変われども変わることはない」

「それは……」

分かるような分からないような話だ。だが少なくとも、人とは大分違う感覚を持っているらしいことは分かる。押し黙るシシュに、ヴァスが前を見たまま声を潜めてきた。

「どういうことなんです？」

「結論だけを言えば、おそらく俺たちでは勝てない」

「やってみる前からですか」

「現状把握と、やるかやらないかは別問題だ」

神としてのサァリ一人でさえ相手にできるような存在ではないのだ。それに加えてネレイや狼がいるとなれば、まず太刀打ちできない。

シシュは相手の動きにいつでも対応できるよう注意を払いながら、ネレイに交渉を試みる。

「だとしても彼女は望んでここにいる。干渉はやめてもらいたい」

「役目は果たし、対価は受け取った。未（いま）だ人に使われる筋合いはない」

「使っているわけではない。彼女は人との暮らしを望んでいる」

「本当にそうか？」

ネレイは言うなり膝上の少女の顎を支えて顔を上げさせた。胡乱な青い目が男を見上げる。普段生き生きと跳ねている彼女のそのような貌（かお）はまるで本当に別の存在のようで、シシュは顔を顰めずにはいられなかった。サァリに向かって男は先ほどと同じ問いをする。

「何故お前はここにいる？　お前と血を分けた人間がいようとも、お前はそれらとは根本的に違う存在だ。それらはお前を理解できず、受け入れることもできない。お前はここにいる限り永遠に孤独な異種だ。それにお前も気づいているのだろう？　何をしている？　どうして帰らない？」

「……蛇の気を抑えているのです」

「ならば我がそれを滅せばお前は共に帰るのか？」

「――っ」

思いも寄らぬ話に青年二人は息を詰める。確かに蛇の気が完全に消えるのなら、それは願ってもない話だ。だがだからと言ってサァリを連れて行かれては困る。愕然（がくぜん）とする彼らの視線の先で、けれど少女は無言のままだ。ネレイは重ねて言う。

「できないと思っているのか？　そんなことはない。地を深く穿（うが）って焼きつくせば済む」

「……蛇の気は、とても深くにまで染みいっているのです。この地を支える支柱にまで達するほどに」

「それがなんだというのだ。支柱を穿てばいいだけだろう」

「それでは、人が」

サァリはそれだけ言うと、疲れ果てたかのように視線を落とした。

ネレイが手を離すと、少女はまた頭を男の膝に落とす。そうして深い疲労に溜息をつく少女は、まだ本来の彼女を失っていないようにも思えた。それが見る者の希望に過ぎずとも、彼女は兄神に直接の是を唱えなかったのだ。

そしてならば——この状況を打開する道は他にない。

シシュは意を決すると、サァリに向かって手を差し出す。

「サァリーディ、こっちに来い」

一歩踏みこんで状況を動かそうとする言葉に、少女は目だけでシシュを一瞥する。しかしそれ以上動く力がないのか、彼女はネレイにもたれかかったままだ。

ヴァスが緊張に満ちた視線を投げかけてくる。けれどシシュは巫の少女から視線を逸らさなかった。もう一度、強く呼ぶ。

「サァリーディ、来るんだ。大丈夫だから」

——もしこの状況を覆せるのなら、それは同じ神である彼女の力なしにはありえない。

神としては未熟だとはいえ、彼女がこちらにつくなら五分以上にまでもっていけるはずだ。

それ以上に彼女自身が兄神の支配下から抜け出せないのなら、抗う意味が減じてしまう。シシュはネレイがここに来てから、神としての彼女に会っていないことに気づいていた。

サァリは意思のない目で青年を見ている。

だがそれはひどく不安げな寄る辺ないものに思えた。その目を見ていないネレイが少女の肩を叩く。

「あのようなものがお前を留めるのなら、自ら薙いでみればいい。そうすれば本当に意味のあるものかどうか分かるだろう」

ぎょっとするような指示に、サァリはややあって頷いた。気だるげに体を起こす。白い素足が三和土に下ろされ、よろめきながらも少女は立ち上がった。

ゆっくりと門の方へ歩いてこようとする彼女を見て、ヴァスは小声で問う。

「どうするんです。正気には見えませんよ」

「とりあえず月白の敷地内から出す」

前回逃げてきた彼女も、月白から出てようやく普段の彼女に戻ったのだ。

ならばまずそれを試してみなければ。シシュは覚束ない足取りで近づいてくる少女を待つ。

だがサァリは玄関と門の半ば、倒れ伏したアイドの傍で歩みを止めてしまった。彼女は首だけを傾けて、じっと男の背を見下ろす。そこにどのような表情が浮かんだかは、顔にかかる銀髪に隠れて見えない。見えたものは顔を上げて二人に向き直る人形のような彼女だけだ。

サァリは右手を上げ、その指先を二人へと向ける。ヴァスが固い声で囁いた。

「まずいですよ……。下がった方がいいのでは?」

「いや……」

少女の目には意思が窺えない。

だがそれは完全に男の支配下に置かれているというわけでもないだろう。シシュは今彼女を占めているものが何か、分かるような気がした。ネレイに疑心を覚え始めた時も、あの夜彼のもとに逃げてきた時も、サァリはずっと不安そうだったのだ。

だからここで退くことはできない。それをしては、彼女は新たな不安を抱えるだけだ。

シシュは少女に差し出した手を、もう一度示す。

「サァリーディ」

――月白の女が客たる男に返すものが誓約というなら、客が女に返すものは何か。

花街の常識をシシュは知らない。アイリーデのそれもだ。だから自分が彼女に返すとしたら、それは誠実だろうと思っている。シシュは思うことを慎重に言葉にした。

「巫はちゃんと巫だ。分かっている。そのままで大丈夫だ。不安に思う必要はない」

少女の青い目が微かに見開かれる。シシュはその目に迷子に似た色を見て頷いた。

「分かってる。……逃げるつもりはない」

正面から向かい合う時間にシシュは、不思議と緊張を感じなかった。

それは正気を失っているように見える少女が、まぎれもなく彼女自身であると分かっているからだろう。初めてその正体を知った時とは違う。今は彼も幾許か彼女の本質を知っている。

知っていて、それでも「平気だ」と思うのだ。人の中で生きてきた彼女も、神としての本性もどちらも同じ彼女なのだから。

サァリは無表情のまま差し伸べられた手をじっと見る。

不意に銀色の長い睫毛が揺れた。ふっと目を伏せた彼女は、二人に向かって上げていた手を下ろす。

小さな唇が震えて言葉を結んだ。

「シシュ」

――その呟きをきっかけに、ネレイが立ち上がる。

刀を抜く彼を見て、ヴァスが抜いた剣を手に前へ駆け出した。

サァリは動けない。シシュはその手を取ろうと少女に向かって走る。

だが二人より早く、ネレイが少女のもとへと到達する。そうして彼女を捕(と)らえようとした男は、しかしサァリに触れる直前で大きく飛び退(の)いた。今まで伏せて動かなかったアイドが、素早く起き上がりネレイの足を狙って刀を払ったのだ。

「早く行け……」

敷石に片膝をついたままのアイドは、片手でサァリの背を押す。前へよろめくサァリをシシュが肩に抱え上げた。シシュはそのままアイドの腕も掴む。

「一旦退くぞ！」

アイドに向かって刀を振るおうとするネレイに、ヴァスが牽制(けんせい)の剣を突きこむ。

だがその時、玄関では金の狼がゆっくり体を起こし始めていた。それを見たシシュは、アイドを引きずって門の外に出ようとする。しかしアイドは負傷しているらしく、長身の体は滑らかに動かない。

――このままでは金の狼に捕まる方が早い。

シシュがヴァスを呼びかけた時、背後から現れたトズがアイドをひょいと担ぎ上げた。

それだけに留まらずトズは、ヴァスと斬り結んでいるネレイに向けて、細笛の吹き矢を吹く。即効性の薬が塗られていたのか、ネレイがよろめくとヴァスはその鳩尾(みぞおち)を蹴りつけて踵(きびす)を返した。

「走れ！」

一行は後ろを見ずに走り出す。

そうしてトズの先導で月白から離れ、一軒の空き家に辿りついた時、シシュは金色の狼がついてきていないことを確認すると、脱力して玄関先に座りこんだ。

5. 巫舞

金の狼もネレイもどちらも無事撒いたようだ。

シシュはそのことを確認するとようやく、肩の上の少女を下ろした。

空き家の戸をトズが開け、彼らを招き入れる。内部は先ほどの家と似た作りになっており、ヴァスが靴を履いたまま正面の座敷を調べに行った。下ろされたアイドは三和土に座りこむ。

それらを見やったトズは軽くかぶりを振った。

「少しは時間が稼げるかと思いますが、相手があれでは……」

「それこそ時間の問題だろうな」

トズにもあの狼が見えたのだろう。化生とは相反する神の姿に、シシュと彼は同時に溜息を吐く。

「まさかあんなものが来るとはな」

そこまで言ってシシュは、目の前の少女が呆然と立ち尽くしたままであることに気づいた。彼女は何もない宙を見つめて固まってしまっている。シシュは少女を覗きこんだ。

「サァリーディ？　大丈夫か？」

青い目が、数秒の間を置いてシシュを見上げる。サァリは表情のないまま頷いた。

「……平気だ」

その返答に、シシュを除く三人の男がそれとなく彼女の様子を窺ったのは気のせいではないだろう。ここまで連れてきて彼女が正気でなかったら、依然窮地のままだ。

しかし彼女はそう危ぶまれていることを分かっているのか、水飲み鳥のように頭を垂れた。

「大丈夫だ……本当に」

「なら上がって休むといい。足が傷つく」

裸足のままのサァリは、それでようやく気づいたかのように自分の足下を見た。虚脱しきった足取りで上がり口へと向かう。その手をヴァスが取って座敷に上げた。

シシュは隣に座りこんだままのアイドを気遣う。

「怪我はどんな感じだ？」

「……大したことはない。少しあばらを痛めているだけだ」

「王都で何があったんだ」

うずくまる男に手を貸して、シシュはアイドをも座敷に上げた。トズがどこからかさらしと薬草瓶を持ち出してくる。

「手当てしますから脱いでください」

「触るな。平気だ」

伸ばされた手を払おうとする男の背に、トズは無言で平手打ちした。アイドが声もなく悶絶している間に、トズはさっさと男の着物の上を脱がして、薬草をすりつぶしたものを塗りたくり始める。

その様子からして手当てが終わるまでは事情を聞けそうにない。諦めて自身も座敷に上がったシシュは、サァリが座敷の隅で膝を抱えているのを見つけた。

少女はシシュの視線に気づくと力なく苦笑する。

「屋敷にな、奴が来たのだ」

「奴？　あの狼か？」

「男もだ。何があったかは分からぬ。フィーラとそこの男が、敷地内で攻撃を受けたようだ」

「……レセンテの代わりに行かされたらこのざまだ。意味が分からん」

吐き捨てるアイドに、サァリは一瞬申し訳なさそうな視線を向けた。窓から枯れ庭を見ていたヴァスが口を挟む。

「レセンテ・ディスラムの代わり？　もしや先日の一件で金の狼を見たかどうかということですか」

「ああ」

「答えは……聞くまでもないですね。こうなっては」

アイドは小さく舌打ちする。化生を見ることができる者ならば、あの狼も見えるのだ。彼も例の狼が見えたのだろう。薬草の上からさらしを巻かれているアイドの代わりに、サァリが補足する。

「それは私を逃がそうとして巻き添えになった。共にアイリーデに連れてこられたのだ。フィーラは気を失っていたから、屋敷に残っているはずだ」

「役に立たない姉ですね」

「あれは相手が悪い」

すっかり傷心しているらしい彼女は、神としての本性が表に出ているようだ。ただいつもの傲岸さはすっかりなりを潜めている。サァリは四人の男たちを見回し、ぽつりと呟いた。

「すまない」

「謝られる筋合いはありませんよ。それより対策ですが――」

ヴァスが説明する「ミディリドスの楽と巫舞によって敵の気を払おう」という案を、サァリは膝を抱えたまま聞いていた。全て聞き終わると、少女は細い手で己の額を支える。

「その巫舞なら、私も蔵で見た」

「舞えますか」

「おそらくは。ただ相手が相手だ。依り代になっているネレイだけでもなんとかせねば、払ってもすぐに元通りだろう」

「依り代？　あの男は人間なんですか？」

従兄の青年は当主である少女の変化に動じていないようだ。王都で神としての彼女に対したことがあるせいだろう。ヴァスはそのまま黙りこんでいる三人に代わって話を詰めていく。

サァリは美しい眉を曇らせた。

「……元は人間だったのだろう。化生斬りということで、どこかで目を付けられたのだろうな。ただもうああなっては元には戻れまい。人格を塗りつぶされている」

「助けられないのか？」

「無理だ」

シシュの確認にかぶりを振った少女は、翳りのある目を見せた。人ではない彼女のそんな表情は人の脆弱さを嘆いているようで、シシュは何とも言えない気分になる。

ヴァスの鋭い声が沈みかけた空気を引き戻した。

「ならあの男を殺して、巫舞を舞えばそれで片が付くというわけですか」

「そうだな。ただあの男を殺すのは難しいだろう。私なら可能だが、私はあれと相性が悪い。接近すれば支配下に置かれる可能性が高い」

「支配を逃れられないのですか」

「……今の私では難しい」

サァリは苦い顔でシシュを一瞥する。その意味するところを察して、彼は気まずさを味わった。

要するに神供を迎えていない彼女は存在が不完全で、兄神に太刀打ちできないのだろう。シシュは内心嫌な予感を覚えたが、彼女はそれについては何も言わなかった。

サァリは同席している四人を検分するように見回す。

「それにしても……見事に面白い取り合わせになったたな」

「好きでこうなったわけではありません。正気の者の方が少なかったのですよ」

「仕方ない。アイリーデや私への思い入れが強いということは、すなわち信心にも繋がる。奴はそれを支配してくるからな。お前たちみたいに信心と無縁の者たちくらいしか無事では済まない」

どうやらミディリドスの人間であるトズを抜いて言っているらしい少女に、三人はそれぞれ微妙な顔になった。だがサァリは気にする素振りもなく話を続ける。

「月白の巫たちが人の血肉を介して生まれ、この街の主人であるという契約を媒介してこちらに固着しているように、やつの固着点はネレイだ。あの男さえ排除できれば、あとは私が動ける」

「なるほど」

「ただあの男自身既に人ではない。剣術で上回っても殺せるかと言ったら分からないだろう」

「こちらにも特殊な力が必要ということですか」

「端的に言えば、だが」

しかしその最たる巫は自分では動けない。どうすればいいのかシシュが考え始めるより早く、サァリはヴァスを手招いた。

「だから、お前がやれ」

「は？」

「私の力を貸す。血縁だからなんとかなるだろう。こうなっては神供の男を作っている時間はない」

「力を貸すって……」

「いいから来い」

ぞんざいに手招く当主に応えて、ヴァスは渋々ながらも彼女の前に跪いた。

サァリは気だるげに息を吐き、白い手を従兄の胸に伸ばす。そしてそのまま――軽く突いた。

化生を繋ぐ時と同じく、しなやかな掌が青年の胸にめりこむ。彼女が素早く手を引き抜くと同時に、ヴァスは声もなく体を二つに折った。みるみるうちに顔から血の気が失われ、額に汗が浮かぶのを、サァリを除いた他の人間たちは唖然と見やる。

ヴァスの喉からえずくに似た呻きが零れた。

「……っ、ぁ……ぐ」

「すぐに慣れる」

それだけ言うとサァリは膝を抱え直した。目を瞑って彼女が待ったのは十数秒のことで、ヴァスはそれだけの時間で跳ね上がった呼吸を捻じ伏せたらしい。彼は顔を上げると当主の少女を見つめる。その瞳には力を借り受けたことで何かを理解したのか、驚愕と畏敬が浮かんでいた。

「貴女は一体……」

「ウェリローシアの人間に私たち巫の正体が告げられないのは、一つには驕りを抱かせぬためだ。私たちと血縁であることに特別な意味などない。お前たちはただの人間で、こういう事態にでもならなければ血には何の意味もない。むしろお前たちは王の末裔であることを意識すべきだろう。ウェリローシアの名を継ぐ者として、誇りと畏れを忘れるな。……これは二つ目の理由だ」

サァリはふっと微笑む。その横顔が物憂げであるのは、裏を返せば彼女だけが「孤独な異種」であるからだ。たとえ兄や血族がいても彼女とはまったく別の存在だ。祖母が亡くなり母親が神性を切り離しているサァリは本当に一人で、けれど彼女はそれを当然のものと受け入れて在らねばならない。
シシュは彼女の哀惜に気づくと同時に口を開いた。

「――大丈夫だ」

そう言った瞬間、場の全員から注目を浴びてシシュは失言に気づいた。場の流れと無関係に発言しては、まるでヴァスの返事を奪い取ったようにしか聞こえない。当のヴァスは振り返って呆れた目で彼を見上げたが、口に出しては何も言わなかった。もっとも言ってくれた方が、幾分いたたまれなさが軽減したかもしれない。

シシュは壁を蹴りたくなったが、サァリだけは発言の意図を理解したらしく微笑み返してきた。彼女に伝わったのならそれでいい。シシュはそう自身を納得させると、全員の視線から顔を背ける。

窓の外は急速に日が落ちていっている。本来であればまもなく火入れをする時間だろう。

停滞しかけた空気を攪拌するように、ヴァスが立ち上がった。

「大体は理解しました。言語化できぬことも含めてですが」

「一日も経てばお前に与えた力は抜ける。そうなれば感覚も元に戻るだろう」

「その方がいいでしょうね。私の手には余ります」

サァリは小さく頷いただけで、トズに視線を移した。

「舞の伴奏を頼めるか？」

「テンセと私、それと腕のよい者たちを選出し務めさせて頂きます」

「一度合わせておきたいが、それをしては向こうに感づかれるだろうな。準備にどれくらいかかる？」

「二刻もあれば」

「月が出ている時間だな。ちょうどいい」

少女は呟いて砂埃に汚れた素足を見る。薄闇が忍び寄る中、浮き立って見える肌の白さは、どこか歪さを思わせた。まるで折れてしまいそうなか細さと、忌まわしい謎を併せ持つ躰。シシュは誘蛾灯のようなその揺らぎに不穏に似た落ち着かなさを覚える。

そうして彼女を見ていたことに気づかれたのか、サァリはシシュに向かって子供のように両手を開いて差し伸べた。

「立たせて」

ねだる言葉に、青年は苦笑もせず歩み寄ると彼女の手と腰を支えて立たせる。サァリは彼の胸に寄りかかって小さく息をついた。

「できればお前もヴァスを助けてやって欲しい。私の力を貸してあるからといって、人間であることには変わりないからな」

「分かった」

「ただ、自分の身を第一に考えろ。劣勢になったら退け」

サァリの手が彼の服を握る。きつく力の込められた指先は微かに震えており、彼女にとってこの采配が不本意であることを示していた。シシュは少し迷ったが、薄い背を軽く叩く。

「大丈夫だ。分は弁えてる」

「……お前は弁えた上で分の悪い戦いに挑みそうだからな。さっきもそうだっただろう？　ばか」

詰る目で言われると何も返せない。ただ、彼女を取り戻すための先ほどと、彼女がこちら側にいるこれからとでは立ち回り方も変えられる、はずだ。

「巫の方は一人で大丈夫か？」

「ミディリドスもアイドもいる。ぎりぎりまでは地下にいるつもりだ。二刻を目安に動こう」

「オレを巻きこむなと言ってるだろうが……」

口を挟んだアイドの背を、トズがまた平手打ちする。苦悶する男にミディリドスの次期長は「この怪我で地上にいる方が危ないです」とあっさり両断した。そのやりとりが面白かったのか、少女は笑いを噛み殺す。少しだけ白皙の頬に血の気が戻って見えた。

サァリはシシュの肩を叩いて体を離す。青い瞳にはいつのまにか強い意志のようなものが窺えた。少女は乱れた銀髪を両手でかき上げる。

「よし。——受けて立ってやろう。私の兄は一人で充分だ」

彼女はそうして、確かめるように自分の小さな両手を握りこんだ。

※

日の落ちたアイリーデは、普段であれば軒先に灯り籠が並び、赤や黄色の華やかな光と夜空に響く楽の音があちこちを彩っている。

だが今は月光だけが注ぐ暗闇に、しんと静寂が広がっているだけだ。いくら中心街から外れた場所を歩いているとは言え、異様は異様だ。

シシュとヴァスは並んで月白へ続く道を歩いていく。月白の客たちが使う竹垣の通りではなく、大外を回っているのは待ち伏せを避けるためだ。月白にはほとんど知られていないことだが裏門がある。二人は軽く打ち合わせた結果、そこから入ってネレイの不意を打つことに決めていた。

シシュは隣を行くヴァスを一瞥した。神の力を借りているという青年は、だが外見はなんら変化がない。ただ時折、視界を確かめるように眉を顰めており、それは日頃から左目だけを細める彼の癖と相まってまるでひどい頭痛がしているかのように見せていた。

沈黙に抵抗を感じたわけではないが、シシュは顔を顰めた青年に問うてみる。

「一体どんな感じなんだ?」

「……言葉では説明しにくいですね」

ヴァスは顔の前で手を振る。目に見えぬ何かを払いのけるような仕草は、滑らかではあったが拭いがたい隔絶を思わせた。今この時、彼も厳密には人間でないのかもしれない。そんなことを考えているシシュに、青年は左目を細めながら説明する。

「全ての感覚に厚みが出るというか、逆に全てがずらされているというか、そんな感じです」

月明かりの照らす道をヴァスは眺め渡したが、すぐに見ていること自体が苦痛であるかのように、こめかみを押さえた。彼女の力が掛ける圧力は人の身に重いのだろう。シシュは重い息をつく。

「それは想像しがたいな……」

「私も自分で経験しなかったら意味が分からなかったでしょうね。こうなってみると、奴の言っていた『存在』の意味も少し分かります」

「ああ、あれか。どういう意味合いなんだ?」

青年はかぶりを軽く振って続けた。

「比喩を使って説明すると、分かりやすくなっても本質からは遠ざかってしまうということを前提に話しますが、たとえて言うなら、『力と位置』です」

「力と位置?」

「ええ。どのような力が、どのような位置にいるか。それが彼らの言う『存在』なわけです。つまり古き神の不在は、積み上げられた石の一つが抜けているようなものなのですよ。そこに彼女の力を持ったものが戻ってくるということが肝心なわけで、石自体が違うものになっていても、力が同じならそれで同一と看做される訳です」

「……無茶苦茶な話だな」

「人の常識では計れませんよ。そもそも彼女たちがどれほど人の血を加えても人にはならないこと自体、我々には理解しがたいですからね」

「ああ……」

神が生む女はまた神である。シシュは一度サァリに気になって尋ねたことがあるのだが、彼女たちの父親は確かに人間にもかかわらず、神の血は薄れていかないのだという。先ほどサァリは自分たちについて「人の血肉を介して生まれる」と言っていたが、それも人とは違う意味なのかもしれない。

なんだか途方もない気分になりかけて、シシュは溜息をのみこんだ。

半歩先を行くヴァスが、空の月を見上げる。

「――これは私の独り言と思って頂きたいのですがね」

「ああ」

「独り言に相槌を打たないでください。私はエヴェリには普通の結婚をさせようと思っていたのです」

相槌を打つな、と言われたので、シシュは黙って歩を進めた。

灯りのない夜の道はまるで違う街のようだ。王都で暮らすヴァスはしかし、シシュよりもこの景色に違和感を覚えていないのだろう。平然と暗い路面を見下ろす。

「もちろん、今まででであれば当主が普通の結婚をするなどということは不可能でした。対外上、事情を知っている血族を伴侶としたことにするか、独り身のまま子供だけを産むかのどちらかだったのです。――ですがエヴェリは、あの母親のことを知っている」

あの母、と言う時、ヴァスの口調は明らかに冷ややかなものとなった。ウェリローシアの人間にとって、サァリの母の話は忌むべきものだとは聞いていたが事実らしい。シシュは「この場にサァリがいなくてよかった」と思ったが、彼女がいたならヴァスもこんな独り言は言わないだろう。

二人は足早に月白に向かって進んでいく。

「エヴェリは何も言いませんが、母親に何も思わないはずがない。館に閉じこめられて育った彼女が、母のような生き方を羨ましく思ってもおかしくないでしょう。それどころか彼女には、母親のせいで余計な重圧がかかっていた。ならばせめて、それに見合うだけの厚遇がエヴェリには与えられてしかるべきだとは思いませんか？」

「…………」

独り言から問いかけられた場合はどうすればいいのだろう。

シシュは少し悩んだが、自分も独り言のつもりで返すことにした。

「それで普通の結婚をさせようと？」

「独り言ですよね、それは。――ええ、そうです。今までは巫が客を迎えることが表で、当主の方が影でした。それを逆転させてやろうと思っていたのです。エヴェリが選んだ相手を当主の婿として迎え入れ、巫の客としては裏に徹させる。そうすれば少なくとも王都の屋敷では、普通に夫と暮らすことができるでしょう。妓館でいつ来るか分からぬ相手を待ち続ける必要などない。それくらいの日常を当然としてもいいとは思いませんか？」

シシュは返事をしなかった。ヴァスがそれを求めていないことは明らかだったからだ。まだ十八歳の青年は、何に腹を立てているのか足下に落ちている小石を蹴り転がす。

「トーマ辺りはそれを何か誤解しているみたいですけどね。私が考えているのはこんなところです。

もっともこれを叶えるには、貴族たちに名が通っている相手ですと難しいですから。あなたなんかを選ばれたら水の泡です」

「……好きで王族になったわけではない」

「そんなことは知りません。エヴェリのために立場を捨てるくらいしてください」

「その時は陛下に直談判しよう……」

素直に返すとヴァスは信じられないものを見る目をシシュに投げたが、それきり沈黙した。

足下に忍び寄る影を引いて歩く彼らは、もう少しで月白の館が見えるところまできている。約束の二刻まではそう猶予があるわけではない。シシュは自分の軍刀を確認した。そうして気を引き締めなおしながら、改めて今聞いた話について考える。

――ヴァスはおそらく、彼なりにサァリの幸福を望んでいるのだろう。

だがそれは、サァリ自身の望みとは少し違う気もした。

彼女はきっと、王都の屋敷で平穏な夫婦生活を送るよりも、月白の主として館で客を待つことを選ぶのではないか。そうして夜の街で生きることに、彼女はおそらく誇りを抱いている。別の暮らしを差し出されてもそれを享受するとは思えない。

しかし、シシュがそう指摘するのも筋違いだ。下手に口出しをしては、自分の立場に有利なように誘導していると思われかねない。彼は切り裂かれたままの制服の胸元を押さえる。

結果として二人は、黙りこんだまま月白の裏手へ到着した。錆びた鉄格子の裏門は半ば蔓草の中に埋まっている。以前ここから出た時はサァリが鍵を開けてくれたのだが、今回は彼女も鍵を持ち出していない。二人は当初の打ち合わせ通り、無言のまま小さな門を乗り越えた。普段ならこのように侵入すればサァリの結界にかかって気づかれるが、今は彼女曰く「裏までは手が回っていない」らしい。

だがそれでも気づかれるのは時間の問題だろうから、急ぐに越したことはない。シシュは内心申し訳なさを抱きながら、土足で裏庭から渡り廊下へ上がった。玄関の方へと足音を殺しつつ向かう。

しかしそうして進むにつれ、嫌な圧力を感じて彼は顔を顰めた。

言葉でなく気配でもない「何か」が向かう先から漂ってくる。

重く、支配を当然とする強力な「何か」。

神を相手にするのだから、並大抵のことではないのは当然だ。けれどそうは思っても、実際自分がその身に感じると冷や汗を禁じえない。シシュは、初めてサァリが変貌した時のことを否応なく思い出しながら、動きが萎縮しないようにと意識した。すぐ後に続くヴァスが突剣を抜く。

――相手にすべきはネレイで、金の狼はできれば避けて通りたい。

とは言え、そう理想通りにもいかないだろうから、シシュが露払いをする手筈だ。露払い相手の方が底知れないというのは問題だが、時間を稼ぐだけならなんとかなるはずだ。

月白の廊下に人の気配はない。女たちの姿がまったく見えないのは心配でもあるが、なまじ誰かに見つかって揉めるよりはずっといい。

シシュは玄関に通じる最後の角を曲がった。視界の先に金色の巨体の端が見える。

この距離ならもう気づかれていると思った方がいいだろう。シシュは足音を殺すのをやめ、床を蹴って速度を上げた。

※

地下の部屋に響く弦楽の音は、重なり合い大きなうねりとなって空間を満たしていた。

ミディリドスが擁する練習用の座敷で、膝を抱えたサァリは壁に寄りかかって彼らの演奏を聞く。テンセの四弦とトズの細笛は、今は練習とあって音を抑えているようだが、それでも充分過ぎる力を持つ波となって、聞く者をあますことなく包みこんでいた。

アイリーデの粋たるこの音に触れていると、意識が少しずつ明晰になっていく気がする。サァリは疲労が漂う額を手で押さえた。横を見ると、少し離れた壁にアイドが寄りかかって座している。むすっとした横顔にサァリは声をかけた。

「大丈夫？」

「……お前には関係ない」

「関係あるよ。私のせいで怪我したんだし」

アイドにしてみれば、今回の件は完全にとばっちりだ。あの時たまたま屋敷にいたというだけでこんなことになっては、どう謝っていいのか分からない。

しかし何と言おうか迷っているサァリに、男は前を見たまま吐き捨てた。

「俺が引き際を見誤っただけだ。こっちに構わないで自分のすることだけを考えてろ」

――屋敷にネレイがやって来た時、すぐにサァリを引き渡していれば、彼もここまでの痛手は負わなかっただろう。

けれどアイドは、彼女を連れて行こうとするネレイに食い下がったのだ。その結果として共にアイリーデに連れてこられてしまったのだが、サァリは真意の分からぬ男の行動に、複雑な感謝を覚えずにはいられなかった。

嫌っているはずの自分を助けようとしてくれたのは、おそらく化生斬りだった時に染みついてしまった習慣と、子供の頃から知っている彼女への無意識の憐憫のようなものだ。サァリ自身、彼と決別した今でも、もし彼が苦境にあるなら手を貸すに違いない。よくも悪くもそれが共に過ごしてきた時間の重みだ。――しかしサァリは、本当はそのような重みからも彼を解放したいと願っていた。

埒もない思考にたゆたっていた彼女は、我に返ると意識を集中し直す。頭の中で楽にあわせて舞の振りを確認していった。手の動き、足の置き方、そして力の練り方、一つ一つをさらっていく。

「……よし」

今、自分にできることは巫舞を成功させることだ。そして別の神の圧力からアイリーデを守ること。これができなければ自分が存在する意味はない。

サァリは顔を上げると、右手に握った銀の腕輪に視線を落とす。そうしてこの場にいない二人の無事を祈って、少女は腕輪をきつく握りしめた。

※

シシュは廊下の残りを駆ける。

神はまだ、先ほどと同じようにそこにいた。

巨大な金色の狼と上がり口に座しているネレイ。そのうち金の狼の方が、軽く首だけでシシュを振り返る。赤い瞳と目があった時、彼の全身はぞっと粟立った。一瞬で腹の底まで見透かされるような圧倒的な厳存に立ちくらみそうになる。

だがシシュは自分がそうなるかもしれないことを予想していた。意識とは別に動き続ける足が、床を蹴って狼の側面へと彼の体を運ぶ。シシュはあえて思考を無にすると、体に染みついた動きで軍刀を振るった。研がれた切っ先が狼の背へと落ちかかる。

しかしその刃が金の毛に没する寸前、くるりと振り返った狼の顎がシシュに向かって開かれた。

「……っ！」

咄嗟に彼は左へ跳ぶ。体勢を崩しながらも転倒まではしなかったのは、身体能力の成せる業だ。シシュは跳ね起きざま、座ったままの狼の足を薙ぐ。だがその瞬間彼の脳裏に、雷に打たれて焼け焦げる自身の幻視がよぎった。恐怖以前の恐怖に魂までもが凍りつく。

――屈服を当然のものとしてかけられる圧力は絶大だ。

それでもシシュは動きを止めなかった。金の毛に食いこむ刃が狼の後ろ足を払う。他の街の化生を斬るに似た、水の中で刃を振るうような感触が伝わってきた。

だがそれで何が効いたようにも見えない。軍刀が通り過ぎた後は薄く裂け目が見えたが、揺れる金の毛がたちまちその傷痕を覆い隠した。

巨大な狼はゆっくりと起き上がる。赤い瞳でシシュを見たまま、体を起こした狼はシシュに向き直った。その隣でネレイもまた立ち上がる。

「戻ってきたのか」

二重に聞こえる声にシシュは答えない。彼は半歩だけ前に踏みこんだ。彼の動きに相手の意識が集中した隙に、階段の陰からヴァスが飛び出す。

ヴァスは狼の背後を抜けてネレイへと向かった。シシュに気を取られていたネレイは、わずかに反応が遅れる。その間にヴァスは敏捷な動きでネレイの懐に跳びこむと、鋭利な剣の先端を男の右腕目がけて突きこんだ。

苦痛の声は上がらない。代わりに鮮血の飛沫が磨かれた廊下に飛ぶ。ヴァスはネレイの上腕から剣を引き抜くと、反動で体を捻るようにして空けた右手を突き出す。

近距離からの掌底が狙っているものは、ネレイの心臓だ。

サァリが人の胸を突いて力を行使するように、男が依り代として繋がれているのは心臓を媒介してのことなのだという。ならばそこに、サァリから借りた力を叩きこんでしまえばいい。男の右腕を封じてからの決め手に、狼を見たままのシシュも成功を祈った。

だがネレイは寸前で身を捩る。ヴァスの掌は男の胸ではなく肩を突いた。

ばちっと空気が弾け、銀の閃光が辺りを照らす。心臓ではなかったとは言え、その衝撃はかなりのものだったのだろう。ネレイは背中から上がり口に叩きつけられた。追い討ちをかけようとするヴァスへ狼が振り返ろうとする。シシュはそれをさせまいと軍刀を振るった。ほんの数秒の間にいくつもの思惑が交差する。

――だが次の瞬間、金の光が彼らの視界を焼いて炸裂した。

意識を失っていたのはほんの数秒間だ。

気がついた時、シシュは階段の半ばで倒れていた。あわてて頭を起こした直後、頭の内側から激しい痛みに襲われ、彼は呻き声を上げる。

しかし焼けつくような痛みも、すぐに波が引くように消え去った。不思議に思ったシシュはほんのりと胸元が温かいことに気づき、そこにしまわれているものを思い出した。

「……サァリーディか」

彼女の力が腕輪を媒介としてシシュを守ったのだろう。見るとヴァスも同様に弾き飛ばされたらしく、三和土で立ち上がろうとしているところだった。そこへ刀を抜いたネレイが歩み寄る。

「っ、」

シシュは咄嗟に軍刀の鞘から針を抜くと、それをネレイの背に投擲した。

無理な体勢で投げたものの、針は狙いを違わずネレイの左肩に刺さる。刀を持つ腕への攻撃に、男は小さく苦痛の声を上げた。金色の狼がじろりと階段を振り返る。

――覚悟はしていたが、分が悪過ぎる。

シシュは立ち上がりながら体が動くことに安堵した。これでどこかが折れてでもいたら絶望的だ。だが体が無事であったとしても、状況が絶望的であることに変わりがない。サァリの「劣勢になったら退け」という言葉が甦る。

だが、まだその時ではないはずだ。

ヴァスがつく息の音が聞こえる。

「参りましたね……」

彼は改めてネレイへと剣を構えた。その額に汗が浮かんでいるのを見て、シシュは眉を寄せる。

――心臓に力を叩きこむというやり方は、裏を返せば借り受けた力を放出していることでもある。つまりは無限にできるわけではない。実際サァリからは「三回が限度」と聞いている。今のところ一回は失敗しているから、あと二回のうちにネレイを無力化させねばならない。

「……与えられた役目くらいは果たせねばな」

シシュは狼の注意を自分に引きつけるべく、ゆっくり階段を下り始めた。そうして三段目を降りたところで足を止める。いつのまにか、狼の赤い目が接近に気づいてシシュを見上げていた。一瞥されただけで、精神に凄まじい圧力がかかる。或いは、そうして圧されているのは彼自身の「存在」なのかもしれない。シシュは上がりそうな息を意志の力だけで抑えた。

無音。

世界の全てから音が消えたのではないかとさえ思えた時、狼が大きく口を開く。

食らいつかれるかとシシュが身構えかけた瞬間、その口内に金の光弾が生まれた。

青年は光の意味することを悟ると階段を駆け上がる。同時に狼の口から放たれた光弾が、数段下に着弾した。熱風がシシュの体を掬い上げる。

「く……っ」

今度は空中で受け身を取ることができた。危うく上階の壁に叩きつけられるところだった青年は、木壁を蹴って着地する。

これでは階段は崩落しているかもしれないと見下ろしたが、月白の建物には傷一つない。普通の人間には見えない神の攻撃であるからして、その性質もただの暴力ではないのかもしれない。

三和土ではヴァスとネレイが剣を交えていた。シシュが見たところ、ネレイの方が若干青年を押している。神力の違いというよりは、単純な剣技の実力差だ。ネレイは右腕と左肩を負傷しているが、それでもヴァスの動きを上回っている。こうなる前はどれほどの化生斬りだったのか、シシュはただ「もったいない」と思った。

とは言え、今は殺さなければいけない神の固着点だ。シシュは階段の下にいる狼へ向き直る。狼は戦意を失わぬ青年を不思議なものを眺めるように見上げていた。

シシュは半ば無意識のうちに胸元を手で押さえる。

——今まで死なずに済んでいたのは、相手が彼を侮っていたからだ。

所詮、卑小な人間だと思っているからこそ、その攻撃を受けきれていた。

だがこの先相手が本気になったのなら、シシュの命くらいは容易く刈り取られてしまう。そうなる前に狼を引きつけてこの場から離れた方がいい。サァリ本人が何度も「無理をしすぎるな」と念を押してきたのだから。

けれどそうしてヴァスだけを残してネレイに勝てるか、シシュは楽観的ではいられなかった。できるなら狼をなんとかしてヴァスを助けに向かいたい。

シシュは別の階段がどこにあったか記憶を探ろうとした。——その時、後方でみしりと床を踏む音がする。

ぎょっとして振り返ると、廊下の奥に立っているのは薄紅色の着物を着た娼妓だ。トーマの恋人である女イーシアに、シシュは更なる緊張を覚える。この状況で彼女が正気であるとは思えない。イーシアは彼の懸念を裏付けるように、ぼんやりとした表情のままその場に佇んでいた。

シシュが声をかけようと思うよりわずかに早く、覚えのある女の声が響く。

「長くは、保ちません」

イーシアの口から発せられた声は、彼女自身のものではなかった。

どこか遠くから届いているかのような掠れたそれは、けれど紛れもなく王の巫の声だ。虚をつかれて固まるシシュに、声は続ける。

「此度のこと、わたくしの力の及ばぬことばかり、で、直截的な助けと、なれそうに、ありません」

「……ああ」

「ですから、一つだけ、分かること、をお伝えします」

「分かること？」

シシュは狼から視線を外さぬまま問うた。金狼は大きな前足を一番始めの段にかけ、階段を上ってこようとしている。

「これが、あなた様を助く切り札となるか、あなた様を追いつめる刃となるか、は、分かりません。

ただこの名を、あなた様は、これから先、大いなる力を持つ存在と、して呼ぶことになるでしょう」

——大いなる力を持つ存在。

それは敵か味方か。既に二人の神がいるこのアイリーデに、そのような存在が更に混ざるのか。

一瞬の迷いと戦慄をシシュはのみこんだ。階段を上ってくる狼を前に、今は状況を変える一手が必要だ。彼は遠く離れた王の巫に向かって頷いた。

「分かった。教えてくれ」

「その名は——ディスティーラ」

「ディスティーラ？」

復唱した瞬間、胸にある銀の腕輪が強い熱を持った。

何か劇的な変化が現れたというわけではない。ただ銀の腕輪が発熱したと同時に、狼が頭を低くして身構えた。それまでの胡乱な、どこかたかをくったような雰囲気から一転して唸り声が聞こえる。

それがディスティーラという名に関係していると悟ったシシュは、この機をどう使うか考えを巡らせた。もう一度名を呼んでみようかと考えた時、だが狼はぴくりと両耳を立てる。一度は下げた頭を上げ、耳をそばだてるように周囲の空気を探った。

それが何を意味しているのか、一瞬遅れてシシュは悟る。

「まずい。巫舞が——」

約束の二刻が過ぎてしまったのだ。アイリーデの中央広場で巫舞が始まった。

狼はそれを察知したのだろう。シシュなどまるで存在もしていないかのように無視して階段を下り始めた。三和土でネレイと剣を交えているヴァスが、ぎょっと顔色を変えるのが見える。シシュは一足飛びで狼の後を追う。

今、サァリのところに行かれては困る。先ほどのことがあった以上、今度こそ狼はサァリを逃がさないだろう。そのまま問答無用に連れ去られては打つ手がなくなる。

焦燥が恐怖と用心を上回る。

シシュは階段の途中から跳ぶと軍刀を振るった。嫌な浮遊感が体を包みこむ。

そうして金の背へと落ちる刃は――無音のまま狼の尾を根元から切断した。

声は上がらない。

斬り落とした金の尾は、床の上に落ちると同時に溶け入るように消えてしまった。

その様子に、けれどシシュは気を配っている余裕はない。狼が振り返るまでの時間が、やけにゆっくりと感じられた。

――逃げきれない。

ほんの短い間に、彼は自分の死をまざまざと予期する。

主君の珍しい顰め面が脳裏に浮かび……サァリの泣き顔が刹那よぎった。

彼女に悪いことをしてしまったな、と思う。

「すまない、サァリーディ」

そう呟いた時、彼の目の前に少女の背が現れる。

長い銀の髪に華奢(きゃしゃ)な躰。結われていない髪は下ろされ、切りそろえられた先が腰の辺りで揺れている。剝(む)き出しの白い腕と足は細く、しなやかさよりも病的なか細さを感じさせた。服の代わりにうっすらと銀色に光る布を体に巻きつけている少女は、無造作に前へと右手を上げている。

そこには何もない。ただ彼女は素手でシシュに食らいつこうとする狼の顎を留めていた。

突如目の前に出現した少女に、シシュは唖然とする。

「……サァリーディ？」

「違う」

少女は首だけで振り返る。美しい、透き通るような印象の貌。ひどく見覚えがあるようなその顔は、だが確かにサァリのものではない。シシュは直感で、少女が誰であるのか理解する。

「あなたがディスティーラ、か」

「吾を呼んだのは、やはりおぬしか」

サァリのものより幾分幼い声は、何故か少し罅割れて聞こえた。それだけでなく少女の体はよく見るとうっすらと透けている。やはり彼女も人ではないのだ。頭では予想し理解していても、目の当りにすると止めようのない寒気が背筋を滑り降りた。

ディスティーラは何かに気づいたのか、軽く目を瞠るところころと笑う。

「そうか。そういうことか」

「そういうこと？」

「ならば――」

少女はふっと息を吐く。それだけの仕草で、上げている右手に息が詰まるほどの力が集中した。狼が大きく後ろに飛び退く。

それを確認し、ディスティーラは踵を返すとシシュを見上げた。青い目と正面から向き合ったと思ったのは一瞬、彼女はそのままシシュの体をすり抜ける。あまりのことに振り向くこともできない彼へ、背後から楽しそうな声が聞こえた。

「――次はおぬしを迎えに来る。楽しみに待っていろ」

最後の笑い声はすぐ耳元で囁かれた。

シシュはぎょっとして振り返るが、既にそこには誰の姿もない。何もないのだが、確かに「何かが体の中を通り過ぎた」という感覚は残っていた。呆然としかけた青年は、しかし直後我に返る。迷っていていい時間など一秒もない。

シシュは狼を無視して三和土に走った。ネレイの背中越しにヴァスと目が合う。

言葉は必要ない。暗黙のうちにシシュは走ってきた勢いのまま、ネレイの右膝裏を蹴りつけた。体勢を崩しかける男の髪を摑んで思い切り仰け反らせる。

何をされるのか理解したネレイは抗おうとした。しかしそんな時間は与えない。

ヴァスが右掌を男の胸に叩きこむ。無音の衝撃が男の心臓を走りぬけ、背後にいたシシュにまで届いた。いつもの術の数十倍に比する圧力にシシュは息ができなくなる。

「……っ」

足下に崩れ落ちるネレイを見ながら、シシュもまた膝をつきかけた。しかしその時、大きく踏みこんできたヴァスが、シシュを強く突き飛ばす。

——何をするのかとは思わなかった。

ヴァスが何をしようとしたのか、シシュはすぐに察した。察したからこそ、玄関の戸にぶつかりながら従兄の青年に向かって手を伸ばした。

だがその手はヴァスには届かない。

神の血縁である彼に狼が食らいついたのは、その直後のことだった。

※

舞の衣裳に袖を通すのは、ずいぶん久しぶりのことだ。

白い薄布に銀の織紐を通した衣裳を、サァリは紅い襦袢の上から着付ける。

両手首と足首には、鈴を通した飾り紐を結んだ。その上で迷ったが、右手首には銀の腕輪を通す。

化粧は自分でやったが、髪はミディリドスの女が梳ってくれた。長い銀の髪は下ろされ、鈴を通した飾り紐が一房ずつを縛り止めている。

歩くとしゃらしゃら音がするようになった少女は、姿見の中を確認すると少し悩んだ。

「これでいいんだっけ……」

何しろ最後に巫舞の衣裳を着たのは、子供の頃アイリーデの祭りで巫舞を舞って以来なのだ。当時はまだ祖母が健在で、サァリの支度は全て祖母が見てくれた。あの時から舞の練習だけは欠かさずしてきたが、舞台に上がるのは久方ぶりだ。

サァリは支度部屋を出ると、皆が集まる広い座敷へと向かった。そこで待っていた面々が舞妓の衣をつけたサァリに感嘆の目を向ける中、相変わらず奥の壁に寄りかかって座っているアイドが、彼女を一瞥して目を細める。その眼差しに懐かしさが窺えるのは、彼もかつてのサァリの舞台を見たことがある一人だからだろう。彼女は気恥ずかしさに苦笑した。

テンセが立ち上がって彼女を迎える。

「こちらの支度は完了しました。地上の舞台もまもなく整います」

「ええ」

サァリは鏡台の前に置かれた時計を確認する。シシュたちと約束した時間まではもうすぐだ。サァリが来たことで、他の人間たちも動き出す。

「行きましょう」

サァリがそう言うと、一行は座敷を出た。足早に街の中央付近へと出る階段へ向かう。

アイリーデの大通り二本が交わる中央広場は、ミディリドスたちがよく使うため、近くに民家に擬した出入り口があるのだ。舞台を整えるために、まずミディリドスの若い男たちが細い階段を上がっていく。サァリはその後について石段を上っていった。

既に地上は夜になっている。新鮮な空気を味わいながら彼女は民家の中に出た。ミディリドスが街に多くの出入り口を持っていることは知っているが、彼女もその全てを把握しているわけではない。サァリは窓の外の景色からようやく、自分がどこにいるかを把握した。

外の様子を見に行っていた男が戻ってくる。

「大丈夫そうです。行けます」

民家を出て角を曲がれば、そこはもう広場だ。奥には木造の舞台があり、今は上に誰の姿もない。すっかり日の落ちたアイリーデは普段よりも人通りが少なく、居並ぶ店の中にはちらほら灯り籠(あか)が暗いままのところもあった。そのせいか否か、やけに月光が明るく思える。サァリは夜空を見上げて自分の力に意識を集中させた。

人の流れの向こうに見える一段高い真四角の舞台は、舞と楽のためにかなり大きく作られているが、普段は無闇に踏み荒らされないよう周囲に縄が張られている。先行する三人の男が手早く縄を外しテンセとトズのための居敷を置いていった。平太鼓を携えた男たちが舞台下につく。

舞台を照らす四隅の灯りがともされる。一瞬で幻想的な空気が広場を染め上げた。

その様子に足を止める人々がちらほらと現れる中、弦と笛を携えたテンセとトズが足早に舞台へと向かう。サァリもまたその後を追いながら――だがふと何かを感じて周囲の人々へ目を凝らした。

薄暗くてよく分からないが、どこからか見られている気がする。緊張を強めたサァリは、背後から肩を叩かれ飛び上がった。

「わ、わわ……」

「早く行け」

「アイド、驚かせないでよ」

「いいから行け。トーマが来た」

「え……」

言われてサァリは兄の姿を探そうとしたが、アイドの手が彼女を舞台の方へ押しやった。少女に背を向け刀の柄を握るアイドに、サァリは瞠目（どうもく）したがすぐに頷いて舞台へと走る。

今は時間通り巫舞を始めることが最優先だ。兄が正気であればそれでよし、そうでないのならアイドに頼るしかない。サァリは負傷している幼馴染（おさななじ）みを振り返りながら舞台への階段を駆け上がった。

素足になって正面を向くと、夜の広場を睥睨（へいげい）する。

何が始まるのかと視線を送ってくる客たちや、店の軒先から驚いた顔で見上げてくる商人たち。

彼らに混じって、着物姿の男が一人歩いてくるのが見えた。適当に浴衣（ゆかた）を着ただけのトーマは、妹と目が合うと楽しそうに笑う。

――それはどう見てもいつもの兄ではない、歪な笑顔だった。

「アイド……！」

「始めます」

思わず舞台を飛び降りそうになったサァリの意識を引き戻したのは、テンセのよく通る声だ。

舞妓である少女は瞬間息を止めると、一秒の後、面から感情を消した。観客に見せるためのうっすらと美しい微笑を作る。

今だけは己がすべきことを見失ってはいけない。この舞は誰も代わることのできない切り札だ。

サァリは視界の中にアイドとトーマを収めながら踵を返した。白い裾と袖を翻し舞台の中央へと立つ。それと同時に、何の口上もなく弦がかき鳴らされた

——楽と舞は、人の存在を揺り動かすため古くから在る道だ。

それは肉体を通じて精神へと届く。そして存在に触れる。

神供の男が神楽舞(かぐらまい)に直面することで神に近づくように、この街の人間のために作られた巫舞は、彼らの存在から不当な侵食を払い、本来の自由を取り戻すのだ。

だからきっと巫舞さえ舞いきればトーマも元に戻る。サァリはそう信じて、鈴の連なる右腕を上げた。薄衣の袖から露(あら)わになった白い手に人々の注目が集まる。

月光を受け取るように掲げられた己の掌を見上げ、彼女は目を閉じた。笛の音が加わる。少女は浅く息を吸いこむ。

そして小さな鈴を鳴らして、彼女は素足を踏み出した。


一見いつもと同じ笑顔のまま人の間を縫ってきたトーマは、アイドの前に立つと顔を斜めにした。

珍しく外で着物を着ているせいか、その鍛えられた体から漂う不穏のせいか、妙に忌まわしく見える。

男はアイドの全身を眺めて唇の片端を上げた。

「どうしてお前がここにいる?」

「好きで来ているわけではない。お前がまともならオレがここに来る必要もなかった」

アイドはトーマの持つ刀を見やる。背後からは楽の音が聞こえてきており、周囲には人が集まり始

めていた。まさかこんなところで抜刀するとは思いたくないが、今の相手は何をするか分からない。

アイドはトーマの動きに細心の注意を払った。舞台上の妹を見上げて、トーマは微笑む。

「俺がまともだったら？　おかしなことを言う」

「今の自分が正気だと思っているのか？」

論外だと吐き捨てるアイドに、トーマは笑ったまま目を細めた。

「いや、おかしなことっていうのは俺のことじゃない。お前のことだ」

「は？」

「お前は結局、サァリのところに戻ってくるんだ。周りが何を言ってもお前が何を言い繕っても変わらない。お前がこの街を憎悪する限り、お前はサァリに囚われ続ける。――そのことをそろそろ自覚するんだな。あれは絶対にお前は選ばない」

「…………」

急速に血が頭へと上っていくのが自分でも分かった。それと同時に心が冷えきって冷静になっていくのも。まるで真逆な感情と精神を抱えながらアイドは刀を握る。トーマはそれを皮肉げに見た。

「いつまで力に訴えようとするつもりだ？　本当にお前は成長してないな」

「黙れ」

堪えきれずアイドは刀を抜く。だが周囲の者たちは皆異様なほど舞台に見入っており、彼ら二人の様子に一瞥もくれない。とは言え、それでもこの場で刀を振るうことはできない。

ただ脅しの意味を込めて抜刀したアイドに、トーマは薄く微笑った。何も持っていない手を上げる。

「ちょうどいい。お前も自分の狂信を自覚するんだな。そうすればもっと楽に生きて死ねる」

「オレの生き方をお前にどうこう言われる筋合いはない」

アイドは素手のトーマから距離を取りたかったが、すぐ後ろに見物人がいて下がれない。昔から敵わなかった相手に対し、油断なく間を計る。

広場に響き渡る楽と鈴の音。

神が舞うそれは情熱的な強さに満ちながら、彼の耳にはどこか物悲しく聞こえていた。

※

外から聞こえてくる弦と笛の音には聞き覚えがあった。

布団の中に潜りこんで惰眠を貪っていた男は、浅い眠りの中から顔を上げる。その気配に気づいたのか、部屋の主人である娼妓が視線を巡らし窓の外を見た。

「おや、テンセの音だね。珍しい」

アイリーデの妓館の中でも中央広場近くにあるこの店は、月白ほどではないが歴史ある名店として広く知られている。かつては美しい娼妓だった老主人は、今回の不穏の中でもいつも通り悠々と火入れしており、その様はかえって客たちの人気を買っていた。

そのような店でも古株である娼妓の女は、楽の音を聞いて煙管を燻らせながら立ち上がった。しどけなく着物を羽織っただけの姿のまま、二階の窓から顔を出す。

そこには既に人だかりのできている広場があり、舞台には予想通りミディドリスの二人が座していた。街の様子が変わり始めてからすっかり聞かなくなっていた彼らの音に、女は耳を傾ける。相変わらず布団に腹ばいのままの男が頬杖をついた。

「……巫舞だな」

「あら、見もしないでよく分かるね」

「わざわざこんな時に鳴らすってんなら、他にないだろうよ。ようやく巫が腰を上げたか」

男は大きく欠伸をする。寝癖のせいだけではないぐしゃぐしゃの頭を振り返って娼妓は笑った。

「あんたは行かなくていいのかい？　一応、化生斬りだろうに」

「要請なしに動くほど勤勉じゃあないな。それに、今は下手に動くと知った顔に殺されそうだ」

やる気のない返事に、女は肩を竦めて外に視線を戻した。その目がある人物を捉える。

「あれ、アイドの坊やじゃないの」

「へ？　あいつ追放されただろ。似てる誰かじゃないか？」

「本物だよ。眼帯してるもん」

それを聞いて、ようやく男は布団から這い出す。女と並んで窓の外を見下ろし――知った顔に「あいつ、何やってんだ」と呟いた。

※

抜刀しているとは言え、周りに多くの客がいる状況でいつも通り刀を振るうことなどできない。だが自分があばらを痛めていることを考えると、むしろ尋常な勝負にならない方がマシだ。

アイドは柄を握る手を顔の前に置いた。刃をトーマの方に向け刀を縦に構える。

峰の半ばを左手で支えての構えは、戦うためのものではなく警告の意味を込めてのものだ。巫舞が終わればトーマもおそらく元に戻る。思うことは多々あれど、今無理して戦う必要はない。

そう思って男を威嚇するアイドに、トーマはだが軽く笑っただけだった。

素手のままの男は、刀が見えていないかのように無造作に距離を詰めてくる。伸ばされた右手にアイドが刃を向けかけたその時、だがトーマの体は不意に視界から消えた。ぎょっと驚くより早く、力と速度が乗った蹴りがアイドの足を払う。

「……っ！」

足の骨への強打が、体の中を伝ってあばらにまで響いた。思わず苦悶の声を上げかけたアイドは、トーマが拳を振り上げたのを見て刀を捨てる。そのまま身を低くしトーマへと体当たりした。

二人の男はもんどりうって路面に転がる。舞台に見入っていた客たちもさすがに彼らに気づき、傍で批難の声が上がった。

「なんだ？　喧嘩か？」

「余所でやれ。危ないな」

「――悪いな、すぐ終わる」

両腕で体を締め上げられながらも余裕なトーマの言葉に、アイドは再び頭に血が上っていくのが分かった。だが燃え上がる感情とは別に、今までの経験が「トーマから離れろ」と警告してきている。怪我がなければ敏捷な動きで間を取っただろうアイドは、それができぬ代わりに思い切り相手のみぞおちに拳を叩きこんだ。その反動を利用して立ち上がろうとする。

しかし体を起こすより早く、トーマの両手が左右からアイドの頭を摑んだ。

大きな両手に力が込められる。

――首を捻じ折られる。

アイドの背は、死の予感に一瞬で冷えきった。

体は反射的に動き出していたが、おそらく何も間に合わない。

自分はここで無残な屍を曝す。忌まわしい故郷で、捨て去った少女のために死ぬのだ。

そう思うと、何故か焼け付くような懐かしさが胸に突き上げてきた。今際の際にどうしてこんな感情を抱くのか、彼はただ目を閉じる。

残す言葉もない。

トーマの指が万力の如き力で頭を締めつけてきた。ひどく穏やかな呟きが聞こえる。

「忘れろ。できないなら遠くへ行け。あいつの前で死ぬような真似をするな」

どこまでも沈んでいくその声は、知らない人間のもののようだ。

「……お前」

アイドが驚いて顔を上げると、トーマは冷えて感情のない目で彼を見ている。その顔からは男が正気であるか否か分からない。ただ今まで対外的に見せてきた「トーマ・ラディ」ではない氷の刃に似た表情こそが、サァリも知らないこの男の本質ではないかと、彼は直感した。

トーマは顔色一つ変えぬままアイドを摑んだ腕を振るう。どこにそれほどの力があったのか軽々と投げ捨てられた男は、追い討ちで腹を蹴りつけられ声もなく悶絶する。その間に立ち上がったトーマは、アイドが捨てた刀を優雅な仕草で拾い上げた。ついでのように低い声で付け加える。

「死ぬなら余所で死ね。あいつのために死ぬ男は一人で充分だ」

それだけを囁いて、トーマは舞台の方へと歩き出した。

アイドはトーマを留めようと手を伸ばしたが、その指は何にも届かない。去っていく足音と顔に感じる地面の感触が、ほんの子供の頃のことを思い出させた。

――傷だらけの顔に伸ばされる女の手。あれは母親のものだったかサァリのものだったか。

混濁する記憶の中で、その景色は判然としない。

舞台から聞こえる楽の音と人々の歓声が、朦朧とする彼の意識をひたすらに重く糊塗していった。

板張りの舞台を踏む足は、ほとんど音を立てていない。

それは巫舞を習った際、祖母から真っ先に叩きこまれたことだ。『音は全てミディリドスが重ねるから、お前はその上で舞え』と。

幼かった当時のサァリにはその言葉の意味がよく分からなかったが、今になって分かる気がする。

巫舞とはいわば、普段「巫」として人の中に交わっている彼女たちが、己の本性を舞という形にして幾許か曝け出すものなのだ。

足の運び、手の置き方、些細な一つ一つに彼女の力は現れる。音を殺すのはその力が飛散しないようにであり、また神の本性に元から音の属性がないからだ。――だから神は、人の奏でる楽を愛した。

白い素足は板の上を無音で擦っていく。指先まで美しく伸びた手は、膝元の空気を掬い上げ、天へと返す。長い銀髪が夜気の中、火の赤さを反射して揺れた。

サァリは謳い出したい気分で笑みを刻む。

自分を中心として、この街の気自体が動いていく。大事な大事な金魚鉢に指をそっと差し入れてかき混ぜていくに似た高揚が、本能から湧き起こる。

だが彼女は自らを昂ぶらせる情動を、冷えた意識の一部分でやんわりと留め続けていた。本性を自由に解き放てば、きっと自分は人の振りさえできなくなる。そうなった時にはアイリーデは、彼女の道連れになってしまうだろう。分からぬことばかりのサァリだが、それだけは実感としてあった。

だから彼女はここで、自分の力を支配し踏み留まらねばならない。

サァリは白い袖を引いて頤を上げた。円を描く足先から広がる波紋が、街の様子を力の反響で伝えてくる。サァリはそこに正体の知れぬ変化を感じ取り息をのんだ。

——人ならざる気配が増えている。

こんなことはありえることではない。金の狼が来たこと自体異例中の異例なのだ。

一体何が起きているのか、サァリは呆然としかけた。

だが体は一人でに動き続ける。その動きに引かれて少女は我に返った。首を傾いで舞台下を見やる。一心に見入っている客たちの向こうで、アイドとトーマがもつれあって倒れこむ様が見えた。

まもなくトーマ一人がゆっくりと立ち上がり、舞台を振り返る。曇りない兄の微笑に、サァリは作った笑顔のまま内心ぞっとした。アイドはどうなったのか今すぐ舞台を飛び降りて確かめたくなる。そしてそれ以上に、トーマをどのように止めればいいかすぐには答えが見つからなかった。

トーマは観客たちを掻き分け、少しずつ舞台に近づいてくる。

堂々たるその姿は、確かな力と自信に溢れていた。物心ついた時から彼女の最大の理解者であり、庇護者でもあった兄。揺るがない男の接近に、サァリは緊張を覚える。

——ここで捕まってしまっては元も子もない。

巫舞を舞える者がいなければ、狼を退けられても街を元に戻すのは難しくなる。

サァリはトーマの姿を見ながら、舞台から逃げ出して別の場所で舞いなおすか迷った。本来であれば、巫舞を途中でやめるなどもっての他だが、今はそんなことも言っていられない。彼女自身とミディリドスの二人さえ無事でいれば、逆転の機会は残っているのだ。

舞を止めぬまま、サァリは衣を翻してテンセを振り返る。手首につけた鈴がしゃらしゃらと月光の下に煌めいて夜を彩った。

だがそうしてテンセに目配せをしようとしたサァリは——ふと今この場にいない二人のことを思い出した。己の身を、そして彼らのことを顧みる。

本当は、力を貸したとは言え、人が神に抗うなどでき得るはずもないのだ。

だが彼ら二人は文句一つ言わずそれを担ってくれている。未熟なサァリを守るために己が命を賭してくれている。

にもかかわらず、ここでサァリ自身がただ逃げることしかできないとはどういうことなのか。

巫舞を成功させることは、状況によっては彼らの命綱ともなりうる。いわば二手に分かれたサァリたちは、お互いの命運を相手方に預け、勝負の天秤に乗っているのだ。

それを自分だけ先に下りようと、本気で思っているのか。


目を閉じて、考える。

答えなど他にあるはずもない。


サァリは円を描くように身を翻した。

トーマはもう舞台のすぐそこにまで来ている。その端整な貌を見下ろし少女は微笑んだ。

形のよい指先が客たちの視線を誘って上げられる。彼女は腕を追って胸を反らせた。夜空に浮かぶ月に目を細める。

美しい夜だ。

自分が何であるのか、サァリーディはよく分かっている。

彼女は氷を宝石とした双眸でトーマを見据えた。

兄はその瞬間、軽く瞠目する。

立場の違いを、存在の別異を知らしめる意志。神としての本質が舞台上の少女を浮き立たせた。

サァリは長く息を吐きながら、湧き上がる力を舞に乗せて拡散していく。鈴の連なる裾が広がる度に、人には見えぬ銀の飛沫が弾けていった。

少女は両膝を折って上半身を垂れると、両手で宙を掻く。小さな顔を上げ、トーマを見つめた。

――あそこにいるのは、兄ではない。神に仕えるべきラディ家の男だ。

その男一人従えられないのなら、彼女に神である資格はないだろう。

そして膝を折らぬ彼にも生きている資格はない。

サァリは流れる仕草で体を起こす。

艶美な微笑には、けれどぞっとするほど洗練された威が漂っていた。舞台に見入っていた客たちが無自覚のまま立ち竦む。自分たちが今何に相対しているのか、分からぬまま彼らは神に見入った。

広がる力が街の内に淀(よど)む気を押し流していく。絶えず鳴るミディリドスの音が、彼女の力を更に遠くへと運んでいった。

そう長い時間ではない。

近づく終わりを前に、アイリーデの主人である少女はしなやかに立つと右手を前へ差し伸べた。

従属を傲然に命じる眼差し、それを当然と疑っていない少女の姿に、トーマは苦笑し目を閉じる。

男はそうして膝を折ると――彼女へ黙って頭を垂れた。

熱に浮かされた夜気の中、凛(りん)となる鈴の音が巫舞の終わりを告げていた。

6．結

淀（よど）む空気は彼の分身に等しい。

暗い地の底で息づく腐った血は、ここのところ地上に広がる力に圧されて、浅い土の中を漂っていた。

普段であればそれらは地上に染み出し、人の姿形を取って街をさまようが、今はそれもできない。

ただその分地下に淀んでいく気は、いつもより遥（はる）かに濃いものとなり力を持ちつつあった。

――ゆらり、と。

本来の姿近くなった気は、土の中で頭をもたげる。

予感があった。

いやどちらかというとそれは、予兆であったろうか。

地上で複数の力が交差する気配が感じ取れる。何が起きたのか、今まで彼を圧していた力が押し流されていくのが分かった。

頭の上の重石（おもし）が取り除かれたような解放感が訪れ、彼は自然と地上に向かい浮上していく。ようやく顔を出せた土の上には煌々（こうこう）と月光が注いでいたが、既にかなり濃いものとなっていた彼は、その光にも消えてしまうことなく留まることができた。

いつものように分かれて人の姿形を取りかけた彼は、しかし一つの気配に気づく。

そう遠くないところに佇（たたず）んでいる女、月光を纏（まと）う彼女は、かつて本来の彼を殺した「存在」だ。

その後も永きにわたって彼を地底へと押しこめ、地上に出た気を刈り取ってきた相手。その存在がいくらか弱ってすぐ近くにいることに、彼は快哉に似た感情を覚えた。拡散しかけた気が意識するまでもなく一つの形に結実していく。

――彼女を得たい。食らって、我が物としたい。

尽きせぬ欲求のまま本来の姿と同じ黒い大蛇となった彼は、彼女目がけて音もなく路を滑り出した。狭い路地を曲がり、人だかりとその向こうの舞台を見つけて鎌首をもたげる。舞台の上には青白い顔色の少女が立っており、まだ彼に気づいた様子はない。

普通の人間には見えぬ彼は、獲物を逃さぬよう地に伏してしゅるしゅると近づき始めた。

だがその直後、彼の頭部に白刃が突き刺さる。

蛇の頭を地面に縫いとめたそれは、鍛える際に炉に麦穂をくべて打った化生斬りの刀だ。突然の苦悶に身を捩る彼へと、燃えるような声が降りかかる。

「巫に近づくな。あるべき場所へ戻れ」

警告の言葉と共に、突き立てられた刃は抜き去られた。

痛みの残滓を抱えながら牙を剝いた彼は、けれど視界の隅に振りかかる軍刀の煌きを見る。

そこには一片の容赦もない。

風を斬る一閃で首を落とされた蛇の気は、そうしてまた暗い地の底へと溶けていった。

黒い気が消え去るのを確認したシシュは、息を一つつくと、舞台に向かって歩き出す。

人だかりの向こう、舞台の上に忘我の面持ちで立っていたサァリが、彼に気づいて大きな目を瞠った。たちまち嬉しそうな安堵の笑顔が浮かぶ。それはシシュがよく知る、彼女の素の表情だ。

サァリはしかし舞台上とあって、一瞬だけの笑顔をすぐに外面的なものに変えた。

艶美で、無垢な、月光を受けて輝く花のような微笑。

それは紛れもない娼妓の媛のものだ。彼女は右足を後ろに引くと優美な仕草で客たちに一礼した。

わっと大きな歓声と拍手が上がり、辺りが余韻で高揚する中、サァリはテンセに支えられて舞台脇の階段に向かう。そこに軍刀を鞘に戻したシシュがやって来た。

彼は血の気の薄い少女を心配そうに見上げる。

「サァリーディ、大丈夫だったか？」

「平気。ちょっと力を使いすぎただけ。ありがとう」

サァリは両手を彼に伸ばしてくる。シシュはその片方を取って彼女の体を抱き上げた。神威を振るったせいか、サァリの体は氷のように冷えきっている。事情を知らない人間が触れたなら人ではないと分かってしまう体を、青年は壊れものを扱うように大切に抱きこんだ。

サァリは彼の胸にもたれかかると小さな息をつく。

「街から奴の気配は消えた……お前たちの方もなんとかなったようだな」

「ああ」

「私は少し眠る……後を頼む……」

言うが早いかサァリは目を閉じる。寒いのか縮こもろうとする体を、シシュは少しでも自分の体温が伝わるように抱き直した。

巫舞の熱が残る広場で、彼は夜空を仰ぐ。

そこに浮かぶ月は煌々と白く輝き、一つの曇りもなかった。

※

今回の件ほど、被害の全貌を割り出しにくい事件もないだろう。

できうる限りの後始末を終えた翌朝、月白に集まったシシュとトーマ、テンセは、程度の差こそあれ疲労に満ちた顔を見合わせる。客も女もいない花の間のテーブルで、一通り街を見回ってきたシシュが口火を切った。

「それで、怪我人の容態は？」

「怪我人って厳密に言えるのはアイドくらいだけどな。あいつは当分動けないだろ。熱も出てるし」

白々と言うトーマこそがアイドの寝こんでいる原因なのだが、書類を手にした男はまったく反省しているように見えない。言いたいことを堪えて、シシュは先に聞きたいことを確かめることにした。

「熱が出てるのは巫もだろう。大丈夫なのか？」

「サァリのあれはいつものことだからな。今は月白の女も倒れてるから一人で寝かせてるが、そのうち回復するだろう。気になるなら添い寝しに行ってやれ」

「断る。ヴァスは？」

「あいつの方はちょっと分からない。体に損傷はないけど、そういう問題でもないだろうからな」

それを聞いてシシュは沈黙した。昨日の夜のことを思い出す。

――あの時、ヴァスは彼の目の前で狼に食らいつかれた。

だが狼は巫舞の影響か、次の瞬間跳ね上がると開いたままの玄関から走り去ったのだ。ただヴァスはそのまま外傷がないにもかかわらず昏倒してしまった。

狼を追い払えれば代わりに化生が出現すると聞いていたシシュは、ヴァスが息をしていることだけを確認すると、彼を月白の玄関に寝かせて舞台へと向かったが、その後青年は一度も目を覚ましていないらしい。サァリも本格的に寝こむ前に少しだけ従兄を診たが、とにかく存在が衰弱しており、自然回復を待つしかないということだ。その点は彼女自身も同じなので、二人のどちらが先に目覚めるかという話だろう。

同席しているテンセが深い溜息をついた。

「今回は深く操作を受けた者ほど、後にひきずるようですね。あの鉄刃が熱を出すくらいですから相当でしょう」

「それを言うと何故この男がぴんぴんしているのか疑問なんだが」

シシュにお茶のカップを持った手で指され、若干血の気の薄い顔のトーマは肩を竦めた。

「俺まで倒れてたら後始末する人間が少なくて大変だろ？」

「……後で何人かに殴られる覚悟をしておけよ」

「お前には水路に蹴り落とされたしな」

「覚えてるのか」

今までそのことについては一切触れられなかったので、てっきり記憶にないのだろうと思っていた。ぽかんとするシシュに、トーマは苦笑いを向ける。

「記憶はあるさ。サァリもそうだっただろ？　全員があるかは分からないけどな。ま、おかげで少し目が覚めた。あの操作はかなりきついな。次までに対策を考えておきたい」

「次⁉」

「あるって思ってた方がいいだろ。ネレイが駄目になったとは言え本体は無事なんだ。別の傀儡を作ればまた干渉はできる。むしろわざわざ余所から来てるのにあれくらいで諦めたりはしないだろうよ」

お茶を啜るトーマをよそに、シシュとテンセは愕然とした顔を見合わせる。

今回でさえかなり苦労したというのに、相手が学習して再度やって来たなら退けられるか分からない。途端、先行きに暗い影が差した気がしてシシュは力なくかぶりを振った。

それを見たトーマが呆れ顔になる。

「何やってんだ」

「いや……途方もなさを味わった」

「早々に凹むな。こっちだってまだ伸び代はある。サァリ自身まだ子供だしな」

それは彼女が大人になれば、あの狼と互角になれるということだろうか。

シシュは嫌な方向に話題が流れるのを恐れて立ち上がった。また神供うんぬんを言われても困る。

無言で部屋を出て行こうとする青年に、トーマが軽く手を上げる。

「一応サァリの様子見といてくれ。起きてたら水を飲ませたい」

「……分かった」

「あとすまなかった。迷惑かけた。お前たちのおかげで助かった」

「は？」

ぎょっとしてシシュは振り返ったが、トーマは背を向けてお茶を飲んでいて表情は窺えない。代わりに隣でテンセが苦笑するのが見えた。

いつも通り飄々としているように見えるトーマだが、今回の件はかなり堪えたのかもしれない。操作を受けた他の者たちがそろって寝込んでいるというのに彼だけ事後処理に奔走しているのは、相当の無理を押してのことだろう。巫舞が成功したとは言え、その力は街の外までは及ばない。アイリーデから別の街へと移ってしまった店などには、誰かが手を打たねばならないのだ。

捻くれた友人にいささか呆れながら、シシュは花の間を出る。途中で厨房に寄って水差しに水を汲むと、主の間へと向かった。

奥の寝所で寝込んでいたサァリは、襖の開く音で目が覚めたらしい。うっすらと瞼を上げてシシュを見上げた。青年は水差しを上げて見せながら枕元に胡座をかいて座る。

「飲めるか？　できるなら飲んだ方がいい」

「……うん」

浴衣姿の少女ははだけた胸元を押さえながら体を起こす。礼儀として顔を背けていたシシュは、彼女が浴衣を直す間に湯飲みに水を注いだ。白磁の底に描かれた青い蝶が揺らいで見える。

サァリは一息つくと、白い手をシシュに伸ばした。

「ありがとう。頂戴」

「ああ」

湯飲みを受け取った少女は美味しそうに水を飲み干した。まだ熱があるのか額には汗が滲んでいたが、顔色自体は蒼白だ。シシュは心配になって眉を寄せた。

「大丈夫か？　まだ寝ていた方がいいな」

「風邪じゃないんだけど、ちょっと急に背伸びし過ぎたみたい」

サァリにとって、人としての表皮と神としての本性は少しずつ近づいてきているが、それでもまだ神としては未熟だ。今回はその差を埋めようと無理をして辛勝と言ったところだろうか。

「ごめんね、危ない目に遭わせて。みんなにも綱渡りさせちゃったし」

「周りの人間は巫を助けるためにいる。気にする必要はない」

シシュ自身がその筆頭だ。彼はサァリを助けるためにこの街にいる。だから自分のことで彼女に悲しい顔はさせたくないと思う。その点、今回背伸びしても届かなかったのはシシュの方だ。彼はからくも自分の命を拾ったことを思い起こし、軽く眉を寄せた。

「もっと強くならなければな……」

「シシュは人間なんだから無茶しないで。ちゃんと私がみんなを守れるようになるから……」

青い目がふっと遠くを見る。その両眼がうっすらと冷たく光った気がしてシシュはぎょっとした。

澄んで眩く、何からも切り離された、遠い存在。

三つの対価によって、ようやく人の世に繋ぎ止められている貴きもの。

そんな印象が脳裏をよぎり、シシュは無意識のうちに息を詰める。

けれど湯飲みを置いたサァリは既にいつもの彼女だ。サァリは起きているのが辛いのか寝床に手をついて細い体を支えた。それに気づいたシシュは、湯飲みを引き取ると横になるよう少女に促す。

「眠れるなら眠った方がいい。欲しいものがあるなら持ってくるが」

「欲しいもの？」

「何か思いつくなら言ってくれ」

たとえシシュには入手が難しいものでも、頼めばトーマが用意するだろう。そう思って問うた彼を見上げて、少女はぽつりと呟く。

「手」

「うん？」

「手、握ってて。帰るまででいいから」

横になりながらシシュに向かって手を差し出した。目を丸くした青年は、けれど心細そうな青い瞳に気づくと溜息をのみこむ。彼は伸ばされた手をそっと取った。細い指先に触れた途端、氷のような冷たさに彼は眉を寄せる。

「サァリーディ」

「体が冷えてると寂しいの。眠るまででいいから……」

小さく息を吐き出した少女は、既に眠りに落ちかけている。髪が乱れているせいか、瞼を下ろしたその貌(かお)がひどく大人びて見えて、シシュは我知らず見入った。呼気と共に上下する肩があまりにも薄くて、触れて確かめたくなる。

だが彼は、そのように思っている自分に気づくと苦い顔になった。年下の少女相手に何を考えていたのか、自分を蹴りつけたくなる。

――本当は、唐突に現れて消えた人外の少女について、彼女に聞かなければならないと思っていた。しかし何となく機を逸(いっ)してしまったのだ。サァリも弱っていることだし、回復してからでもいいだろう。今はただ、日常にかろうじて指がかかった幸運を喜ぶべきだ。おそらくはいずれまた、苦難の中に漕(こ)ぎ出さなければならないのだから。

シシュは少女の手を握り直す。

未来がどうなるのかは分からない。自分がそこでどのように動くのかも。

それでも彼は、冷えきった肌が少しでも温められるように――そして神の孤独が和らぐようにと、遠いその手を包みこんだ。

第四譚

月の白さを
知りて
まどろむ

1. 夜

人生どう転ぶかは分からない、とはあり触れてよく聞く言葉だ。

それくらい多くの人間は、過去の自分が予想しなかった生き方をしているということだろう。

王都に生まれ育ったシシュも例外ではない。士官学校に入学した時も、学校を無事卒業し宮仕えになった後も、まさか自分が将来「最古の享楽街で化生斬りになる」などとは予想もしなかった。

神話の街、アイリーデ。美酒と芸楽と聖娼の街。

ただ今の彼がいるのは古き時代の面影を残すアイリーデではなく、王都のとある屋敷だ。

事前に約束して訪ねてきたシシュは応接室に通され、そこで出されたお茶を飲んでいた。斜め向かいに座るヴァスが心なしか感心した顔で言う。

「まさかあなたに、事前の相談をしてくる器用さがあるとは思いませんでした」

「今まで周りに色々言われたからな……」

二人がいるのはウェリローシアの屋敷だ。屋敷の主人であるサァリはアイリーデにいるままで、シシュは彼女には伏せてここに来ている。その目的は、明日が彼女の誕生日だからだ。

応接間の扉が叩かれ、平身低頭しながら商人の男が入ってくる。

「お待たせしてしまいましたか。申し訳ございません」

約束の時間ぴったりの挨拶に、シシュは自分も立ち上がった。

「構わない。急に無理なお願いをしてすまなかった」

「ウェリローシアの方々にはお世話になっておりますので。いつでもお申しつけください」

商人の男は座ったままのヴァスにも一礼すると、テーブルに布を広げ、持ってきた商品を並べ始める。それらはどれも二つとない宝石や宝飾品ばかりだ。

明日の夜、月白では彼女の誕生祝いでささやかな祝宴が開かれる。だがシシュは数日前から任務で王都に詰めており、どうしても出席が難しい。だからせめて祝いの品をと思ったのだが、肝心の祝いの品がなかなか決まらない。結局シシュは「質のいい装飾品を贈りたいから店を紹介して欲しい」とヴァスに頼んだ。普段であればそういった相談をするのはサァリの兄であるトーマだが、今トーマがいるのはアイリーデだ。シシュもちょうど、以前の事件で負傷したヴァスの様子が気になっていたところだったので、ウェリローシアに書簡を出してみたのだ。

「体の調子はどうなんだ?」

「元通りですよ。三ヵ月くらいは手足に痺れが残っていましたが。死なずに済んだのはエヴェリの力を借り受けていたおかげですね。今は時々頭痛がするくらいです」

ヴァスは平然とそんなことを言うが、庇われたシシュは申し訳ないだけだ。そんな彼の空気に気づいたのか、ヴァスは呆れた顔になる。

「まだ気にしてるんですか。いい加減謝るのはやめてください。あの場では私の方が、生存確率が高かったので当然の選択です。状況が逆だったらあなたもそうしたでしょうに」

「それはそうなんだが……」

ヴァスはどうもそれ以上に、シシュのことを気遣ってくれている節がある。「あなたに何かあったらエヴェリが荒れるので」とは何度か言われたことがあるが、ヴァスが寝ついていたことに対しても、彼女はしきりに気に病んでいたのだ。これに関してはお互い様だと思う。

そうしているうちに、商人の男が品物を広げ終える。

「まずお勧めなのが、こちらの指輪でして――」

深い緑石の嵌まった指輪から始まって一つ一つ丁寧な説明がされていくが、シシュに装飾品の知識は皆無だ。そのため初歩的な質問をしながら真剣に聞いていく彼に、ヴァスは感心の目を向けた。

「あなたは見ていて飽きませんね……。保管方法をあなたが聞いてどうするんですか」

「あまりに保管が大変なものは、贈っては迷惑かと思って確かめていた」

それを聞いた宝石商の顔が愕然としたものになるが、贈り物で彼女の手を煩わせるのは本末転倒だ。よいもので、手入れが楽かつ長持ちし、不要だった時の換金性もある、あたりが理想だ。

そう言うと、ヴァスは真剣な顔で頷く。

「あなたのその考え方で、本当によく私のところへ相談に来ましたね……。熟考した上で的外れなものを贈りそうな感じなのに」

「……今までに何回かそれをやってるんだ」

その度ごとに、主君や同期の士官やトーマに「どうしてそれを選んだ」「間違ってないけどこの上なく間違っている」「女心への感受性が皆無」と散々駄目出しされてきた。サァリ本人だけはいつも嬉しそうに受け取ってくれるが、それは彼女が人間の営みに寛容だからだろう。さすがに誕生日くらいはちゃんとしたい。

「巫も十七か……。早いものだな」

「何を親戚みたいなことを言い出してるんですか。貴族令嬢の十七は結婚適齢期なんですからなんとかしてください」

「巫をそういう型に嵌める必要はないと思う」

「私はあなたに言ってるんですよ」

どんどん脱線していく会話に、宝石商は心細そうな顔になる。決して冷やかしで呼んだわけではないのだが、そう不安にさせたなら申し訳ない。シシュは改めて広げられた品々に向き合おうとして、男の鞄に開けられていないままの薄い箱が残っていることに気づいた。

「そちらの箱は？」

「ああ、こちらは出しなに届いたものでして……」

言いながら男は布張りの薄い箱を開けてくれる。そこに入っていたのは、未加工の大きな真珠が二粒だ。輝くような白は中に銀光を宿して艶めいている。

隣でヴァスが感嘆の声を上げた。

「天然ものでそこまで大きいものは珍しいですね」

「それをもらいたい」

「え」

宝石商の男が、客商売用の笑顔のまま固まる。ヴァスが隣から呆れた声で言った。

「突然決めないでくださいよ。それに天然真珠は扱いが面倒ですよ」

「それは……面倒をかけて申し訳ないが、これがいいと思う」

一目見て、どの石よりもこの真珠が彼女に似合うと思ったのだ。きっと彼女の清白な佇まいを邪魔せずに引き立ててくれると思う。シシュは箱を手に取り、じっと二粒の真珠を見つめる。

「二つとももらいたい。細工はなくて構わない」

「か、かしこまりました」

提示された金額はかなりの高額だったが、シシュは当然のように支払い手続きを済ませた。宝石商の男がひたすら恐縮して帰ると、一部始終を見ていたヴァスが感心したように言う。

「もっと何も分からずに迷い続けるかと思いましたが、意外と思いきりがいいんですね」

「何かまずかっただろうか」

「いいと思いますよ。下手な細工があるより、エヴェリが自分の好きなようにできますし。あなたは手入れのことに要らぬ気を回していましたが、どんなに扱いが難しい宝飾品でも、彼女はきちんと扱えますから心配無用です。ウェリローシアの姫ですから」

「……それは失礼した」

確かに武骨な自分と器用なサァリを一緒に考えるのもおかしな話だ。シシュは買い上げた箱を懐にしまうとヴァスに言う。

「急な頼みを聞いてくれて助かった。きちんと礼をしたいが、まずこれをアイリーデに届けてくる」

「届けてくるって。あなた本人が行くんですか？」

「それはもちろん。出席できないのだから、せめてそれが礼儀だろう」

アイリーデまでは距離があるが、寝ずに行って帰ってくれば祝宴の前にはサァリに届けられて、王都の任務にも穴を開けない。主君にもその旨は断ってあるのだ。

シシュにとっては当然のことに、だがヴァスは今度こそ呆れ顔になった。彼は左目だけを細める。

「あなたのそういう表に出ない想いは、エヴェリでもなければ汲みとれませんよ。あなたの表面に惹かれただけの女性と結婚すると、まず一年以内に破綻すると予言しておきます」

「何故急にそんな予言をするんだ……」

「うちの姫を、あなたがいつまでも放っておかないようにです」

「放っておいてないんだが」

「あなたにとってはそうでしょうね」

ヴァスは軽く手を振ると「忙しいでしょうから私に礼は要りません。その余力はエヴェリに回してください」と言う。彼なりの気遣いにシシュは感謝して、ウェリローシアの屋敷を後にした。

アイリーデの化生（けしょう）斬りである彼が、数日もの間街を離れていられるのは、単純に化生が出ない時期だからだ。半月より月が満ちている間、サァリの力が化生の発生を完全に抑えてしまう。

そのためシシュは久しぶりに士官として動いているのだが、近頃は国同士の情勢にいささかの変化が出てきている。

今まで大陸は、シシュの仕官する国トルロニアを含めて、約六十年間の平穏を享受してきたのだ。かつての戦争と小競り合いを過去のものにして、政治と商売で互いの均衡を取っていた。

だが、少しずつその均衡が揺らいできているのだ。

複数の国が軍備を強化し、軍事訓練を増やしているという情報。国境間近での示威行為。それに加えて、王都に素性不明の暗殺部隊が侵入してきている。シシュが対応にあたっているのはこの問題で、先視（さきみ）と遠視（とおみ）に優れた王の巫がついていなければ、完全に後手に回らされていただろう。

その巫が「アイリーデに行って帰ってくる時間はありますよ」と言うのだから、心遣いに甘えるつもりだ。もっともシシュが最優先すべきは王命からしてもサァリなので、どちらかというとサァリが譲ってくれている形と言える。

シシュとしてはいつまた街に金の狼（おおかみ）が現れるとも分からないから、できるだけ街から離れたくないのだが、これについてはサァリが「私も次は同等以上に立ち回れるようにするから。みんなは自由にしてて」ときっぱりした姿勢だ。だからと言ってそれに甘えてしまう気はないが、アイリーデは高名な享楽街だけあって、情勢が荒れると街にまで火の粉が飛ぶことがある。

先日も他国の有力者がアイリーデを訪れたのを追って斥候が街の中に入ってきており、空き家にいたところを自警団員に見つかって揉めていた。そういう問題がこれ以上増えないよう、街の外に出て尖兵を務めるのも、自分の役目だと思う。

シシュは王都を出ると、街道を夜半から丸一日かけて馬を走らせ、おおよそ最速の部類でアイリーデに辿りついた。ちょうど街は火入れが始まる頃だ。彼は夕闇の中を月白へと向かう。大通りを行くと、街の人間からぽつぽつと声がかかった。

「化生斬りさん、月白さんのお祝いに行くのかい？」

「巫嬢もようやく十七か。ちゃんと大事にするんだよ」

「おひめさんの振袖、綺麗だろうねえ」

彼を見かける度かけられる声は、サァリへの親しみがこもったものだ。彼らはサァリの正体を知らずとも、街の姫として大事にしているし、彼女と親しい人間としてシシュのことを認識している。

月白で開かれる彼女の誕生祝いは、親しい人間たちを招いての小さなものだが、街の人間にとっては愛すべき媛の区切りだ。今日自体が喜ばしい日なのだろう。心なしか、夜の風景もいつもより浮き立って賑やかな気もする。

そんな中を挨拶しながら抜けたシシュは、月白の館へと辿り着いた。

いつもは静謐な空気のそこは、門を抜けた先から玄関までを無数の花で飾られている。大輪の鉢植えや花飾りの一つ一つには贈り主の店の名や人名が書かれており、それらは享楽街アイリーデの「客向けではない」街そのものへの感情を思わせた。

灯り籠の傍にいた下女が、シシュを見て目を瞠る。青年は顔見知りの彼女に詫びた。

「すまない、時間より早いのは分かっているんだが、サァリーディに会えないだろうか」

「主様なら離れで支度をなさっています」

下女がそう言って場所を開ける。中に入っていいということだろう。サァリが住む離れがどこにあるかは知っているが、一人で訪ねるのは初めてだ。シシュは礼を言って靴を脱ぐと、離れへと続く渡り廊下へ足を踏み入れる。そこは二階建ての小さな建物になっており、裏庭の更に奥まった場所に建っていた。シシュは艶やかな板張りの階段を上がると、その先の戸を叩いた。

中から女の返事が聞こえてくる。

「はい、誰?」

「俺だ」

「え、シシュ?」

驚く声がして、すぐに「どうぞ」と入室を促される。彼女が出てくるかと思ったシシュは意表を突かれたが、訪ねてきたのは自分だ。鍵のかかっていない戸を開けた彼は、サァリが自分で出てこない理由を悟って納得した。鏡台の前に座る彼女は、いつもと違って青い蝶の振袖を着ていたからだ。

艶やかな銀髪には黒柘植の簪が差してある。

澄んで深い青の双眸に、白磁よりを思わせる滑らかな肌。

瑕一つない、完成された美貌。

祝い日にふさわしい華やかな装いは、化粧のせいか普段以上に触れがたい高貴さを花開かせていた。

もっともシシュにとって彼女は最初から、まごうことなき貴人だ。それでもつい見惚れてしまっていた彼に、サァリは怪訝な顔になる。

「シシュ? どうしたの?」

「……いや、すまない」

自分から訪ねてきたのに、相手に見惚れて棒立ちになってしまうのは失礼だ。彼は断って中に入ると、真珠の入った箱を取り出す。

「せっかく招いてもらったが、王都で厄介事があって、そちらに行かなければならないんだ」

「あれ。そうなの？　残念」

「これは祝いの品だ」

棚の上に置いた箱に、サァリは首を傾ぐ。祝宴前で忙しいだろうから後で見てもらえばいいと思ったのだが、彼女はすぐに手を伸ばしてきた。

「開けてもいい？」

「ああ」

シシュが箱を手渡すと、彼女は慎重に薄いそれを開けた。清青の両眼が、未加工の真珠を映して大きく見開く。驚いているのかすぐには何も言わない彼女に、シシュはばつの悪さを覚えた。ヴァスはああ言ってくれたが、やはりもう少し無難なものにした方がよかったのかもしれない。

「希望があるなら帯留めか簪か、巫が使うものに仕立ててから渡すが」

「ううん。これがいい。ありがとう、シシュ」

そう言ってくれる彼女は嬉しそうだ。シシュは内心胸を撫で下ろす。サァリが彼の贈るものに難色を示したことはないが、それでもこのような日はやはり緊張してしまう。

だが、ひとまずはよかったようだ。挨拶して辞そうとしたシシュは、けれど彼女に呼び止められて振り返った。サァリは自分が持っていた紅筆を青年に差し出す。

「ね、ちょうどいいから紅塗って」

「紅を？」

反射的に紅筆を受け取ってしまったシシュは、既に紅を含んでいる筆先を見やった。

鏡台の前にいるということは、最後の化粧直しをしていたのだろう。だがその仕上げを任せられるのはさすがに責任が重過ぎる。

「自分でやった方がいい。はみ出すかもしれない」

「大丈夫だよ」

サァリは微笑むと、目を閉じて顎を上げる。

そう言いきるということは、はみ出しても直せるということなのか。シシュは誤って紅を振袖につけてしまう自分を想像して気が遠くなったが、彼女をあまり待たせるわけにもいかない。意を決すると左手の手袋を外した。女の小さな顔に手を伸ばし、その顎を支える。

慎重に、繊細に、何よりも大事なものに触れるように。

もともと塗られていた上を、丁寧に筆先でなぞっていく。

銀の睫毛の長さに、閉じられた瞼の柔らかさに、つい気を取られそうになって口元を引き締める。

花弁に似た唇にゆっくりと色を足していく。その行為はどこか人の触れられぬ神秘に触れるかのようで、湧いてくる落ち着かなさを自分で抑えねばならなかった。小さく息をつきそうになって、それが彼女にかからないようにのみこむ。

「――できた、と思う」

「ありがとう」

過不足なく、均一に。艶やかに塗れたと思うのだが、それは彼女の唇がもともと鮮やかなせいかもしれない。紅筆を返すと、サァリはくすくすと笑いながら礼を言った。すぐに鏡を確かめないのは、

感触ではみ出してないと分かっているからなのだろうか。

サァリは嫣然と微笑する。

「無理させてごめんね。でも来てくれて嬉しかった」

彼女の言葉にシシュは内心の驚きをのみこむ。「無理をさせて」とは紅を塗ったことではない。アイリーデまで強行軍で戻ってきたことだ。何を言わずとも、彼女はシシュがこのためだけに馬を走らせてきたのだと気づいているのだろう。それが館主としての洞察力がゆえか、それ以外の何かかはシシュには分からない。ただ彼女の方がずっと人の感情に敏いと分かるだけだ。

青い瞳が艶を帯びてまたたく。

「気をつけて行ってきて。あ、危険だから向こうであんまり女の人に構っちゃ駄目だからね」

冗談めかした注意は、けれど彼女の双眸がうっすら光を帯びて見えるせいか、死の宣告じみている。

最近のサァリは本性とのすり合わせが進んでいるのか、普段と変わらぬ様子のまま、彼の前では神の片鱗を見せることが増えた。サァリーディとして統合されつつある本性は、初対面の時の傲岸で幼い印象から、娼妓らしい落ち着きと底知れなさを持つものになっており、それは彼女が「そうあるべき」と意識した結果だろう。

とは言え、死の宣告をされなくても特に女性と関わる予定はない。主君からの政略結婚の圧も、以前の王都での事件以来ぴたりとやんでいる。

「そろそろ向こうもかたがつく。すぐに戻る」

「ん、危ないことしないでね」

赤く塗られた唇が笑む。

これ以上、彼女の部屋にいては何となくまずい気がする。シシュは最低限の礼儀だけを守って彼女に一礼すると、そそくさと辞した。

手袋を外したままの左手に、まだ彼女に触れた感触が残っている気がする。そこがほんのり熱を持っている気がして、シシュは自らの不届きさに顔を顰(しか)めた。

そうして四日後、王都から戻った彼は、トーマに「なんで進展してないんだよ」と呆れられた。

街の人間からも似たり寄ったりの視線を向けられたのは……気のせいだと思いたい。

2. 傷跡

畳に散らばった白磁の破片からは、鮮烈な酒の香が漂っていた。

広がっていく染みの上に落ちた紅い糸。零(こぼ)れてしまった鈴が、無残にもひしゃげた姿で座敷中に散らばっている。

弦はない。

この部屋に、人の音ははなから存在していなかった。

ただ舞だけがあったのだ。けれど今、全ての音はやんでいた。

頭を抱えて蹲(うずくま)る男の上に、温度のない女の問いかけが降る。

「おぬしが、吾(われ)を選んだのだ。なのに今になってそれを反故(ほご)にするというのか？」

鈴を振るような声は、けれど散乱した小さな舞鈴たちと同じく、歪(ゆが)んで傷ついた響きを持っていた。

障子越しに差しこむ月光。顔を上げない男に、掠(かす)れた吐息が落ちる。

「おぬしは……」

言葉の先は、嘆息の中に途切れた。

音はない。

冷えていく空気は罅割(ひびわ)れて、弱さを含み永劫(えいごう)を否定し続けていた。

※

眠りが浅くなるのは、新月が近づいてきた証拠だ。

夜明けからまもなく、浮上するように目を覚ましたサァリは、ぼんやりとした視線を天井にさまよわせる。未だ夢の中から抜け出ていないのか、体の感覚が曖昧で仕方がない。彼女は重みを感じない右手を口元に持って行くと、軽く曲げた指に歯を立てた。痛みというよりも歯の硬い感触が、彼女の意識を現実の俎上に上げる。

「……つめたい」

口にした呟きは、自分でもよく意味が分からなかった。

サァリはそこから大分時間をかけて体を起こす。妓館の主である彼女が床に入ってから、そう長い時間が経ったわけでもない。にもかかわらず目が覚めてしまったサァリは、乱れた銀髪をなんとなく両手で押さえてみた。一見頭を抱えているような姿勢でぼんやりと静止する。

そのままどれくらい動かないでいたのか。湯にでも入ろうかと腰を上げた時、だが部屋の戸が軽く叩かれた。眠っていたなら気づかなかったであろうそれに、サァリはぼやけた声で返す。

「はい。おはよう?」

「主様、起きていらっしゃるんですか」

聞こえてきたのは、驚いたような下女の呼びかけだ。

ほとんどの娼妓が眠っている時間、サァリもまだ起きていないと思ったのだろう。例外的に半覚醒していた彼女は、誰が見ているわけでもないのに頷いた。

「おきてます。何?」

「要請が来ています。お休みになっているなら別に構わないとのことでしたが……」

「行きます」

即答で立ち上がろうとして、サァリは体勢を崩した。顔から床に突っこみそうになるのを、かろうじて両手で支える。ひやりとしたせいか、意識は急激にはっきりとしたが、寝起きのひどい状態であることには変わりない。サァリは、はだけた浴衣を脱ぎ捨てながら、外の下女に言いつけた。

「急いで支度するから、ちょっと待っててもらってて」

「分かりました」

サァリは顔を洗いに湯気の立つ浴場へ転がりこむ。白い素足が冷えた石床を踏んで、ぞくっとした感触が全身を走った。しかし彼女は身を竦めたくなる温度差にも構わず、木の縁に腰かけると熱い湯船の中へ肢を差し入れる。両手に掬い上げたお湯に顔を浸して、軽く頰を叩いた。

「あっつ……」

記憶に残る冷たさを、現実の熱が払拭していく。

寝起きのぼんやりとした気だるさはもうどこにも残っていない。

それが、彼女を呼びに来た青年のためであることは、よく分かっていた。


「シシュ」

廊下を滑るようにして歩いてきた彼女に、玄関先で待っていた青年は気まずげな顔を見せた。軍刀に片手をかけて佇む彼は、紅だけを刷いたサァリが上がり口に来ると手を差し伸べる。

「寝ているところを悪い。通報が入った」

「平気。ちょうど起きてたから。それにシシュの要請だし」

「なんだそれは……」

彼の苦い顔を見るだに、おそらくたちの悪い冗談としてしか受け取っていないのだろう。

だが、サァリが眠っていることが明らかな時間に要請をかけてくるのは、もともと街の外から来た青年しかいない。その上で「眠っているならいい」と言うのも、彼らしい頼み方だ。名前を聞かずとも分かる。それだけの確信を、彼女は出会ってからのこの一年で得ていた。

サァリは彼の手を取って三和土(たたき)に下りる。

「じゃあ、行きましょう」

「ああ」

多くを語る必要はない。青年の半歩後ろを、巫(ふ)である女は歩き出す。

見上げる彼の横顔はいつのまにか、初めて会った時よりも近づいていた。そんなサァリの考えが伝わったわけではないだろうが、月白(つきしろ)の門を出たところでシシュが呟く。

「少し背が伸びたようだな」

「うん。でももう止まるかも」

伸びるとしても精々あと一年だろう。そういうところは普通の人間と変わらないのだ。サァリは右手首に嵌(は)めた腕輪を一瞥(いちべつ)する。

――子供の頃は、いつ大人になるのだろうと思っていた。

娼妓のそれは人によって意見が異なる。ある者は十五と言い、ある者は十三と言う。髪を結い替え紅を刷くようになってからだという話もあれば、水揚げを済まし客を取るようになってからとも聞く。

ただサァリは自身の区切りについていつからか、十七になった時がそうだと決めていた。

亡き祖母の後を継いでから最初の半年は、次々やって来る目前の物事に追われ、多くの失敗を重ねてきた。幸いそれら一つ一つは周囲の人間の手助けによって事なきを得たが、仮にも月白の巫とあろうものがそのままではいられない。

だから彼女は自分で決めて、十七になったと同時に子供でいることをやめた。

誰かの手で大人にしてもらう――そんな幻想に従って待つことをやめたのだ。

薄明るい空の下、二人は街の中央部に向かい歩を進めていく。沈黙が眠気を呼び覚ますようで、サァリは冷えきった指で目元を押さえた。それに気づいたシシュが眉を寄せる。

「体が辛いようなら」

「平気。それより今回はどんな化生？」

「最初の通報曰く、赤い目の赤子が道を這いずっていたらしい」

「……それは怖い」

化生自体、今のサァリはそれほど恐れていないが、視覚的に怖いものは怖い。脅かされるかもと分かっていても、背後で大声を上げられれば飛び上がってしまうようなものだ。

彼女でさえそうなのだから、最初に目撃した人間の恐怖たるや推して知るべしだ。

半歩先を行くシシュが、早朝とあって人気のない通りを指した。

「そんな話だから客が増える時間まで放置しては差し障りがあるかと思った」

「た、確かに」

「本当は俺だけでなんとかできればよかったんだが、遠目に見つけた時、壁を這い登っていて――」

「…………」

「しかもかなりの速度だったから、見失ってしまった」

「すごく怖いよ！　早くなんとかしよう！」

アイリーデの化生は他の街と違い実体を持っているが、客でそのことを知っているのはこの街の空気に慣れきった常連たちだけだ。壁を這い登る赤子など、万が一普通の客の目にでも留まれば大騒ぎになってしまう。サァリは小走りになりながら、青年の袖を引いた。

「急ごう！　どの辺り？」

「鍵屋の裏だ」

大通りにある店の屋号を聞いて、サァリはぱたぱたと駆け出す。

新月は近い。だが今の彼女はそれを、弱体期であるとは思っていなかった。腕輪を外し帯にしまったサァリは、代わりに袂に手を差し入れると、そこから小さな布袋を取り出す。

袋の中身をぽつぽつと道に落としながら走っていく女に、シシュが疑問の声を上げた。

「それは何だ？」

「金平糖。これを術の媒介にして探索するの」

――りん、と。

鈴が鳴るに似た音が、金平糖から広がっていく。

それはサァリにしか聞こえない音で、正確には音ではないのかもしれない。サァリの意識に浮かび上がる音は夜道に灯る蛍火に似て、波紋となりながら互いに跳ね返り、更に遠くへ反響していく。

もしこの波紋が化生に届けば、それは術者である彼女の知るところとなる。過去の巫たちの手記から少しずつ様々な術を身につけていたサァリは、手の中の金平糖を一粒口の中に放りこんだ。

砂糖菓子をかりかりと齧る彼女に、シシュは理解しがたい、といった目を向ける。

「食べて探索するのか」

「ううん、関係ない。食べることもできるってだけ」

月花の少女アスラ
Asra, a girl under the moon
～極悪非道の傭兵、転生して最強の傭兵団を作る～
著／葉月 双 イラスト／水溜鳥
月の白さを知りてまどろむ
2
著／古宮九時 イラスト／新井テル子
ド田舎の迫害令嬢は王都のエリート騎士に溺愛される
2
著／青季ふゆ イラスト／有谷 実

3年 5月・6月の新刊

2023年5月の新刊 5月10日頃発売

約破棄のその先に
捨てられ令嬢、王子様に溺愛(演技)される～
森川茉里 イラスト／ボダックス

レイド＆バスタード 2
鉄骨の試練場、赤き死の竜―
蝸牛くも イラスト／so-bin ※画像は第1巻のイラストです。

悪徳貴族の生存戦略 2
わんた イラスト／夕薙

めてくれ、強いのは
じゃなくて剣なんだ……！2
馬路まんじ イラスト／かぼちゃ

ープから抜け出せない悪役令嬢は、
めて好き勝手生きることに決めました 2
之影ソラ イラスト／輝竜 司

2023年6月の新刊 6月9日頃発売

女は全然めげない
と義妹に家を追い出されたので婚約破棄してもらおうと思ったら、
った婚約者が激しく溺愛してくるようになりました!?～
之みやこ イラスト／早瀬ジュン

魔女はエリート騎士に惚れ薬を飲ませてしまいました 2
から始まるわたしの溺愛生活～
名井 イラスト／條

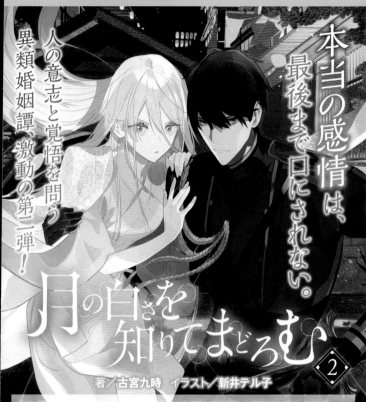

足を止めて振り返ったサァリは、すぐ後ろにいた青年の口へもう一粒を押しこんだ。

目を丸くしながらも付き合いのよい彼は、金平糖を嚙み砕く。普段から苦めの顔の青年は、甘い菓子を嚥下するとますます困ったような顔になった。

「……こういうことをするのはよくない」

「シシュだし。いいかと思って」

「よくない」

アイリーデに来てそろそろ一年になる青年は、街についての知識は得たが、譲らないところは譲らない堅物のままだ。頑なな注意を聞いたサァリは、青い目を細め口元だけでうっすら笑う。

「シシュ、知らない人からもらった物を食べるのはよくないよ」

「巫は知らない人間じゃないだろう」

「そうだね」

――あなたの戒めもそれと同じことだ、と、サァリは言わない。

この街の人間ならほとんどが気づくことであろうし、気づかなくても構わない。知らぬまま積み重ねたものは、いつかまとめて人に追いついてくる。それがよいものであれ悪いものであれ、いつか必ず人は、己の過去と向き合うことになるのだ。

サァリは白い金平糖を一粒道に落とし、一粒口に含む。

甘さの残る親指に口付けた神は、そうして人知れず嫣然と笑った。

「そう言えば、ヴァスは大分、元通りに動けるようになったみたい」

「ああ、先日会ってきた。……少し安心した」

「え、なんで会ってるの？　ひょっとしてお小言言われたりした？」

「特には。よくしてもらってる」

「ええ……」

自分の知らないところで二人に付き合いがある、というのは不思議な感じだが、シシュはこの性格だけあって人に好かれやすい。善性が強く付き合いがいいため、街でも「面白い化生斬り(けしょうぎ)さん」と評判が高いのだ。

「王都の方は平気？」

「今のところは一段落したみたいだ」

――それでも、そこかしこに不穏が残っていることを二人は知っている。

城都で白い花をばらまいた老人が、アイリーデから何軒もの店を引き抜いて隣国で商売を始めている。そしてその隣国とは関係が悪化する一方だ。

サァリは口の中で、王から聞いた先視(さきみ)の内容を呟いた。

「――『あと数年のうちに、この国を含めた数ヵ国に、大きな異変が起きる』」

これは、予見された時が近づいているということなのだろうか。

美しい顔を顰(しか)め考えこんだサァリは、だが不意に目の前をよぎった影に足を止めた。上から降ってきたそれは、彼女の足下にべちゃりと音を立てて落ちる。サァリは一拍置いて、その塊を見た。

「っあああ、うわあ！」

頭が割れて血塗れの赤ん坊が、そこにいる。

灰色のふやけた肌、赤い目の髪のない赤子。ぬらりとした小さな手が、彼女の足へ伸ばされた。

思わずサァリが上げた悲鳴は早朝の街に響き渡り、彼女は己の失態で驚きから脱する。

シシュがその体を押しのけた。化生斬りの刀が、地面に這う赤ん坊へ振りかかる。

しかしその刃は、標的を失って空を斬った。

ぶよぶよした四肢で飛び上がった赤子は、そのまま近くの木壁に張り付く。赤い血の手形が古びた板に滲むのを見て、サァリは館主がどれほど嫌な顔をするのかつい想像した。

その間にもシシュは壁へ距離を詰める。サァリの指が壁を上り始める赤子を指した。

「縛」

目に見えぬ糸が、赤子の背を貫く。

びくりと体を震わせ落ちてくる化生を、シシュは地上で待ち構えた。狙いを定めて軍刀を構えたところで、けれど背後から女の鋭い悲鳴が上がる。

サァリが驚いて振り返ると、そこにはサァリの悲鳴で様子を見に出てきてしまったのか、髪を振り乱した若い娼妓が立っていた。青ざめた彼女の見ているものが赤子の姿をした化生だと分かると、サァリは娼妓を庇って前に立つ。

「シシュ、いいから――」

気にせずに化生を斬ってくれ、との意を、彼はすぐに汲んでくれたらしい。

かろうじて途中の壁に引っかかった赤子に向かい、シシュは地面を蹴った。空を斬って刃音が鳴る。

胴を両断され、小さな体は霧散する。それを見ていたサァリの頬に――鋭い痛みが走った。

「っぁ……っ！」

何をされたのか、彼女は反射的に背後を払いのける。

その手に触れたのは先ほどの娼妓だ。蒼白な顔色をした女は、美しい顔を歪ませ金切り声を上げた。

「この人でなし！　子供を殺すなんて！」

「子供って……」

あれは化生だ、と言いかけてサァリは口を噤む。女の目からして話が通じないように見えたからだ。涙の滲む目は血走って二人を睨んでおり、だがその焦点はふらふらと定まっていなかった。

まず彼女を落ち着かせようと、サァリは手を伸ばしかける。しかしその肩をシシュが押さえた。

「先に自分の手当てをしろ、サァリーディ」

「手当てって」

「血が出てる」

言われて左頬に触れてみると、確かに結構な量の血が滲んでいる。どうやら爪で引っかかれたらしい。普通の娼妓ではないとは言え、客前に出る館主の女は思わず呻いた。

「しょ、商売道具が……」

「人でなし！　よくも子供を……！」

わめきながら飛びかかってこようとする娼妓の両手首を、シシュが掴み取る。そのまま腕を上げさせられると、彼女は自由になる足で地団駄を踏んだ。やつれた顔の中で光る目だけがサァリを睨む。

「月白の……あなたはいいだろうね、子供が産める女で……！」

憎悪に燃える双眸は、同時に重い嘆きを含んでいるようだ。みるみるそこに涙が溢れてくるのを、サァリは息をのんで注視した。シシュが眉を寄せながら、拘束したままの両腕を一つにまとめようとする。そこに新たな男の声がかかった。

「その女はこっちに引き取る。ちょっと子供を堕ろさせられたばかりでな。心身ともに参ってるんだ」

「――タギ」

サァリが名を呼ぶと、妓館の角から現れた男は皮肉げに笑った。腰に佩いた刀の柄には赤水晶が結わえられている。アイリーデの化生斬りの一人である男は、くしゃくしゃの茶色い髪にだらしなく茄子紺の着物を着崩していたが、優男にも見える顔立ちの眼光だけには幾許かの鋭さを感じさせた。

彼は暴れる娼妓に歩み寄ると、細い喉元を指で押さえる。気を失ってぐんにゃりとする体を、シシュの手から引き取った。普段から妓館を転々としてあまり姿を見せない男は、頬から血を流しているサァリを見て笑う。

「謝らせる必要はないよなあ。化生ごときに叫び声を上げたお嬢が悪い」

「分かっています。彼女に咎が及ばぬようお願いします」

鼻先で笑った男は、大事そうに女を抱えなおすと、険しい顔のシシュを一瞥して去って行く。

彼が曲がった角の先で戸が閉まる音がすると、サァリはふっと息を吐いた。手布を取り出して血濡れた頬を押さえる。

「帰ろうか、シシュ」

「しかし、サァリーディ」

「私が悪いのはその通りだから。薬塗ればすぐに治るよ。大丈夫」

本当は爪で抉られた傷は痕が残りやすいのだが、わざわざそんなことを彼に言う必要はない。

サァリは明るく笑って来た道を歩き出した。

「……すまない」

ぽつりと背に呟かれた言葉に、彼女は驚いて振り返る。

「え、どうして」

「いや」

シシュは軽くかぶりを振ったが、それ以上を言う気はないらしい。

二人は居心地の悪い沈黙を抱えて、人気のない朝の通りを戻り始めた。ずきずきと痛む頬を押さえて、サァリはアイリーデの空を見上げる。

――薄白い空を、広いと思うか狭いと思うかは見る人間の境遇によるのだろうか。

そんなことを思いながら、彼女は半歩先を行く青年に視線を移す。

「アイリーデにはね、娼妓が子供を産むのを許さない館も多いんだ」

「……そうか」

「もちろん、しばらく客を取れなくなるから、ってのもあるけど、それだけじゃなくて。出産で死んだり体を痛めることは多いし、無事に子供が生まれてもその子はアイリーデの子だから。自分で選んでこの街に来たわけじゃないのに、この街で生きなきゃいけなくなるでしょう？　そういうのは街の流儀に反してるって思う店もあるんだ。生まれた子供はお得意さんなんかが引き取ってくれることもあるけど、それもいつもじゃないから」

だから、宿った子を薬で流させる店もあるのだ。街の影とも言うべき話に、サァリは青い目から感情を消した。娼妓の子として生まれ、この街を憎むようになった男のことを思い出す。

何が正しいとは言えないのだ。全てはそれぞれの館が決めることで、そこまでサァリが口を出すのは権利の濫用だ。だからアイリーデは人が作り、人が営んできた不文律の街として長い歴史を持っている。人々の喜怒哀楽を全て夜の中に詰めこんで。

薄い微笑を湛えた彼女に、シシュはいつも通りの苦い顔のまま、疑問を向ける。

「父親が引き取ったりはしないのか」

「いつも父親が誰か分かるわけじゃないし。それに、アイリーデの娼妓から生まれた子には、やっぱり父親はいないんだよ。……ほとんどの場合ね」

上手く伝わるだろうか、とサァリは首を捻る。

それは決して「父親が逃げてしまう」という意味ではない。娼妓たちが、生まれた子供を渡したがらないのだ。彼女たちは、得てして庇い合いながら内輪で赤子を育てようとする。時には「外」が敵であるかのように伸ばされる手を疎む彼女たちの姿は、単純な愛情を思わせながら、ただそれだけではない執着があるようにも、また願いがあるようにも思えるのだ。

サァリは血の臭いを感じながら苦笑した。

「父親が誰か、はっきり周りにも分かるのなんて、私くらいじゃないかな」

月白の主が迎える客は、生涯ただ一人だ。そのことをこの街の全員が知っている。だが今までサァリ自身は、それを特権だとは思っていなかった。彼女は複雑な感情を喉元に覚える。

「子供が産める女でいいね、って――」

「気にするな、サァリーディ」

「気にしてるわけじゃないんだけど……」

ただずっと空白であった場所に小さな荷を置かれた気がする。サァリは薄い自分の腹を見下ろした。

「なんか、全然実感湧かないな」

血と存在を継いでいく女たち。神である彼女たちの歴史は連綿と続き、だがサァリは己より先が見通せない。そのような定まらなさを、トーマであれば「神供（しんぐ）の男がいないから、そう思うだけだ」と言うだろうか。十七歳になった彼女は、化生斬りの青年を見上げる。

「ね、シシュは、私の子供の父親になってくれる？」

「……どうしてそんなことを聞くんだ」

「なんとなく。参考までに」

そう言って笑う彼女の貌（かお）が他意のないものに見えたからかもしれない。シシュは大きな溜息（ためいき）をついてかぶりを振っただけで何も言わなかった。

手布を押さえる指が冷えていく。サァリは彼から更に遅れて見慣れた街を行く。

——自分が子供を産むなど想像できない。

ただきっとこの血肉の繋がりが、それを産むに至る感情こそが、人ではない自分たちをこの地に留めるのだろう。だから今のサァリをアイリーデに係留しているのは、いつかそれになるはずの細い糸でしかない。彼の運命を変えたいと想う感情。そんな少女めいたささやかな熱だ。

「もう子供じゃないのに……」

サァリはぽつりと呟く。そうして自分の血臭を食む巫は、久しぶりに「自分の母親はどんな人間だったのか」と、そんな思いに捕らわれたのだった。


役目を終えた巫を月白に送り届けたところ、出迎えに現れた下女に悲鳴を上げられてしまった。おそらく彼女の顔の傷のせいだろう。一人報告に戻るシシュは、口の中で苦々しさを転がす。

——やはり要請を出すべきではなかった。

そう思いかけて、だが青年は己の考えを打ち消した。問題なのは要請を出したことではない。様子のおかしい娼妓を放置してサァリに怪我をさせたことだ。アイリーデの巫はただ一人であり、化生斬りは彼女の力を借り受ける兵士だ。力を借りた上、彼女を守れないのでは「化生斬り」の名折れだ。

娼妓を引き取ったタギという男は、去り際にそう思っていることが明らかな視線をシシュに向けていった。あの男が本当に嘲ったのは、サァリではなくシシュなのだ。

「まったく……俺は何をやってるんだか……」

小さく吐き捨てて、彼は空き家の門柱を蹴る。以前、ネレイの事件時に閉められたその妓館は未だ空いたままだ。当時よりも大分減ったが、アイリーデにはまだ空き家がぽつぽつと残っている。それを見る度彼は「いつまたあれが戻ってくるか」と考えざるを得なかった。主君が正式にシシュを王都に戻そうとしないのも、金の狼からサァリを守るためにという意味合いが大きいのだろう。

にもかかわらず彼女の顔に傷をつけてしまった青年は、己の未熟さに前途多難を感じてならない。サァリ自身はなんでもないように笑っていたが、別れ際には少し様子がおかしかった。物憂げな、どこか遠くを見ているような目は、おそらく神としての本性が色濃いものだ。

とは言え、彼女の人としての性格も、神の本性も、シシュにとってはただの「サァリーディ」だ。どちらの顔でも好きに出せばいい。他の人間相手には、サァリはどうしてもその時その時でふさわしい振る舞いをしなければならないのだから、自分といる時くらいは、そういったことを気にさせないでいたいと思う。

ただ、できることなら憂いなく笑っていて欲しいと思うのは欲深だろうか。彼は我知らず嘆息する。

「十七か……」

一つ年を重ねた彼女は、初めて会った時より幾分背も伸びて、気づけば顔立ちからもあどけなさがすっかり薄らいでいた。

大人になったのだと思う。娼妓の成長は、普通の女よりもずっと早い。

夜に開く花が咲き誇るまでの、ほんの短い過程を自分が見ているのだということに、シシュは喉の奥が焦げるに似た気分を味わう。

そのような感情をなんというのか、彼は知らない。

知らない分それは、受け入れがたいものだった。

踏み出した足がざり、と音を立てて、青年は立ち止まる。

不思議に思って靴の下を見ると、そこには砕けた白い金平糖が一粒、落ちていた。

※

妓館「月白」は、アイリーデで唯一正統と称される場所だ。

そのもっとも特異な点は、娼妓である女たちが己の客を選ぶというところだろう。

この妓館に限っては、金さえ払えば客になれるということはない。彼女たちの心を得なければ、男は客間に入ることも許されない。そうして神話時代からの伝統を継いでいる彼女たちは、サァリーディの代では十八人。いずれも癖のある、月白の女たちだ。

「――え、紹介で？」

「そう。会ってもらえるかしら」

火入れ前の花の間にて、姉同然の娼妓、イーシアから頼み事をされたサァリは目を丸くした。口に運びかけていたカップをテーブルに戻す。

切り出された話は、「新しい娼妓の面接をしてもらえないか」というものだ。もともとイーシアは南部貴族の出なのだが、当時の伝手(つて)を辿(たど)って「月白へ口を利いてもらいたい」との話が舞いこんできたのだという。何でも、そこそこよい家の女性が働き口を欲しがっているらしい。それを聞いて、サァリは眉を寄せた。

「会うのは構わないけど、店に入れられるかは保証できないよ」

「もちろん。相手方にもそう言ってあるから」

イーシアが苦笑しているのは、サァリが渋い顔をする理由を分かっているからだろう。

街の外から月白にはしばしば「体を売らないでもいられる場所だ」と思いこんでやって来る女がいるのだ。そういう女は得てして没落貴族や、潰れた商家の娘であったりするのだが、彼女たちの考えは、サァリに言わせれば勘違いも甚だしい。「娼妓が客を選ぶ」とは、「誰を選ばなくてもいい」と同じ意味ではないのだ。むしろ最初から相手を選ぶ気のない娼妓など、客に失礼で許しがたい。

確かに月白には何ヵ月、或いは何年も客を取らない娼妓がいるが、それは彼女たちの望む相手がたまたま店に来なかったというだけのことだ。実際のところ、彼女たちは自分が恋うであろう男をずっと待っている。主であるサァリがそうであるのと同じく。

イーシアは口元を隠す扇を畳んで、申し訳なさそうに微苦笑した。

「一応注意はしたのだけれど、わたし自身がトーマしか客を取っていないでしょう？　だからちゃんと分かってくれたかどうか。本人とは面識がなくて、その女性の大叔母から口利きを頼まれたの」

「うーん。会ってみて、駄目そうだったら私から断ります」

「ごめんなさいね」

「大丈夫。私の勉強にもなるし」

今いる娼妓たちは皆、祖母の代から月白にいた者たちだ。

サァリが主となってから新しく入ってきた女はいない。受けるにしても断るにしても、主としての見る目を試されることになるだろう。そう片付けると、サァリは兄の恋人である女を見上げた。ふと気になったことを問う。

「イーシアは月白に入る時、何て言ったの？」

彼女もまた知人の紹介で、祖母の面談を受けたはずだ。

もう十年近く前のことを問われて、女は遠い目で笑った。

「何でもします、って言ったわ。何でもしますからこの街にわたしを置いてくださいって言ったの」

そうして娼妓となった彼女の最初の客であったのが、主の孫息子であったトーマだ。

当時のことをサァリはよく覚えていない。王都の屋敷にいたのかもしれない。ただ気づいた時、月白にはイーシアがいて、兄は度々彼女に会いに来ていた。

穏やかに、当然のように、一人の男を待ち続ける女。その静かな情熱をサァリは、「まるで月白の巫のようだ」と思った。イーシアの姿が母親を知らないサァリにとって、月白の娼妓の原型になったことは確かだ。

サァリは無意識のうちに細い指先をカップに触れて温める。ぼんやりと手元を見つめる主に、イーシアが気遣う声をかけた。

「サァリ、どうかした？」

「え？　ううん」

はっと我に返ったが、自分でも何を考えていたかよく分からない。

サァリは靄のかかったような頭を振って立ち上がった。

「そろそろ火入れしてきます。後はよろしく」

「わかったわ」

大きな窓の外は、既に明るい夜空が見え始めている。

白く光る月は、氷の張った水面によく似ていた。

イーシアの口利きで件の女性がやって来たのは、それから三日後のことだった。

日の光を思わせる淡い金色の髪を一つに結い上げ、薄紫の着物を着て現れたのは、アイリーデの人間になるのだという気概の表れだろう。見るからに着慣れていないことが分かるその姿に、サァリは若干の好感を抱いたが、相手がサァリを見た瞬間驚いた顔をしたのには主として減点をつけた。大方、若過ぎる主に吃驚したのだろうが、思ったことをすぐに面に出していては、娼妓は務まらない。

サァリは完璧に統御された微笑で、三和土に立ったままの女を招いた。

「どうぞお上がり下さい。お話を聞かせて頂きますわ」

「あ、はい……」

言われて女は草履を脱ぐ。その所作は上品なもので、育ちのよさがよく分かった。

顔立ちは申し分ないくらい整っている。綺麗というよりは愛らしい、儚げな容姿で、緊張しているせいもあってか、支えてやらなければ倒れてしまいそうだ。そしてそういう娼妓を好む男がいることを、サァリはよく知っていた。

誰もいない花の間に彼女を通したサァリは、隅にあるテーブルを示す。

「おかけください。まずはあなたのお話を。その後いくつか質問させて頂きますから」

二人が席につくのを見計らっていたように、下女がお茶を運んでくる。新たに仕入れた南部のお茶は、香りからして独特だ。サァリが目の前で注がれるお茶の香に目を細めていると、向かいの女は一瞬ひどく懐かしげな目になった。それに気づいたサァリが首を傾げると、あわてて頭を下げる。

「こ、この度はお時間を取って下さってありがとうございます。わたくし、ミフィル・ディエと申します。王都から参りました。数えで二十になります」

話しているうちに気分が落ち着いてきたのだろう。次第に滑らかになっていく口上にサァリは黙って耳を傾けた。

ミフィルの話を総合すると、彼女はさほどよい家柄ではないが、裕福な商家の娘であったらしい。だが、ここのところの情勢悪化によって諸国からの仕入れが滞り、輸入品を売りにしていた店は、ついには立ちゆかなくなってしまったのだという。

このままでは店はおろか、生家の屋敷までも手放さなければならないとあって、ミフィルは意を決すると、伝手を探してアイリーデに辿り着いた。まだ若い彼女は家や自分のために、娼妓として生きることを選んだのだ。

一通りを聞き終わったサァリは、空になったカップをテーブルに戻す。

「大体の事情は分かりました。ですが、それならば普通の政略結婚をなさった方が早いのでは？　失礼を申し上げるなら、あなたは若くてお綺麗な方ですし、ご実家を援助してでも奥方として迎え入れたいと思う方が、王都には沢山いらしたのではないですか？」

サァリの指摘は邪推に近いものではあったが、的は外していないだろうという自信はあった。

ミフィルは、言ってしまえば男の庇護欲を誘う雰囲気を持っている。際立ち過ぎていない愛らしい容姿と頼りない空気、そして穏やかな愛情を予感させる微笑と秘められた芯は、「自分ならば彼女を満たし、また彼女とならば温かな一生が過ごせるのではないか」という夢想を、男たちに抱かせるのだ。

彼女本人にそこまでの自覚があるわけではないだろうが、ミフィルは言われて少し赤面した。

「確かに、そう仰る方はいらっしゃいました。ですが……」

小さな傷が、彼女の双眸によぎる。

「わたくしは、どなたのもとにも嫁ぎたいとは思いませんので」

だからいいのだ、と言う彼女に、サァリは感情のない目を向ける。これ以上は踏みこむべきではない、という勘が働いて、彼女は質問を変えた。

「では月白にいらしたのは何ゆえでしょう。当館は、お恥ずかしい話ですがそれほど繁盛している店ではございません。いらっしゃるお客様も多くはありませんし、あなたがご実家を支えるに充分な金額を稼げるかといったら保証できかねます」

娼妓は、客を取らねば稼げない。実際のところ月白は、そのような理由で男を選ばなくてもいいように、ある程度の給金を女たちに渡してはいるが、それも娼妓本人が不自由なく暮らせるようにというもので、実家の支援には不向きだ。

他の店に行った方がいいのではないか、との質問に、ミフィルはだがはっきりと返した。

「古き伝統のある街に入るのですから、叶うのならば正統で流儀を学びたいと思いました。頂くお金についても承知の上です。幸い、わたくしが一人前の娼妓になる、という条件で大叔母からまとまった金額を借り受けましたので、生家については当分それでしのげます。後はわたくしが大叔母に返していくだけです」

「なるほど」

「あ……、もしこのような借金持ちがお客様をお迎えしては店の品位にかかわる、ということでしたら、下働きだけでも学ばせて頂ければ、その後に余所へ参ります。ですからどうか……」

言葉を切って頭を垂れる彼女は、愚直にも懸命であるように見える。少なくとも体を売りたくないから月白に来たわけではない。それだけの覚悟をミフィルは感じさせた。

白く美しい手が、膝の上に重ねられる。

「何でもいたします。わたくしをこの街に置いてくださいませ……」

「…………」

長い睫毛が伏せられて震えた。

必死を思わせるその姿を、けれどサァリは憐れとは思わない。

ただイーシアが言ったという言葉と同じそれに、彼女は突き放せないものを感じた。もし彼女が月白に入らなかったら、兄は、自分はどうなっていたのか、そんなことをつい考えてしまったのだ。

サァリは冷徹な館主として溜息と感情をのみこむ。そのまま目を閉じて息を吐くと、肩の力も抜いた。ふっと微笑すると、瞼を上げミフィルを見る。

「では、もう少し詳しい話を詰めましょう。ミフィル・ディエ。まずはあなたの新しい名から決めなければなりません」

「そ、それでは……」

「ええ」

サァリが手を上げると、下女が盆に一枚の紙を乗せてやってきた。その紙をサァリは取って、目の前の女へ渡す。娼妓が館との間に交わす証文。契約書であるそれを、ミフィルは恐る恐る受け取った。

最古である妓館の主は軽く微笑むと、静かな声で謳う。

「ようこそ、月白に。——ですが、もう少し固くない表情で笑うように。花とはそういうものでなければなりませんから」

※

館主としてサァリがしている仕事は多岐にわたるが、今の彼女はそれに加えて巫として力の拡張にも時間を割いている。

夕闇時、裏庭の草を踏む素足は白い。小さな爪先は、月光を吸ってその光を肌下に溜めこんでいるかのようだ。サァリは大きく息を吸いこんで胸を反らす。

――目を閉じても見える世界は、どこか薄ぼんやりと明るい。

それはサァリが人ならざるものとして持っている視界で、感覚が研ぎ澄まされている時は、背後の様子さえ手に取るように知ることができた。

今も己の感覚をできるだけ押し広げようとしている彼女は、右手を上げ、その指先に力を宿す。無から有に、遠い場所から此処に。結実を命じる意志が力を小さな飛沫と成した。青白く光る飛沫は草の上に落ちると、そのまま触れた地をうっすら輝かせていく。

サァリは広がりつつある足下の燐光を睥睨した。種火に風を吹きこむように、そっとすぼめた唇から息を吐き出す。

――強く、もっと遠く。

己の力を御し行使しようとする試みは、頭の中をゆっくりと冷えさせていった。思考が人のものから変質し、彼女自身にさえ捉えきれなくなる。

このままどこに行けるのか。どこまで行ってしまえるのか。

庭にいながらにして、視点が高みへと昇っていく。

全てのものが遠ざかる。遠くなる。感情が薄らいでいく。

まるで自分で在りながら、自分ではないかのように。

それが不快ではない。むしろ自然だ。自分はやはり人ではないのだから。

息を吐く。その息に氷粒が混ざる。足下の草に霜がかかるのをサァリは無感動な目で見降ろした。

よく夢で見る、冷たい石室のことを想起する。

――その時、後方の廊下に下女がやって来た。白い割烹着姿の少女は主に声をかける。

「主様、そろそろお時間ですが……」

「着替えたら行くわ」

振り返らぬままそう言うと、下女はびくっと飛び上がった。完全に集中していると思われたのだろう。集中はしていたが、だからこそ周囲のことも把握できていたサァリは広げていた力を引く。

確かにそろそろ着替えをしなければ火入れに間に合わない。湯浴みだけ済ませていた彼女は、下女に手を振って下がらせると、草履を拾い上げて自分の部屋へと向かった。草を踏み分けながら下ろしたままの銀髪をかき上げる。

「あと少しの気がするんだけどな……」

過去の巫たちの手記を手に入れてからサァリも色々と術を学んできたが、「今一歩足りない」という気がしてならない。何しろ相手になるかもしれないのは、古き神の一柱なのだ。いくらサァリが歴代でも強い力を持っているとしても、生半可に下せる存在ではない。前回は己の未熟のせいで散々後手に回らされたが、次こそは誰に迷惑をかけることなく、自身の力で始末をつけたい。それくらいでなければ、人間の死の運命を覆すことはできないだろう。

だからこそ神性の統御と、更なる拡張は必須だ。

「ま、要練習かな」

手応えはあるのだ。まだ諦めるほどのことではない。部屋に戻ったサァリは、着替えと化粧直しをして火入れに向かう。途中、薄紅の色無地を着たミフィルと出くわした。

月白に入って二週間、未だ着物に慣れないらしい彼女は、サァリに挨拶すると不安そうに問う。

「主様、どこかおかしくはないでしょうか」

「大丈夫。似合ってるから」

ミフィルが着ている色無地は、月白が所蔵している着物の一枚だ。この館の娼妓たちは普段自分の好きな服を選んで着ているが、館を出る際に買いそろえたそれらを置いていく者も多い。蔵にはそうしてしまわれた着物や衣裳が何十枚もあり、希望があれば今の娼妓たちに貸し出すこともできるのだ。

それらの中からサァリの見立てで何枚か着物を借り受けたミフィルは、はにかんで頷くと館主の後について歩き出す。まだ客の前に出ていない彼女は、こうして日々、主や下女の仕事からアイリーデの流儀を学ぼうとしていた。

サァリは見習い娼妓とも言える彼女を伴って玄関に出る。吊された灯り籠に火を入れようとしたところで、だが門をくぐってきた人間に気づいた。

「シシュ」

自警団の制服姿の青年は要請を出しに来たのだろう。サァリを見つけていつも通りの申し訳なさそうな顔になり――そしてそのまま硬直した。普段顰められている目が、大きく見開かれて凍る。

初めて見る彼のそんな表情に、サァリは大きく首を傾いだ。

「どうかしたの？　要請は？」

「……サァリーディ、彼女は」

「彼女？　フィーのこと？」

娼妓名代わりの愛称を口にして返すと、青年は我に返ったのかようやく元の渋い顔に戻った。

訝しむサァリの背に、抑えた女の声がかかる。

「お、お久しぶりです、キリス様」

「え？」

少し震えた声音を、聞き間違いかと思うほどサァリは鈍い性質ではなかった。彼女は振り返って青ざめたミフィルを確認すると、シシュに視線を戻す。

「あれ、知り合いなの？　っていうか、キリスって誰？」

「……俺の本名だ」

噛み合わない化生斬りと巫の会話は、若干の空々しさをもって石畳の上に落ちた。

そう言えば、王弟である彼にはきちんとした名があったのだ――そんなことを考えるサァリに、背後から押し殺したような溜息が聞こえる。

立ちこめた微妙な空気は、花街で育った彼女に理解を促すには充分過ぎるものだ。

普通の少女であれば気づかないでいられたかもしれない。だがサァリはそれだけのやりとりで、二人の間にかつてあった関係がどのようなものだか、おおよそを把握してしまった。

青年は整った顔を大きく顰めさせる。そのまま何かを言いかけた彼は、しかしいったん己の言葉をのみこむと、サァリの方に問うた。

「彼女は？」

「新人。見習い中」

「下女として？」

「娼妓。見れば分かるでしょう」

淡々と彼女が返すと、シシュはますます渋面になる。それに比例して、サァリは自身の指先が冷えていくのを感じた。火が入っていない灯り籠を見上げる。

――たまに自分が、何を考えているか分からなくなる。

それはここしばらくの間サァリが幾度か経験していることだ。意識の階層が違うのか、何かを考えていると思うのだが、それが何か認識できない。振り返って己の空白に気づくだけだ。

今も同じ空白を感じている彼女は、けれど表情を変えたりはしなかった。ただ微笑を浮かべて青年を見上げる。

「シシュ？」

「いや……」

雰囲気の硬化が少しだけ伝わってしまったのかもしれない。気まずげな表情になる化生斬りを見て、サァリは表情を作り直した。彼がよく知っていた少女の貌に変える。

「どうしたの？　いつもより二割増し歯切れが悪いけど」

「そういう言い方だと、いつも歯切れが悪いみたいだろう……」

「事実だし。はきはきして爽やかなシシュとか怖い」

笑って視線を外すと、サァリは籠に火を入れた。浮かび上がる半月を確認して振り返る。

彼女の後ろに立ったままだったミフィルは、うろたえた目を館主へと向けた。

「主様、あの……」

「うん？」

「も、申し訳ありません。少しこの方とお話をさせて頂いても、よろしいでしょうか……」

「私は構わないけれど」

サァリは首だけで背後の青年を振り返る。シシュは苦々しげな顔のまま頷いた。

「悪いが、部屋を貸してくれると嬉しい」

「部屋？」

胸を打つ揺らぎは、認識する前に奥底へと沈んで消えた。

ただ――彼はその言葉の意味に気づいているのだろうか、と思う。

指先は冷えている。石畳を踏む足が、石室に立つ素足に思えてくる。

サァリは籠の半月に白い手を添えた。何も考えてはいない。ただ当然のように聞き返す。

「いいけど。それならお金取るよ？」

「構わない。面倒をかけて悪いが……」

「じゃあ桔梗の間を使って。下女に案内させるから」

言いながらサァリは三和土に戻ると、壁の造り棚から木札を抜いた。桔梗の焼き印が押されたそれを、緊張した面持ちのミフィルに手渡す。

上がり口に現れた下女は、そのやりとりを見てぎょっとなったが、サァリが視線で制すると口を噤んだ。重い緊張感を漂わせる二人が案内されて二階に消えると、サァリは思わずこめかみを掻く。

「さて」

どうしようか、とも思うが、やることは一つだ。

サァリは下女が戻ってくるのを待って、簡単に言付けた。

「少し出てきますから、後はよろしく。花代は一番安いのでいいから」

それでも月白の花代は飛び抜けて高いのだ。サァリは青年が金額を聞いてどんな顔になるか、想像してくすくすと笑った。そのまま出て行こうとする主に、青ざめたままの下女があわてて声をかける。

「ぬ、主様、どちらに……」

「鉄刃かタギか別の化生斬りのところ。要請しに来たの忘れちゃったみたいだから。仕事してきます」

やらなければならないのは、それだけのことだ。

他には何もない。サァリはふっと笑って指を鳴らす。

白い指先から上がる飛沫(しぶき)が瞬く間に地を染めて――彼女はまた、己の空白を振り返った。


「それで、俺が働かされる羽目になったわけか」

「たまにはあなたも本来の役目を果たした方がいいでしょう」

自分を肩の上に担ぎ上げている男を、サァリは冷ややかな目で見下ろす。いつもならば「自分で歩ける」と言うところだが、今日は瓦屋根の上だ。下手に意地を張って体勢を崩すよりは相手に任せた方がいい。

妓館の二階から屋根に彼女ごと上がったタギは、巫の女を縁に下ろすと、自分はその隣に腰掛けた。下の窓枠から馴染(なじ)みの娼妓が身を乗り出して見上げてくる。

「働かせてやっとくれよ。どうせ日がな一日ごろごろしてるだけなんだからさ」

「うるせえよ。用心棒になってやってるだろ」

「寝て動かない化生斬りなんて、ただ飯食らいでしかないよ」

女の軽い揶揄(やゆ)は、けれど親愛の籠もったものだ。サァリはその温かさに微笑んで眼下の通りを見下ろした。行き交う人の流れを注意して眺める。

窓枠に頬杖(ほおづえ)をつく娼妓が、巫の微笑に怪訝(けげん)そうな目を向けた。

「けど月白さん、あんたどうしてあの化生斬りに何も言わなかったんだい？」

「どうしてと言われましても。彼は働き過ぎなくらいですから、これくらい構いません」

「そうじゃなくてさ」

女の赤い唇が歪む。隣に座る化生斬りが冷ややかな視線をサァリに注いだ。

「月白で、女に選ばせて部屋に通すって、それ女を買ってるってことと同じだろ？　で、月白の娼妓は、一度他の女についた客を選ぶことはしない。当然、巫であってもだ。――どうしてそれを言わなかったんだい？」

「……どうしてと、言われても」

同じ言葉をサァリは繰り返す。

――理由を問われても分からない。

何も考えていないのだ。何を考えているのか、自分でも分からない。

ただ、シシュ自身が望むなら手を放してもいいかと思った。

彼はやはり自分とは違う。人間で、昼の世界で生きてきた人物なのだから。

とは言え、そう言葉にするとやはり少し違う気もする。

「強いていうなら……今まで彼には選択の余地がなかったので、それが今なのかな、と」

「何だそりゃ。相変わらずお嬢は上からだな」

「すみません」

妙にタギが逆要請の理由を聞いてくるので軽く理由を話してしまったが、やはり黙っていた方がよかったかもしれない。サァリは不意に顔から微笑を消すと通りを指さす。その中を歩いてくる一人の男、赤い目を持つ化生に向かって力を打った。

「――縛」

「よし、お嬢下がれ」

間髪いれず指示され、サァリは瓦の足場に手こずりながらも後ろへ下がった。

タギが自分に繋がれた化生を釣り上げ始める。人と変わらぬ姿の化生が、じたばたともがきながらも屋根へ引っ張り上げられていく光景に、人々の注目が集まった。娼妓の呆れた声が聞こえてくる。

「あんた、そういうことするから通報が回されなくなるんだよ。目立ちすぎだ」

「いい客寄せになるさ」

堂々と言い放つ男の腕は、けれど化生斬りとして確かなものだ。

サァリも心配はしていないが、屋根に立っているので、悪目立ちしていることは間違いない。今は夜なので少しはマシだが、昼日中であったら目も当てられないことになっただろう。

「早く終わるのはいいんだけど、これはなぁ……」

どうしてこの街には普通の化生斬りがいないのか。色々言いたくもなるが、またおかしな五人目が来ても困るので何も言えない。

サァリは思わずこめかみを押さえて、だがその手をすぐに離す。

普段となんら変わらないように見える自身の手、白い指先がいつのまにか氷同然の温度であることに気づいて、彼女はその場に立ち尽くした。

3．未練

祭りの夜のことだったと、記憶している。

おそらくはアイリーデでのことだったろう。子供だった彼女は兄に手を引かれ、色とりどりの灯り(あか)の下を歩いていた。交ざり合う楽の音と人々の声。喧噪(けんそう)さえもが気分を浮き立たせる夜を、二人は泳ぐようにして歩いて行く。

サァリは行き交う大人たちの隙間から、赤い灯を見上げた。一軒の屋台の軒先に、薄青い硝子(がらす)の小鳥が吊(つる)されている。

「……きれい」

灯りを受けて光る小鳥は、ほっそりとした首を上げて月よりも毅然(きぜん)と綺麗(きれい)に見えた。歩を緩めた妹に、少年は足を止めて振り返る。

「サァリ？」

「あれ、きれいね」

どきどきしながら指さした鳥を兄もまた見上げた。少年の整った顔が赤い光に照らされる。

少しだけ期待して兄の言葉を待っていたサァリは、だが困ったような表情を向けられ息をのんだ。

既に大人になりかけていた彼は、妹の頭をぽんぽんと叩(たた)く。

「綺麗だけど、お前じゃ割っちまうだろ。ほら、行くぞ」

「……っ、でも」

大事にするから買って欲しい、と。ねだりかけて、しかしサァリはその言葉をのみこんだ。ついこの間、祖母が大事にしていたカップを割ってしまったことを思い出したのだ。砕け散ったカップを見た祖母は、サァリを厳しく叱りはしたが、それ以上に傷ついているように見えた。そんな自分が何を言っても、説得力がないのは当然だろう。

　押し黙る妹の頭を、兄は苦笑して撫でる。そのまま再び歩き出そうとした少年は、だが深くうなだれている彼女を憐れに思ったのか、小さな手を引いて道の脇に寄った。同じ目線でしゃがみこむと、彼女に聞いてくる。

「サァリ」

「……なぁに？」

「大事にするって、約束できるか？」

　優しい声音は、小鳥のことを指しているのだろう。

　サァリはすぐにそれが分かって――けれど首を横に振った。拳をぎゅっと握る。

「いいの。いらないの」

「要らない？　本当に？　買ってやるぞ」

「いいの」

　涙が滲みそうになるのを、彼女は唇を噛んで堪えた。

　焦がれるほど綺麗に見えた。

　手を伸ばして触れたいと思うほど欲しくなったのに、どうして拒絶してしまうのか分からない。

　だが、傷ついたのだ。自分が大切なものを大事にできないことに、そしてそれを兄から指摘されたことに。ただ純粋に欲しい、と言い出せない自分の愚かさにさえも傷ついた。サァリは黙ってかぶりを振り続ける。

頑なになってしまった妹に、少年はしばらく説得を繰り返していたが、サァリが頷かないと分かると溜息をついて立ち上がった。

「じゃあ、行くぞ。……本当にいいんだな？」

「うん」

他に答えはない。

鮮やかな夜の中、彼女は足下だけを見続けて歩いて行く。滲む視界に歯を食いしばる。兄はもう振り返らない。青い小鳥は遠ざかる。喉元に溢れ出しそうな感情がきりきりと痛くて、彼女はただ顔を上げぬようにと、それだけを考えて歩き続けた。

※

「……馬鹿みたい」

懐かしい夢に、今でも傷ついてしまうのは成長していない証だろうか。

仰臥したまま目を覚ましたサァリは、顔に残る涙の跡を拭った。夕闇に包まれた部屋を見回す。灯りとなるのは、窓の外から入ってくる月光だけだ。その桟に吊された青い小鳥を見て、彼女はつい微笑む。

結局、あの日欲しいと願った硝子細工は、翌朝サァリの部屋の窓辺に置かれていたのだ。大方素直になれない妹のためにトーマが買ってきてくれたのだろう。昔も今も兄の手を焼かせてばかりの彼女は、自嘲を浮かべて起き上がる。まだ温かみのある手で髪をかき上げた。

「――大丈夫」

今夜も何も問題はない。サァリはそう自身に言い聞かせる。

悲しいことなどない。自分は大人になったのだから。

だから、たとえ悲しいことがあったとしても。子供の頃よりずっと上手く隠せるはずなのだ。

そんなことを願う自分を、彼女はただ「愚かだ」と思った。


妓館などをやっていると、色々外の話が入ってきたりする。

中でもその話は、王都で従姉兄たちが集めている情報よりは曖昧なものだが、ある程度の信憑性と意外さをもってサァリのもとへと届いた。馴染みの老人二人に誘われ、お茶の相伴に預かっていた彼女は、青い目を驚きにまたたかせる。

「常識が変わる、でございますか?」

「そう。或いは乖離してきている、というべきか。気味の悪い話さ」

棋板の上に駒を積み上げて遊んでいる老人は、芝居がかった仕草で肩を竦めた。向かいからもう一人が冷めた声をかける。

「巫を怖がらせるような言い方をするな。誰かが糸を引いているんだろう。でなければおかしな話だ」

投げやりな言葉と共に、駒の一つが指で弾かれた。それは積み上げられた山にぶつかり均衡を崩す。

――話題になっているのは、東の隣国についてだ。

色々不穏な噂が流れてくるこの隣国が、どうも最近、少しずつ変質してきているのだという。

何でも「快いこと」が最上の価値として尊ばれ、それ以外の労苦は皆で分かち合おうという考えが広まってきているというのだ。自然、人々の暮らし方も城都を中心に変わってきており、その変化は外から見るだに異様でさえあるらしい。

サァリは大雑把に聞いた話を反芻して、首を傾げた。

「でも、一見よいことのように思えますが。苦労を皆で分担するのでございましょう？」

「そういうものは程度によるのさ。がめつい守銭奴が突然貧民に全財産を撒きだしても気味が悪いだけだろう？　けれど今じゃそれが美徳だ。常識自体が歪んじまってる」

「外洋国と常識が違うっていうんならともかく、地続きの国が突然そうなったんだからなぁ。みんながみんな病気にでもなったかと思うさ」

「それは――」

真っ先にサァリの脳裏に浮かんだのは、王都で見た白い花だ。人の心を動かす香りの花。もしかして、今は隣国にいるというテセド・ザラスが、あの花を用いて何かをしているのではないか。

訝しみながらも、それを面に出さぬよう注意してサァリは尋ねる。

「ですが今、あの国とは戦になりそうなほど関係が悪化しているのでございましょう？　そのような常識で戦争などできるのでしょうか」

「それがな。あいつらからすると、このトルロニアは私欲に塗れた悪の国なんだそうな。普通の商売してるだけで睨まれちまって仕方ない。おまけに度の過ぎた強欲を、自分たちが正道に戻してやると意気ごまれている有様だ」

忌々しげに男が吐き捨てると、もう一人は疲れたような苦笑を見せた。

彼ら二人は隠居の身だが、後を継いだ者たちは国境を越えて手広く商売をしている。そのため外の苦境がつぶさに伝わってきているのだろう。軽い溜息がテーブルに落ちた。

「そんなだからねえ、私も息子にいったん帰ってくるように言ったのさ。商売は大事だけど、おかしくなった人間たちに店の者が襲われたりでもしたら、たまったもんじゃない」

「業腹な話だが仕方ないだろうな。長続きしないことを祈るさ」

冗談めかしての言葉は、だが彼らの偽らざる本音なのだろう。

サァリは気味の悪い話を胸に抱えて、丁重に礼を述べると二人の前から辞した。真っ直ぐに玄関へと向かい、草履を履いたところでやって来た化生斬り(けしょうぎ)と出くわす。

彼女は上がり口に座ったまま黒髪の青年を見上げた。

「あ、シシュ。いらっしゃい」

「サァリーディ……」

歯切れの悪さはいつも通りだが、そこに漂うものは、いつもとは少しだけ違っている気もする。

サァリは少女の笑顔を彼に向けた。

「何？　要請？」

「いや、違う。この前は悪かった」

「別に平気だったよ。タギを捕まえたし。私としては月白(つきしろ)の売り上げが上がって嬉(うれ)しい」

「………」

仏頂面の青年に、サァリはころころと喉を鳴らして笑う。

あの日、花代を聞いた彼はやはり驚いたそうだが、さすがにきっちり払っていってくれたらしい。そうして支払われた金額のうち、六割は月白に入り、四割は娼妓(しょうぎ)に渡される。ミフィルは彼からの金を手渡されて「受け取れない」と固辞したが、サァリがそれを許さなかった。

アイリーデでもっとも若い館主である女は、着物の裾に気をつけて立ち上がる。

「で、どうしたの？　フィーを呼ぶ？」

「先に巫と話したい。少しいいか?」

「ここでいいなら」

——もう彼を主の間に通すことはできない。

サァリは瞼の裏に、青い硝子の鳥を思い浮かべて微笑った。

青年は開いたままの玄関先ということで躊躇いを見せたが、すぐに口を開く。

「月白の娼妓を辞めさせることはできるか?」

「館に借り入れがない娼妓なら。本人が望めば」

予想をしていた質問に、彼女は間髪いれず返す。しかし彼にとっては、予想はしていても聞きたい答えではなかったのだろう。難しい顔で黙りこんでしまった。

よく思い返せば、彼のそのような表情も好きだったのかもしれない。サァリは感傷じみた考えに苦笑する。

「話はそれだけ?」

「……できれば、もう少し相談に乗って欲しい」

「聞くだけ聞きましょう」

「彼女は娼妓には向かない。きっと月白に迷惑をかける」

「それを見極めるのは私です。化生斬りと言えども口出しは無用」

一息で言い切って、サァリは不毛な化かし合いに煩わしさを覚えた。腕組みをして長身の化生斬りをねめつける。

「回りくどい言い方やめてよ。知り合いに夜を売らせたくないなら、そう言えばいいじゃない」

「サァリーディ、違う——」

「違わないよ。あなたも、彼女も、王都の人間は娼妓を下に見てる。そういうの言わなくても分かるよ。分かるけど、二人ともちゃんとこっちに理解があって尊重してくれるから、私は何も言わないだけ。でもだからって、そっちの揉め事を私に持ちこまれても困る」

――熱くなってしまっている。

そのことにサァリは言ってしまってから気づいた。舌打ちをのみこんで冷静さを取り戻そうとする。苛立たしさはうねるように腹の底を焼いて、彼女に人間として暮らしてきた日々のことを思わせた。本当は、自分はやはり人間なのではないかと、ほんの刹那錯覚して泣きたくなる。

だがその熱も、望めばすぐに引いていった。

青年は困惑を面に出して彼女を見つめている。彼女の怒りを意外に思っているのかもしれない。サァリは空白を挟んで彼を見上げた。少しずつ冷えてくる体を心地よく思う。

シシュは彼女に手を伸ばそうとして、だが結局その手を触れぬまま下ろした。代わりのように遠慮がちな声音が彼女を呼ぶ。

「サァリーディ」

「……何？」

「そんなつもりはなかった。嫌な思いをさせてすまなかった」

「嫌じゃないよ」

それだけは、本当のことだ。

彼が悪いわけではない。自分で自分が分からないのは、大事にしたかったものを遠ざけたくなってしまうのは、彼女自身のせいなのだ。

サァリは熱の余韻が残る息を吐き出すと、造り棚に歩み寄る。そこから木札を一枚抜いて、シシュに手渡した。眉を顰める青年に付け足す。

「ともかく、シシュは彼女のことよく知ってるかもしれないけど、私が見る限りそう問題視できるところはないから。辞めさせたいなら自分で説得して」

「サァリーディ」

「すぐに説得できなくても、あなたが通えば彼女に花代が入るから。それで解決するかもしれないし」

金がミフィルの持つ理由の全てではないだろうが、足枷の一つであることは確かだ。

或いは「誰とも結婚する気がない」と彼女が言った、その理由を彼に教えたなら、もっと早く解決するだろうか。

難しい顔のまま木札を見つめる青年に、サァリは倦怠感を覚える。

そのまま彼女は玄関を出て行こうとして――けれどふっと、人らしい未練に取り付かれた。融通のきかない化生斬りを振り返る。

「シシュ、あのね……」

そこまで言いかけたサァリは、彼の背後、廊下の先に、泣き出しそうな顔で立っている女の姿を見つけた。淡紅の着物を着て柱に隠れている彼女は、頼りなげに咲いた花のように人の目を引く。手折られることを待っているいじらしさが、手を伸ばさずにはいられないほど健気に見えた。

弱くて儚い、人間らしい女。

懸命でありながら、縋ることのできる彼女。

サァリはそれをただ、「自分とは違う」と思った。

言えなかったのだ。絶対大事にするから、と。

促されても、何度聞かれても言わなかった。

言わないまま大人になって、だからもう分からない。

サァリは己を切り替えると、月白の巫として愛らしく破顔する。

「ちょっと出かけてくるから、お茶は好きなの淹れてもらってね」

「サァリーディ、どこへ……」

「散歩。ちゃんと戻るから」

それだけを言って、彼女は歩き出す。


変質は怖くない。

暗闇が押し迫ってくるような、逆に存在が押し開かれていくような矛盾が、体内で渾然と渦巻いた。

急速に冷えていく思考が、人のものから離れ始める。

統御できる視界が地上を離れる。存在の係留が解かれる。

全ての力が軽々と扱える。越えられなかった壁が、遥か眼下であるように思えた。

サァリは愚かだった自分を微苦笑で振り返る。

そうして石畳を踏む神が足を止めた時、そこは彼女の望んだ通り、王都にあるウェリローシアの屋敷の前だった。


王都の街並みは、日が落ちた後の屋敷街ということもあり、落ち着いた静けさに包まれていた。

サァリは見慣れた鉄門を見上げると、それを押し開こうとする。だがすぐに白い手を引いた。

「あ、まずい。顔隠してない」

そうでなくとも娼妓姿のままなのだ。このまま普通に入っていっては問題だ。

彼女は軽く首を傾げると、そのまま右足で石畳を軽く蹴った。次の瞬間、辺りの景色は一変する。

ウェリローシアの自分の部屋に戻ったサァリは、手早く着物を脱ぐと衣裳部屋にあったドレスに着替えた。最後に髪を解きヴェールをつけ、部屋を出る。

最初に向かったのは、年近い従兄の部屋だ。見舞いも兼ねて彼の部屋の扉を叩いたサァリは、けれど一向に返事がないことに首を傾げた。

「あれ、寝ちゃってるかな」

「――エヴェリ？」

暗い廊下の先からかけられた声は、彼の姉である女のものだ。

小さなランタンを掲げて現れたフィーラは、当主の姿をまじまじと見て驚きの声を上げる。

「本当にエヴェリね。どうやって来たの？」

「少し跳んできました。ヴァスは？」

「跳んだって何？　……まぁいいけれど。弟は出かけてるわ。色々調べたいことがあるみたい」

「あの体でですか？」

少なくとも一月前に見舞った時は、まだ歩くために杖が手放せない状態だったのだ。眉を顰めるサァリに、フィーラはあっさりと肩をすくめた。

「最近はすっかり元通りだったから大丈夫でしょう。まさか、見舞いに来たの？」

「見舞いにも来ましたが、少し聞きたいことがありまして。東の隣国の異変について調べているのは、あなたたちのうちのどちらですか？」

「わたしよ」

艶然と笑う女からは、自身の持つ情報への自負が感じられる。早速詳しいことを聞こうとするサァリに対し、だがフィーラは左手を挙げてそれを留めた。

「ここで話してもいいけれど。せっかくだから新しい情報がないか聞きにいかない？」

「新しい情報？」

そういうものを売り買いする場所でもあるのだろうか。怪訝な声を返す当主に、フィーラは笑う。

昏い赤のドレスを着た彼女は、当然のように付け足した。

「花街に行きましょう、エヴェリ。その格好じゃまずいから着替えさせてあげるわ」

「…………」

これは幸運というべきなのだろうか。

また着替えか、という言葉をのみこんで、サァリは徒労感を覚えながら元の着物姿に戻った。


王都の花街は、アイリーデよりもずっと雑多で退廃的だ。

薄暗く汚れて、だが人の目を引きつけてやまない雰囲気が、そして見てはならぬもののような淫靡が、そこかしこに充満している。行き交う人々はアイリーデと違って、夜の闇に紛れこむような陰のある空気を漂わせており、彼らの表情は館からの灯りに照らされる時だけ感情があるように見えた。

甘い香りが足下を誘って安らかな寝所を思い起こさせる。

「ここ？」

「そうよ。ほら、どうぞ」

フィーラに言われ、人目を避けながらサァリはくすんだ紅壁の娼館へと滑りこんだ。短い通路を進み、先の扉を開ける。

その奥はこぢんまりとした円形の部屋になっていた。天井は高く半球状になっている。どうやら表口は別の場所にあるようで、他に客の姿はない。

サァリは薄暗い室内をきょろきょろと見回した。

外壁と同じ薄い紅色の壁には、あちこちに小さな女の肖像画がかかっている。その下には籐の椅子が並べられており、絹織物が無造作に背もたれへとかけられていた。緩やかに曲線を描く壁のうち、奥の一部は大きく窪みが穿たれて、そこにテーブルと椅子が配されている。

フィーラが勝手知ったる様子で奥の席につくと、老いた女が酒杯を運んでくる。隣に座ったサァリは、自分の前にも置かれた杯に口をつけて、ほっと眉を緩めた。

「ラディ家の味だ」

「アイリーデまで行って仕入れてるんだよう」

愛嬌を感じさせる声音は、この館の主のものだ。胸元と足の前が開いたドレス姿のレセンテは、サァリに屈託ない笑顔を見せる。

「やあ、お姫様。いらっしゃい」

「お邪魔しています」

サァリは立ち上がって礼をしたが、フィーラは何を考えているのか分からない微笑のままだ。

レセンテは着物姿のサァリを見て一瞬目を瞠ったが、すぐに正体の知れない笑顔に戻った。むしろ彼女の後ろについていた男の方が、唖然とした顔のまま固まっている。

まだレセンテに雇われていたらしいアイドに、サァリは軽く手を上げて挨拶した。

「こんばんは」

「……どうしてお前がここにいる」

「ちょっと気になったことがあったから。すぐ戻るよ」

「四日も街を空けるのがすぐか？」

サァリが馬車で来ているると思っているのだろう。不機嫌そうな男に彼女は「すぐだよ」とだけ返す。

――確かに、場所の跳躍など少し前まではできなかったことなのだ。

今までも稀に跳ぶことはできたが、いずれもアイリーデの街中でのことだった。

どうしてできるようになったのか、などとは説明しても理解されないだろうし、理解してもらう必要も感じない。

サァリが黙って酒を飲んでいると、二人とも席につき、全員分のお茶が運ばれてくる。

口火を切ったのは、レセンテだった。

「それで、お姫様はどういうご用件で？」

「隣国の変化について話を聞きたいのです。あれの糸を引いているのはテセド・ザラスですか？」

それが気になって王都まで来たのだ。あの男が原因なら、またシシュを狙ってくる可能性がある。

レセンテは頬にかかる赤毛を指で巻き取ると「そうだねぇ」と呟いた。

「テセド一人の仕業じゃないみたいだけど、そのようだねぇ。でもそれだけじゃないよ」

「それだけじゃない？」

不穏な言葉に食いついたのはサァリだけだ。フィーラもアイドも、既に知っている話なのか平然としている。レセンテは人懐こい笑顔を頬杖で支えた。

「隣国だけの話じゃないんだよ。他の周りの国にも異変は起きてる。暴力に傾いた風潮が広まったり、徹底的な秩序と統制が尊ばれたり。それぞれの国によって違う気風が支配的になりつつある。まるでどんな国に育てられるのか色々試してるみたいだ」

「どんな国に育てられるか……」

――気味の悪い話だ。

サァリは身震いしたくなる衝動を堪えた。もし以前の事件が明るみにでなかったら、この国でも同じことが起きていたのかもしれない。王の巫が予見したという異変は、これを示していたのだろうか。

サァリは少しずつ変質している国々が、軋みを上げて回り始める様を想像する。やがては独楽の如くぶつかり合うだろうそれらは、誰かの手によって繰られているのだ。知らぬうちにできの悪い茶番劇を見せつけられているようで、サァリは胃の中に不快感を覚えた。

「それで、お姫様はそんな話を聞いてどうするのさ」

「さぁ。どうしましょう」

隣国まで跳ぶことはできるだろうかと、サァリは考える。

一度も行ったことがない場所だ。難しいかもしれない。だが実際に見てみないと摑み所のない話だ。

表情を消したまま考えこむ彼女に、ぶっきらぼうな男の声が飛ぶ。

「行ってみようなどと思うな。周りが迷惑する」

「……心を読まないで」

「お前は回りくどいところと直線的なところが人と逆だ。結局その尻拭いで余計な手間がかかる」

「別に尻拭いしてくれなくていいから」

化生斬りだった頃には、謝るサァリに対し鷹揚に笑っていた彼だが、その裏では色々と思うこともあったらしい。今更そのようなことが分かって、彼女は膨れ面になった。冷めてきたお茶に口をつける。懐かしい風味のそれは子供の頃よく飲んでいた茶葉のもので、サァリは無意識のうちに視線をテーブルの上に巡らせた。

「隣国に行くなんて、確かに非現実的なんだけど……」

そもそも月白の巫が守るべきはアイリーデで、少し手を広げたとしてもそこに入るものはウェリローシアしかない。自国や隣国の安定など、手を出すべき領域ではないのだ。アイリーデは今までもずっとそうやって、所属する国を変えながら時代を渡ってきた。

だが、それでも。

「――約束したから」

彼の運命を変えて欲しいと、頼まれたのだ。

そして自分はその望みを聞き入れた。そのつもりだった。

己が変わってしまったといえど、聞き入れたことを反故(ほご)にするつもりはない。傍(そば)にいて守ることができないなら、原因から潰してしまえばいいのだ。サァリは見えぬものを見る双眸(そうぼう)をそっと閉ざす。

その時、すぐ前にこつんと音を立てて何かが置かれた。

彼女が目を開けると、陶器の小さな壺(つぼ)がテーブルに載せられている。中を開けてみると、そこにはたっぷりと金色の蜂蜜が湛(たた)えられていた。

「これ……」

サァリは向かいに座る男を見上げる。だがアイドは彼女など存在もしていないかのように、横を向いたままだ。彼女は壺に差しこまれた銀の匙(さじ)をそっと手に取った。

昔よく飲んだこのお茶に、サァリが蜂蜜を入れたがると知っているのは、この場では彼だけだ。

無意識の習慣で蜂蜜壺を探したことを気づかれてしまったのだろう。サァリは黙ってお茶に蜂蜜を落とすと、両手でカップを持ってそれを飲んだ。ほろ甘い味は懐かしく、どこか物悲しい郷愁を誘う。

　サァリは全てを飲み干すと微笑んだ。

「ありがとう。今日はもう帰ります」

「あら、帰るの？　馬車を呼びましょうか」

「一人で平気です」

「またろくでもないことに首を突っこむ気じゃないだろうな」

「平気だってば！」

　口煩い二人に返してサァリは立ち上がる。扉へと向かう背にレセンテの歌うような声がかかった。

「お姫様、人間じゃなくなっちゃったみたいね」

「…………」

　真実を見抜く言葉は、彼女の慧眼からくるものだろうか。

　サァリは一瞬の驚きから冷めると、振り返らずに微笑した。己の力を求めて、先を欲しがって、神性の統御に成功した結果、人から離れてしまった自身のことを思う。彼女は氷の指先をそっと握りこんだ。

「――もう、神供は要らないの」

　神として目覚めてから、隣が空席であった時間が長過ぎたのかもしれない。

　或いは、己の二面性を統合して力を得ようと足掻き過ぎたか。

　ともあれ、孤独はのみこんだ。不安定でいた時代は終わった。

　誰かの手で一つにしてもらわなくてもいい。自分で大人になったのだ。だから、甘えて待つことはしない。半身の不在も、もはや気にならない。

サァリはそうして、はじめに喚ばれた神がそうだったのと同じく、己だけで完成した。
冷たい躰を温める人肌は、もう不要だった。

4. 対峙

ミフィル・ディエ——彼女の泣き声は、よく記憶に残っている。

だが泣き顔はほとんど見たことがない。彼女はいつも両手で顔を覆って泣くからだ。

王都で最後に別れた時も、そうして彼女は泣いていた。薄暗い月白の客室でよく磨かれた座卓を眺めながら、シシュはそんなことを思い出す。長い沈黙を食む彼に、震える女の声がようやく問うた。

「どうして、いらっしゃったのです」

その疑問は、彼女と再会してから二度聞かれたものだ。

だが自分でも明確な答えは出せないのだ。畳の上に胡座をかいていた彼は、落ちかけた己の額を指で押さえる。考え得るいくつもの答えの中から、もっとも無難と思われるものを選んだ。

「貴女は娼妓には向いていない。今のうちならまだ引き返せる」

実際、彼女の家の窮状については、あれから王都の知人に頼んで調べてみたのだ。

その際におおよその負債額も分かった。さすがに普通の化生斬りであれば即座に肩代わりをするのは難しい額だが、幸いシシュは王族としての身分を得た際に、荘園を一つ下賜されている。主君には嫌な顔をされるだろうが、それを売ってしまえば彼女の家を援助しても釣りがくるだろう。

そこまでを考えていたシシュに、けれど返ってきたものは女のすすり泣く声だ。

何がまずいのか、ままならなさに無言になる彼へと、ミフィルは消え入りそうな声音で零す。

「わたくしには、そのように気をかけて頂くような価値はないのです」

「……価値のあるなしではないだろう」

「あなた様を裏切った女です」

「裏切られたとは思っていない」

ただ、お互いを取り巻く状況が上手く噛み合わなかっただけだ。シシュは自分たちの道が分かたれた時のことを思い出す。

彼がミフィルと出会ったのは、まだ士官学校に在籍していた平民の頃だ。

当時彼女は士官候補生たちに評判の看板娘であり、シシュはだが、その評判とは関係なく客として彼女のいる店を訪れていた。

――思い返しても、何も劇的なことなどなかったのだ。

ただ挨拶を交わし、時には世間話をして、やがてお互いの趣味嗜好について話すようになった。同じ茶を好み、細やかな気配りをされ、彼女と共にいることを心地よいと思うようになった。

緩やかに時間をかけて育てた情は、おそらくは家庭というものに抱く安堵と等しいものだったのだろう。言わずともおおよその思考が通じ合っているように思えた、その時シシュは自然と、彼女に結婚を申しこむ未来を意識した。

だがその後まもなく、彼女に縁談話が持ち上がったのだ。

結婚しなければならなくなったと、彼女に泣きながら言われた日のことは、既に懐かしい記憶の一部だ。持ち上がった縁談は、王都でも指折りの大店の息子とのもので、士官学校を卒業したばかりの彼とは比べるべくもない良縁だった。ミフィルにとって、それを蹴ってシシュを選ぶことは、家族を捨てることと同義だったろう。

だから彼は、話を聞いてただ頷いた。そうすることこそが彼女の幸福に繋がるのだろうと納得して、ミフィルの前を去った。――彼女が娼妓になる未来など想像もせずに。

シシュは、今以上に未熟だったかつての足跡から、今を振り返る。

「……結婚は、しなかったのか」

「お断りいたしました。先方も今の我が家を見れば、わたくしを娶らずに済んでよかったと思っているでしょう」

そのような自嘲は、昔には見られなかったものだ。一度辛酸を舐めた彼女には、どのような言葉も上面の慰めになる気がして彼は無言を保つ。壁際の飾り時計を見ると、月白に来てから既に一時間以上が経過していた。

半月を過ぎて満ちているとは言え、そろそろ見回りに戻った方がいいだろう。シシュは軍刀を取り、腰を浮かせる。別れの言葉に迷って単純な一言を口にした。

「また来る」

「……どうしてです」

繰り返される問いに、まだ答えは見つからない。彼は代わりに巫から聞いた言葉を返す。

「俺が通えば、貴女には花代が支払われる」

「あなた様からは、受け取れません」

ミフィルは顔を上げぬまま細い両肩を強ばらせた。意地を張っているようにも見える姿に、シシュは溜息をつきたくなる。

「サァリーディを困らせないでくれ。ここはアイリーデだ」

たとえこの街で暮らそうとも彼ら二人はやはり王都の人間なのだ。そのことをシシュは誰よりも分かっている。街の在り方を知って理解しようとも、自分が同じようになれるわけではない。だからこそ異邦人たる彼らは、アイリーデのやり方に敬意を払わねばならないのだ。私情のもつれとも言える揉め事を持ちこんでサァリを傷つけてしまったことを、シシュは思い出して気鬱になる。

ミフィルはそこで初めて顔を覆っていた手を下ろした。涙に濡れた貌が歪に彼を見上げる。掠れた弾劾が可憐な唇から吐き出された。

「――あなた様は、何も分かっていらっしゃらない」

十の爪が畳を抉る。濡れた瞳が真っ直ぐに青年を貫いた。

シシュは唖然としてかつての恋人を見返す。

それは彼が初めて目の当たりにした、深い嘆きの表情だった。

気鬱を部屋の外までは引きずるまいと思いはしたが、もともとの表情から和やかであった試しはない。「シシュが爽やかに笑ってても不自然だし」と言い放つサァリの言葉を思い出し、廊下を行く彼は軽く息をついた。階段を下り、玄関先にいた下女に木札を返す。そのまま勘定を済ませつつ、シシュは当の館主について尋ねた。

「サァリーディは?」

「まだ戻っておりません」

「まだ?」

散歩にしてはずいぶん時間が経っている。シシュは今度こそ顔を顰めて開かれたままの玄関の先を見やった。何か問題があったのではないかと疑う彼に、白い前掛けをつけた下女は頭を下げる。

「まもなく戻るとは思います。花の間でお待ちになりますか?」

「いや――」

そこまでしては彼女に気を使わせるだけだ。ただでさえミフィルのことで迷惑をかけているのに、これ以上主である彼女に負担を与えたくない。ただ、少しだけ顔が見たかっただけなのだ。

シシュはそんなことを考えている自分に気づいて渋面になる。気が重いせいか生まれた未練を、振り切るように靴を履いた。

「サァリーディに、俺が詫びていたと伝えておいてくれ。また来るからと」

「かしこまりました」

それ以上のことは、直接会って言うしかない。

できるだけ早いうちにまた来ようと決めて、シシュは月白を後にした。

その日の月は、恐ろしいほどに白かった。

※

それからシシュは何度か月白を訪ねたが、巫の女に会えたのは一度だけだ。その時もどこかへ出かけようとする彼女とすれ違った程度で、彼女はシシュの顔をじっと見て「気をつけてね」と言った。何に気をつければいいのか分からないが、それを聞く機会さえも得られていない。下女曰く仕事絡みでの外出らしいが、どのような仕事かまでは伝えられていないようだ。

「危ないことをしていなければいいんだが……」

他の娼妓たちなら行き先を知っているのかもしれないが、彼が月白を訪ねると下女はすぐにミフィルを呼んでくる。そうして花の間に入らぬまま、重い沈黙を彼女と分け合うことが常になり、シシュは自分のせいながらいささか息苦しい日々を重ねる羽目になっていた。

その日も昼から気分の重さを引きずって見回りをしていた彼は、夕暮れ時の空に白い月を見てふと日数を計算する。

——アイリーデは、半月を越えると巫に要請が出せなくなる。

それは月の満ち欠けと呼応する彼女の力が容易く振るってはならぬほど増大するためで、しかしその時期になってもシシュだけは要請を出すことが許されていた。この街に四人いる化生斬りのなかで唯一彼女の正体を知っている青年は、そうして巫が新たな術を試すのによく付き合っていたのだ。

だが今月は普段と比べて、ずいぶん早くから化生の出現が途絶えている。

偶然だろうか、と思いつつ、けれどシシュはそこにいささかの訝しさを覚えていた。暗くなりゆく道を行きながら、己の考えに沈んでいく。

「まさかな」

思いついた可能性は肯定したいものではない。細い裏路地を抜け水路際へと出た青年は、水面に映る月を見ながら、かつて対面した脅威について考えた。

——そしてそれは、虫の知らせのようなものであったのかもしれない。

右手の叢が、軽く揺れる。その動きを視界の隅に認識しながら、シシュは半ば本能的に一歩下がっていた。思考が遅れて現象に追いつく。

「……っ」

目の前を薙いでいく白刃は、おおよそ人間の振るう速度ではなかった。

避けられたのも奇跡のようなものだろう。シシュはぎょっとして顔の見えぬ黒衣の襲撃者を見た。

叢から踏みこんできた相手は、均された土の上で体勢を整えると、直刃の刀をシシュに向けて構え直す。月光を跳ね返す石畳が、氷のごとく対峙する二人の足下で輝いた。

シシュは我に返ると同時に、鞘に入ったままの軍刀に手をかけて構える。身に感じる圧力に、自然と己が緊張するのが分かった。

彼は黒衣の刺客に向かって誰何する。

「何者だ。何の真似だ？」

相手はそれに答えない。だが代わりに、切っ先を向けられた刀身に金色の光が走った。

日の光を凝縮したような鮮やかな色。

加えて夜気の中を伝わる気配は覚えのあるもので、シシュは「それ」が戻ってきたということに戦慄する。巫の彼女はこのことを警告していたのかと腑に落ちた。

――いつか来るだろうとは思っていた。

だが、このように前触れもなく襲撃を受けるとは思っていなかった。

「いや……前触れはあったか」

シシュは気づいて近くの門柱を蹴りたくなる。まさにたった今、同じ可能性について考えたばかりだったのだ。「化生が現れないのは、以前と同じように新たな神の力で圧されているのではないか」と。

だが、疑いはしても少し遅かった。

シシュは人ならざる相手を油断なく意識の中心に置きながら、居合いの構えを取る。

長引かせて力押しでもされたら勝ち目はない。純粋に剣の勝負であるうちに片をつけたかった。

青年は機を計りながら、相手の足先と肩口を睨む。

顔も体格もすっぽりとかぶる黒い外套のせいで分かりにくいが、女子供の体ではないことは確かだ。

シシュは、以前は化生斬りの男が支配されていたことを念頭に置き、間合いを計算する。それをしながら、確認を兼ねて揺さぶりをかけた。

「懲りずにまたサァリーディを連れ戻しに来たのか？　それが可能と思っているのか」

今度は同じようにさせるつもりはない。二度と彼女をあのように泣かせる気はなかった。

シシュは相手が答えないと分かると、意識を深く集中させる。

敵もそれに合わせようとしているのか、直刃の剣が構え直された。


息を止める。

水のせせらぎが聞こえる。

時が停滞して思えた。――その最後の一瞬に、魚の跳ねる水音が響いた。

刹那、刃が鞘の中を滑る。

月光の煌めきが、交差する白刃を照らした。


日の光はない。

吐く息の音は聞こえない。

痛みを感じるより先に、シシュは自身の鮮血で彩られた体を一瞥する。

右肩の付け根には敵の刃が突き刺さっている。それは刀を振るう上では致命傷だが、シシュは単に「これで相手を逃がさないで済む」と思っただけだった。痛みを意識外に追いやる。

最初の抜き打ちは相手の体を斬り上げたはずだが、黒衣の相手は痛手を負った様子もない。まるで布の束を斬りつけたかのようだ。

だが、だからといって斬れない相手でもないだろう。シシュは半歩踏みこみながら軍刀を左手に持ち替える。そのまま至近から、顔の見えない敵へと刃を走らせた。

返ってきたのは肉に食いこむ鈍い感触だ。

その直後、シシュの体は軍刀ごと後方へ弾き飛ばされる。危うく水路に落ちそうになって、転がりながら左手で地面を摑んだ。直刃が抜かれた右肩の傷が、激しい痛みを訴えてくる。

「くそ……っ」

追撃を恐れて青年は跳ね起きたが、既にその時、相手は刀を手に身を翻して走り去るところだった。

たちまち闇の中に溶け入った敵の向かう方角を見て、シシュはよろめきながらも立ち上がる。

「あいつ、月白に――」


月白には、巫の女がいる。

そして彼女こそが守るべき要であり、相手の目的だ。


シシュは考えるより早く、敵の後を追って走り出す。

人ならざる黒衣の姿はもはやどこにも見えない。だが、月白までの道は誰よりもよく知っていた。怪我の止血をする間も惜しんで、青年は夕暮れ時の享楽街を駆けていく。人気のない細い路地を選んで最短で北の妓館へと達した。火の入っていない灯り籠の脇をすり抜け、彼は玄関の戸を押し開く。上がり口の拭き掃除をしていた下女が、シシュの姿を見てぎょっと飛び上がった。

「え、あの」

「サァリーディは⁉」

「ぬ、主様ならまだ離れに……」

そこまでを聞いて、シシュは靴のまま板張りの廊下へと上がった。小さな悲鳴を上げる下女を無視して館の奥へと走る。彼は、普段客が通らぬ渡り廊下を抜け、少女の住居である離れへと向かった。制止の声を遥か遠くに聞きながら、二階へと上がり部屋の戸を乱暴に開ける。

「サァリーディ！」

「え？」

部屋の中には、彼女一人の姿しかなかった。

振り返ったサァリは沐浴でもしていたのか、下ろした長い銀髪から水を滴らせている。柔らかな肢体もまた水気を帯びており、羽織られた紗の襦袢が濡れて、下の白い肌がほぼ透けて見えていた。何も着ていないのと大差ない彼女は、突然入ってきたシシュをきょとんとして見上げる。

「どうしたの、シシュ。何かすごい大発見でもした？」

「……いや」

青い双眸を見るだに、操作を受けているようには見えない。

見えないのだが、それ以上にまずい事態であることは確かだ。艶めかしい女の姿に見入りかけていた青年は、我に返ると回れ右をしようとする。そこにすかさずサァリの白い手が伸びてきた。

「怪我してる。どうしたの」

「どうもしない。土足で悪かった」

「土足は別にいいんだけど。血も垂れてるし」

拭き掃除をする手間は同じだと暗に示して、サァリは彼を振り向かせる。

シシュは咄嗟に視線を天井へ逸らしたが、彼女はおかまいなしに右肩の傷をまじまじと検分した。

「これ、刺し傷だよね。誰にやられたの？」

「後で話す。後で話すから服を着てくれ」

「後でって、すごく痛いでしょ。治すからちょっと我慢して」

「治すと言われても」

止血ぐらいは自分でするから離して欲しい。そう断りかけた彼は口を開いたまま言葉を失った。

眩暈を呼び起こす感触。

背伸びをして彼の傷口に顔を埋めた巫は、ぴちゃり、と音をさせ、血の溢れるそこに舌を這わせる。

汗に塗れた肌に息がかかり、ぞっとするような戦慄が首筋を走った。

シシュはあまりのことにそのままの姿勢で凍りつく。もたれかかってくる躰の冷たさも、意識の俎上には上がってこなかった。

「……サァリーディ」

「我慢して」

短い言葉は、反論を許さないものだ。

細い指が彼の服を摑んでいる。目を閉じた女の頰に、みるみる返り血が移っていった。

美しい顔や襦袢が汚れるのも構わず、サァリは丁寧に傷口の血を舐め取っていく。子猫が甘えるに似たその音は、夕闇時の部屋に忌まわしいほど響いて、聞く者の本能を強く刺激した。気が遠くなり、御しがたい熱が湧き起こる。

——たとえば今、心臓の痛みを覚悟するなら。

触れあう体を我知らず抱き取ろうとしたシシュは、けれどふっと顔を上げた女と目が合って硬直し直した。サァリは唇の血を拭いながら首を傾ける。

「どう？」

「どう、と言われても……」

今迂闊に何かを言ったら、とんでもないことを口にしてしまいそうだ。そう慄いている自分に気づいて、化生斬りの青年は少しだけ冷静になる。彼女の示す右肩を確かめた。

「……塞がってる」

「中は？　痛くない？」

「多分……大丈夫みたいだ。ちゃんと動く？」

以前の彼女であれば、このようなことはできなかったはずだ。

驚くシシュに、サァリは薄い微笑で返した。

「今の私の体液には力があるから。血だと強すぎるけど、これくらいならちょうどいいでしょ。シシュなら慣れてるだろうし」

「慣れてるのか？」

「力にね」

彼女は細い指を鳴らす。彼の傍を離れ鏡台へ向かったサァリは、手についた血を布で拭った。

その姿を目で追ったシシュは、滑らかな背から腰までが襦袢越しにくっきりと浮き上がっているのを見て、急いで視線を逸らす。そのまま音をさせず部屋を出て行こうとしたシシュを、部屋の主は鏡越しに見て呼び止めた。

「あ、待って。誰にやられたの？　それ聞いてない」

「……ネレイの代わりに。さっきそこで会った」

「え⁉」

後で話す、とねばりたいのは山々だが「あれ」が戻ってきたことについては早く教えた方がいい。

半分はそう判断して、もう半分は諦めて、彼は廊下を見たまま事実を告げた。サァリはそれを聞いて軽い唸り声を上げる。

「もう戻って来ちゃったの？　あっちを調べてる間にこっちもとか、どっちが本命の原因なんだろ」

「あっち？　本命？」

「うー、これじゃ目を離した隙に死なれそう……」

「誰が」

「あなたが」

物騒な言葉にシシュは苦言を呈したくなったが、彼女は本気で悩んでいるらしい。

ともかく仕切り直す必要性を感じて、彼は相変わらず廊下を見つめたまま謝罪した。

「死ぬつもりはないが、先走って悪かった。仕留められなかったから巫のところに来ているかと思った。不作法をしてすまない」

「そう簡単に仕留められたら私も吃驚だから大丈夫。ここも客室じゃないから気にしないで。あなたが無事でよかった」

淡々としたサァリの声音は、最初の頃の少女とは大分違って聞こえる。

そこに、ただ成長したというわけではない温度のなさを感じ取って、シシュは一抹の訝しさを覚えた。着替えをしているのか衣擦れの音が重なる。彼女はそっと出て行こうとする青年を、またもや「ちょっと待って」と制止した。

「本当困るなぁ……。シシュをどこに置けば安全なのか、分からないのが一番困る」

「そんなことで巫を悩ませるつもりはないんだが。むしろ自分の身を大事にしてくれ」

「私は平気だよ。人間じゃないから」

放られた言葉には、かつてのように孤独を憂う色はない。

だがシシュはそれを聞いて眉を寄せると、反射的に巫の女へと反論した。

「人かどうかなど関係ないだろう。巫は巫だ。誰に傷つけさせるつもりもない」

それは、彼が主君から命じられたことで、そして彼自身も決めていることだ。何ものからも彼女を守る——今、自分の剣が果たすべき使命は何よりもこの一つで、交わした約束を違える気もない。

人でないからといって何を気にする必要もないのだ。少なくとも彼は、とうにそのことをのみこんでいるのだから。

シシュは、自分が抜き身の軍刀を下げたままだと思い出すと、その刃を確かめる。相手を斬った手応えは得ていたが、幸いそれは錯覚ではなかったようだ。軍刀にはうっすらと血曇りがついている。

シシュは注意して刀を鞘に戻す。その時、誰かがぱたぱたと階段を上がってくる音がした。先ほど玄関先で顔を合わせたばかりの下女は、現れるなりシシュを見て顔色を失くす。その後ろから上がってきたミフィルは、血だらけの彼を見て悲鳴を上げた。

「キ、キリス様、その怪我は……」

「見かけだけだから平気だ」

「ですが、それは」

「——フィー」

温度のない声は、部屋の中からのものだ。正統妓館の主は、声音だけで女を打ち据える。

「あなたにこの離れへ立ち入る許可を与えた覚えはありません。己の領域を見誤らないように」

「ぬ、主様」

「館に戻っていなさい。あなたの心配するようなことはありませんから」

凛とした命令は、穏やかではあったが口を挟む隙を与えぬものだ。ミフィルはおどおどとうろたえながらシシュを見つめる。彼はもう一度「大丈夫だ」と重ねて頷いた。

それでも立ち去りがたい気配を漂わせている彼女に、青年は自分もついていって傷跡を見せるべきかと思う。しかしそこで、少女の腕が背後から彼を引いた。

「よし、決めた。アイリーデに置いとくと心配だからシシュもつれてく」

「連れて行く？　どこに」

「私の後ろにいてくれればいいから」

それだけを言って、サァリはぐいぐいと彼を部屋の中へ引き入れる。廊下に顔だけ出して、困っている二人を見ると簡単に言い残した。

「少し出てくる……じゃなくて用事があるから。二時間で終えるわ。それまで離れには入らないように。火入れは頼みます」

「わ、分かりました」

「では後で」

ぴしゃんと音を立てて戸を閉めると、サァリはシシュに向き直った。

普段の白い着物姿でなく王都の町娘のような平服を着ている少女を、青年は驚いて眺める。

「一体どうしたんだ」

「着物じゃ目立つから。シシュもその格好じゃまずいね。顔も隠した方がいいか」

「何をするつもりなんだ」

「女装は嫌だよね？　私の服じゃ寸法合わないし」

聞くまでもないことを聞かれると、疲労が増す気がする。

溜息をつきかけたシシュは、しかし鏡台の上に置かれた硝子箱(がらす)に気づき目を瞠(みは)った。そこには赤い天鵞絨(びろうど)の上に二つの大粒の真珠が並べてしまわれている。サァリの誕生日に彼が贈ったものだ。

何を言うべきか言葉を探す青年の手を、彼女は無造作に取る。

「じゃあ、シシュの部屋に寄ってから行こ。着替えして顔隠してね」

「いやだからどこに――」

言いきる前に、少女の爪先が床を蹴った。

ぐらりと視界が歪(ゆが)む。続いて変わった景色に、シシュはさすがに慄然とした。

見慣れた周囲は彼の住む宿舎の部屋だ。

「どうやって俺の部屋に来たんだ……」

サァリは驚く青年を見上げて笑う。

「シシュ、今からテセド・ザラスのところに行ってみよう」

「は?」

それが誰であるか、シシュも分からないわけではない。何故(なぜ)そこで隣国にいるはずの老人の名が出てくるかが分からなかったのだ。目を丸くする彼に、サァリは底知れない笑顔を向けてくる。

「シシュ? 一人で着替えられないなら脱がしてあげるよ?」

「いや待て分かった着替える」

どの道、この格好ではどこにも行けない。シシュは据わった目になっている女をその場に残して部屋に上がると、着替えを取りに箪笥(たんす)へと向かった。彼に背を向け戸口に座りこんだサァリが付け足す。

「自警団の制服はやめてね。素性が分からないようにして。顔も隠して」

「……分かった」

最初に「顔を隠せ」と言われた時には何かと思ったが、テセド・ザラスはシシュのことを知っている。本当に彼に会いに行くなら変装は必須だろう。私服の洋装に着替えながら彼は溜息を噛み殺す。

「それにしても、前から突然俺の部屋に現れたりするとは知っていたが、こうやって移動できるのか」

「うん。あの頃はやろうと思ってできてたわけじゃないんだけどね。今は大体自由にできるかな」

「まさか、それで隣国まで行こうと？」

「初めてじゃないから大丈夫。今まで何回も調べ物に行ってるし」

「は？」

言われたシシュは、思わず上着を取り落とす。それを拾い上げながら少女を振り返ると、サァリは戸を見たまま言った。

「それよりシシュ、上着着る前に血を拭いた方がいいよ。新しい服も汚れちゃう」

「……ああ、そうだな」

血は既に固まりかけているものもあるが、今ならばすぐに落ちそうだ。彼は先に手布を濡らしに行くと、それで傷口の周りをごしごしと拭った。相当深い傷だったそこには、しかしもはや何の痕も残っていない。思わず感心して右肩を眺めていたシシュは、しかし先ほどのことを思い出し、今度は手布を取り落としそうになった。自然と顔が赤くなる気がする。

「何を考えてるんだ、俺は……」

サァリはまったく気にしていない様子だったが、それは彼女が治療を優先してくれたためだろう。にもかかわらず余計な想像をした自分を蹴りつけたくなる。彼は己を罵りながら手布をきつく握った。

呆(あき)れたような声が、壁の柱を蹴り始めた青年へとかかる。

「シシュ、急いで。二時間で帰るって言ってあるんだから」

「あ、すまない。……いや、本気で隣国に行く気なのか!?」

「本気だってば。早く着替えてくれないと手伝うよ」

「分かった悪かった待ってくれ」

彼女の無謀には苦言を呈したいが、今だけは無闇に触られたくない。

シシュは手早く着替えを済ませると、言われた通り鼻と口を巻き布で覆った。以前、東の地方に行った時、こうして顔を覆う衣装を常とする部族に会ったことがあるのだ。

支度を終えた青年を、振り返った少女は楽しげに見つめた。白い手を伸ばしてくる。

「よし、じゃあ行こう」

美しい手。嬉しそうに笑う女に、シシュはまた不思議な違和感を抱く。

それは触れた指先が氷と変わらぬ温度であった時に確信に近いものとなり――しかし彼は次の瞬間、どことも知れぬ森の中の小道に立っていた。


左右に広がる森は、鬱蒼としてどこまでも続いているように見える。

そこに人の手が入った形跡はない。ただ二人の立つ砂利道だけが、雑草の一本もなく白い玉石で整えられていた。アイリーデよりもじっとりと湿り気がある空気に、シシュは木々の合間から見える夜空を確認する。

「ここは?」

「栽培畑のそば。始末してから行こうと思って」

「――ああ」

何の畑かと聞こうとして、シシュはしかしすぐに思い当たった。

テセド・ザラスと言えば、おかしな白い花を持ち込んで王都で事件を起こした人物なのだ。ならば栽培しているのもその花なのだろう。現在、周辺諸国の様子がおかしいことはシシュも主君から聞き及んでいる。

月光に浮き上がる砂利道を、サァリは一人先に歩き始める。道は途中で二手に分かれており、そのうち砂利がない土の道を彼女は選んで進んでいった。淡い銀に光る髪を見ながら、シシュはその後についていく。森の切れ目が見えたところで、彼は女の隣に並んだ。

「誰かいるかもしれない。巫は後ろにいてくれ」

「あ、駄目。シシュは黙って見てて。アイリーデに放っておくのが危ないから連れてきてるんだし」

「だから何なんだそれは」

いくら深手を負ってしまったとは言え、五つも年下の彼女に心配されるほど自分が弱いとは思いたくない。後ろに庇（かば）われる子供と大差ないようでは困るのだ。

しかしサァリは何も言わず道の先へと駆け出した。脇目も振らず走って行く彼女をシシュは呼び止めかけたが、誰が聞いているか分からない。結果彼は、一拍遅れて彼女の後を追うことになった。少女の長い銀髪が暗い道に輝く軌跡を作る。

サァリはそのまま、森の向こうに広がる一面の花畑へと飛びこんだ。小さな背を追ってきたシシュは、圧倒的な眺めに直面して言葉を失くす。

白い海と見まがうほどの景色――森に囲まれたその花畑は、小さな村ならば丸々入りそうなくらい広大なものだ。青白い夜の光の下で咲き誇る大輪の花はひたすらに華麗で、その異様な特性を知らなければまるで宝玉のように見える。或（あ）いは特性を知っている者にとっては、別の意味で宝玉であるのかもしれない。

シシュは美しい分、不吉に思える白花の平原を見渡す。呆然としていた彼は、けれどすぐに花を掻き分けて進む少女を追いかけようとした。その気配に気づいたのかサァリは振り返って彼を留める。

「そこにいて。あと香りに気をつけて。あの時みたいになっても困るし」

「ぐ……」

思い出したくない、というか正確には記憶がない過去のことを引き合いに出されて、シシュは巻き布の上から鼻と口を押さえた。

サァリは人でないせいか影響を受けないようだが、彼に効き目があることは実証済みだ。おまけに今、花の香りの影響を受けたら、自分が何をしでかすか想像したくないが想像がつく気もした。

言われた通りシシュが花畑の手前で止まると、サァリは微笑ってまた奥へと進み出す。

見渡す限り他に人の姿はない。彼女は月に向けて白い右手を上げた。月光が、その掌に引き寄せられるようにして集まってくる。

彼女は燐光を纏った右手を一瞥すると、大きく横へと振った。夜の中、輝く飛沫が上がり、白い花弁へと降り注ぐ。――その直後、変化は始まった。

飛沫に触れた花弁が、みるみる凍りついていく。透明な霜が茎から葉へ、そして根へと到達し、地面をも凍らせながら更に別の花を絡み取っていった。

少女を中心に加速度的に広がっていく飛沫の連鎖が、咲き乱れる花々を浸していく。あちこちで花弁の砕け散る音が重なり、あたかも無数の小さな鈴が振られているような錯覚を青年に与えた。

非現実めいた眺めに、シシュは彼女の帯びる光が月光ではないとようやく気づく。

「あれは……冷気か」

神としての力が強くなる時、体温が極端に下がるサァリだ。それを操って草木を枯らすことも可能なのだろう。土までも凍らされては根が残ることもない。彼女はそうして、これらの花を全て処分しようとしているのだ。

月の明るい夜だ。

白い光を振りまいて、女は花の中を舞っている。

舞台を思わせるその姿はだが、どこか悠久の孤絶を感じさせて——シシュは目の前の花が崩れ落ちていくのを見ながら、整った顔を険しく顰めた。


広大な畑全てを凍らせて、サァリが戻ってきたのは十数分後のことだ。

あれだけの力を振るったにもかかわらず、彼女は何でもない顔でシシュの腕を叩く。

「よし行こ。テセド・ザラスのいる屋敷が近くにあるの」

「待て、サァリーディ」

青年は、歩き出そうとした彼女の手を取った。振り返った少女の目の前で細い指を握る。

冷えている、というだけでは収まらない。氷と大差ない温度にシシュは確信を噛みしめる。

——そこから伝わるものは、体温がないどころではない冷たさだ。

サァリは不思議そうに彼を見上げた。

「どうかしたの？　何か案があるとか？」

「いや、今日はもう帰ろう。巫の体に障る」

神である彼女の力は絶大だ。だがその分、揺り返しも存在する。力を使い過ぎると彼女の体は冷え、反動でしばらく伏せってしまうことになるのだ。

サァリ自身は以前、己の体温の低下について「淋しい気分になるから嫌だ」と言っていた。今は花の始末のために力を使わざるを得なかったのだろうが、これ以上無理をする必要はない。テセド・ザラスに関することならば、王に頼んで力を借りることもできるのだ。

シシュは彼女の頬に触れ、そこも同じ冷たさであることを確かめると、彼女を促した。

「大変だろうが、もう一度跳べるか？　月白に帰るぞ」

「え。帰らないよ」

「サァリーディ、だが」

「帰らないよ。別に私、平気だし」

怪訝そうに、そして少し煩わしげに青年を見つめる彼女は、強がりを言っているようには見えない。

シシュはその反応にまた違和感を覚えたが、言いくるめられるつもりは微塵もなかった。熱を測るように、自分の掌をサァリの額に当てる。

「自分で気づいていないのか？　相当冷えてる。無理しない方がいい」

「無理なんてしてないよ。私の体が冷たいのなんて、当然のことでしょ？　人間じゃないんだし」

「……サァリーディ？」

――何かがおかしい。

ちりちりと引っかかってくる違和感は焦燥に似て、シシュの内心をざらついて撫でた。

無言になった青年に、サァリは困ったような微苦笑を返す。

「大丈夫だって。ほら、急ごう。あんまりアイリーデを空けてられないし」

「いや。それよりも巫だ。何があった？」

少女の両手を摑んで捕らえる。折れそうな細い手首であることは変わらないが、肌が伝えてくるものは拒絶を模したような冷たさだ。思えばどうして「できなかったことができるようになった」のか。

神としての本質が強く出ているのは分かるが、今までとは様子が違うと感じる。シシュはそれを、彼女の兄神が戻ってきたことに関連があるのではないかと疑っていた。

サァリは真意の知れない微笑を浮かべる。可憐な唇が穏やかに言葉を紡いだ。

「何もないよ。心配しないで大丈夫。これが終わったらもう、シシュに迷惑をかけることもないから」

「……サァリーディ？」

巫の女はそしてまた、嬉しそうに笑う。

どこまでも美しい、それはアイリーデの女たちがつける仮面だ。遠く、愛情深く、けれど踏みこむことを許さない貌。大人になった女たちが身につけるそれに、シシュはまた喉の奥に焦燥を覚える。

彼女の名を呼ぼうとして……だが別の声が、背後からかかった。

「要らぬのか。そうか。ならばこの神供は、吾がもらおう」

「……え？」

サァリが青い目を見開く。

シシュは覚えのある声に振り返った。右手が刀の柄を握る。

だがそれを抜刀するより先に、透けた指が彼の顎にかかった。宙に浮く銀髪の少女は無垢な目でからからと笑う。

「神供の男よ、約束通り迎えに来たぞ」

「っ、待……！」

サァリが右手を上げる。

その体を庇ってシシュは軍刀を抜いた。だが、刀を振るおうとした腕が見えない力に縛られる。少女の透明な両腕が伸びてきて、そっと彼を抱いた。

「ずいぶん待たされたがな……これで良しとしてやる」

サァリのものよりも歪で幼い声音。覚えのあるその姿にシシュは彼女の名を口にする。

「ディスティーラ⁉」

それは王の巫より伝えられた名だ。シシュ自身が将来呼ぶであろうと言われた名。

事実彼は、金の狼を前にしてその名を呼んだのだ。そして現れた彼女のおかげで命を拾った。

どこかサァリに似た、透き通る体を持つ少女。「次はお前を迎えに来る」などと言われたが、シシュはそれについて真剣には考えていなかった。一応トーマやサァリにはその名を伝えたが、サァリは首を傾げ、トーマは面のような無表情になってしまった。特に兄の方の反応に詳しいことを聞くのも憚られ、結果として日が経つごとに彼女の存在は曖昧な幻として、シシュの中で薄らぎつつあったのだ。

だがその彼女は今、両腕でシシュの体を捕らえている。

水のような冷たい体。人ならざるそれを呆然と見ていた青年は、だが後ろから思いきり服を引っ張られて上半身をのけぞらせた。サァリの声がすぐ横で聞こえる。

「意識保って！　連れてかれるよ！」

「連れて行かれる？」

「邪魔をするな、小娘」

目の前で白い火花が散る。二人の力が衝突したと思しきそれは、宙を舞いシシュの体に降り注ぎかけたが、彼は咄嗟に軍刀で飛沫を払った。

刃はついでのようにディスティーラの腕を掠めて通り過ぎ、半透明の少女は舌打ちして手を離す。

その間にサァリが二人の間に割りこんだ。

「シシュ、下がって！」

見下ろせばすぐそこにサァリの小さな頭がある。普段月の光で艶やかに見える銀髪は、今はそれ自体うっすらと発光していた。冷気を纏う指先が、宙に浮かぶディスティーラを指す。

「名を呼ばれて封印を逃れたか。過去の亡霊が」

「亡霊？　異な事を言う。吾らは存在する限り神だ。おぬしがそうであるのと同じようにな」

からからと笑う少女は降り注ぐ月光に輪郭を照らされ、細い体自体が燐光であるかのように見えた。亡霊でないと言う割に亡霊にしか見えないディスティーラを、シシュはサァリの肩越しに注視する。

「サァリーディ、あれは……」

「気をつけて。あれ、私と同格だから」

ということは、予想はしていたが人の力で敵う相手ではないということだ。

否が応でも緊張を覚える彼を、ディスティーラは艶然と目を細めて見下ろしてくる。

「そう畏れずともよい。おぬしは神供になるための男であろう。その小娘の力が染みこんでいる」

「それは……」

かつて同じことをネレイにも言われた。神である者たちからすると、よくサァリと共に化生を追っているシシュは、そのような状態に感じられるのだろう。

だが、だからと言って他の神の供物に連れ去られる筋合いはない。青年は軍刀の柄を固く握り直す。

サァリが左手で彼を制したまま吐き捨てる。

「あなたにどうして神供が必要か。何の役目もない残響に、どうして人が神供を捧げねばならない？」

「神供を得られるなら役目は果たそう。元より吾はそのつもりだった。吾を拒絶したのは人の方ではないか」

少しの傷が、ディスティーラの瞳によぎる。サァリもそれに気づいたのか細い肩がわずかに震えた。

似て非なる二柱の神。宙に浮かぶ少女は傾いて嗤う。

「吾は拒絶された。だがおぬしは……己の神供を拒絶したのだ。ならばどちらが神供を受け取るにふさわしいかは歴然だろう。捨てたものを誰が拾おうが勝手だ。おぬしに口出しする権利はない」

挑戦的な眼差しが、二人へと突き刺さる。

——ぎり、とサァリの歯軋りが聞こえた気がした。

前にいる彼女の表情は見えない。シシュは言われた内容を反芻して聞き返す。

「サァリーディ……俺は捨てられてる扱いなのか？」

「今そこにつっかかられるとややこしくなるから黙ってて！」

「…………分かった」

本当は詳しく聞きたい話だが、それをしている場合ではないということは分かる。

サァリは玉石を鳴らして宙に浮かぶ少女を睨み上げると、白く光る右手を前に構えた。

凝縮された冷気が、背後にいるシシュの体をも冷やしていく。

人である彼を置いて、サァリは一歩前に出た。

「彼は、月白の客だ。あなたに渡すことはできない」

「ならば吾がおぬしに替わろうか？　アイリーデも月白も、蛇もまとめて面倒を見てやろう。吾もまた、あの街の主人であるのだからな」

無邪気な自信を窺わせる少女は、そう言うと指だけでシシュを手招く。

冴え冴えとした月光の中、サァリの低い呟きが彼の耳にだけ届いた。

「ずるいこと言わないでよ——お母さん」

「え？」

シシュが聞き直す間に、サァリは砂利道を蹴って宙へと跳ぶ。笑い声を上げるディスティーラと彼女との間で激しく火花が飛び散り、広がる夜の森を白光で照らした。

膨らんだ月よりも目立つ神同士の衝突を仰ぎながら、シシュは聞いたばかりの言葉を反芻する。

「……母親？　サァリーディの？」

サァリの母親ということは、トーマの母でもあるということだ。そしてその人物は、現在王都でラディ家当主の妻となっている。間違ってもこんなところで半透明な少女をしているはずがない。

だがそこで、青年は微かな引っかかりを覚えた。

「いや、確か……」

シシュは記憶の糸を手繰り寄せる。以前トーマに聞いたのだ。『母は神としての側面を父に拒絶され、己から切り離して封じた』と。

それが本当ならば「ディスティーラ」とは――

一際激しい爆音が上がる。

木々が揺れ、森の中が大きくざわめいた。

自身の思考に気を取られていたシシュは、はっとして夜空を見上げる。月の中、弾き飛ばされるようにして落ちてくる女の影が見えた。それが誰だか分かった彼は、彼女を受け止めるために走り出す。

砂利道の上に叩きつけられかけたサァリは、青年の手によってその寸前で腕の中に引き取られた。

逃がしきれなかった衝撃によろめきながらシシュは彼女を道に下ろすと、何もない空へ刃を振るう。

鋭く空を斬る刃。直後、夜の中に、ディスティーラの短い悲鳴が上がった。砂利の上に座りこんでいたサァリが、目を丸くして化生斬りの青年を見上げる。

「何したの？」

「ここにいる気がしたから斬っただけなんだが……」

別段、特別なことをしたつもりはない。だがそう言った彼はふと、己の軍刀に残る血曇りに気づいた。先ほどアイリーデで黒衣の男を斬った際についた血を、そのまま拭い忘れていたのだ。

「これのせいか」

怪我の巧名とも言える幸運だが、喜んでいられる状況でもない。

シシュは自分の両腕にべったりとついた血を見て、足下の少女を顧みる。

「サァリーディ、怪我を……」

「肉体がないってずるいよね。私ばっかりこうなんだもん」

忌々しげにぼやく彼女の体は、右肩から腹にかけて大きな裂傷が走っていた。かなり深い傷なのだろう。みるみる玉石の上に血溜まりができていくのを見て、シシュは膝をつくと彼女を抱えこむ。

「一旦退こう。月白へ跳べるか？」

「多分」

「なら急ごう」

己の顔を覆っていた巻き布を取って、シシュはサァリの肩口を圧迫する。

そのうちに周囲の景色は変わり――二人はまた、月白のサァリの部屋に戻ってきた。

出かけた時に血濡れていたのは彼だが、帰ってきた時には巫の女が血みどろになっている。

訳の分からない状況にシシュは一抹の皮肉を感じないわけではなかったが、それ以上にサァリの負った傷は深刻なものに見えた。彼は冷たい体を寝台の上に運ぶ。

「医者を呼んでくる。待ってろ」

「駄目。やめて。平気だから」

彼女の声は掠れていたが、確かな意志でシシュを留めた。部屋を出ようとしていた青年は振り返る。

「平気に見えない」

「自分で塞げるから平気。診られる方がまずいの。……それよりできたら止血手伝って。塞ぎきる前に血が足りなくなりそう」

血が染みこんでいく寝床に横たわりながら、サァリは己の手で肩口を押さえた。白い飛沫が指先から上がる。凍らせることで痛みを封じようとしているのかもしれない。シシュはそれを見て彼女のところに戻ると、近くにあったさらし布を手に取った。荒い息をついている女に確認する。

「少しきつく縛る。脱がしても平気か？」

「大丈夫……ごめんね」

木綿の服は、既に血を吸って重たくなりつつある。シシュは斬られた部分から大きく布を裂くと、さらし布を使い傷口を縛っていった。最初に見た時よりも腹の傷が浅くなっているようなのは、彼女自身が塞ごうと試みているからかもしれない。

氷と変わらぬ温度の体に、シシュは眉を顰めたまま手当てをしていく。それが終わると少しは楽になったのか、サァリは淡い息を吐いた。

「ありがと……ちょっと眠る。できれば私に触らないでいて。生気吸い取っちゃうから」

「サァリーディ」

「でも近くにいてね、危ないから……」

そこまでを言って、サァリは目を閉じた。たちまちか細い寝息が漏れ出すのを確認して、シシュは寝台脇の床に座りこむ。血の気の薄い顔に、そっと指を伸ばした。

――何が変わったのかと言えば分からない。

あまりにも人の理解を超えたことが起き過ぎて、ついていけていないのが実情だ。

だが、それでも。

「サァリーディ」

名を呼んで、冷たい指を握る。少しだけ不安げに、淋しそうに眠る彼女は、以前の彼女と変わらぬように見えた。頬についた血をシシュは指で拭ってやる。

微かに肩が震えているのは、寒いのか血が足りないのか。或いはその両方かもしれない。

彼は顔を顰めて考えこむと、彼女を起こさないようにその隣に上がった。寄り添って横になりながら、細い体を両腕の中に抱き取る。

「……風邪を引きそうだな」

氷塊同然の少女を抱いて寝るのに加えて、生気を吸い取られるというのだ。まず風邪は免れないだろう。ただそれくらいで弱りきった彼女が回復するのなら、自分の体調など別に惜しむようなものでもない。シシュは小さな頭を抱きこんで目を閉じた。

「大丈夫だ」

彼女を一人にはしない。逃げるつもりはない。

神が約を負うというなら、人が返すものは誠実だ。

シシュは柔らかな躰を壊さぬように抱きしめる。

閉ざされた意識は揺らいで回り始め、いつしか彼は、冷たい石室への道を一人降りていた。

5. 泡沫（うたかた）

白い砂利道に、鮮やかな血溜（ちだま）まりができている。

空を染め上げる閃光（せんこう）と爆音に、屋敷を出て様子を見に来たテセド・ザラスは、周囲の部下たちを振り返った。見回りをしていた彼らの中に怪我（けが）をした者でもいるのかと思ったが、男たちはそろって首を横に振る。

——ということは、私有地であるここに誰かが侵入していたのだろうか。

獣の血の可能性も考えながら老人は砂利道の上に屈（かが）みこむ。まだ固まりきっていない血に触れた。

そして、ぎょっとする。

艶めかしく揺らいでいる赤い血液。それは、氷水のような温度を持ち、触れた指先を痺（しび）れさせる、「何か」であったのだ。

※

「——私にとってシシュはね、あの硝子（がらす）の青い鳥と同じだったんだよ」

女の声が聞こえる。頭の中に直接響くその言葉は、けれど彼に語りかけているものではないのだろう。誰に聞かせる気もないぽつぽつとした述懐に思えた。

シシュは、染み入るような哀切の感情に痛ましさを覚える。

「すごく綺麗だった。だから焦がれた。でも手は届かないの。私とは違うものだから」

ゆっくりと滴る囁きには、一つ一つに詰められるだけの思いが詰まっている。

声音こそ平坦であったが、それは内に溜まった思いを言葉として零しているがゆえの平坦だ。

彼女はそうして、我慢を我慢とも思わず毅然と生きてきたのだ。己の役目を十全に果たそうと努力してきた。自嘲に似た気配が伝わってくる。

「あの鳥はトーマがくれたけど、シシュは飾り物じゃないから……」

少しの間が開く。最後の一滴を絞り出すように、涙に似た呟きが落ちた。

「だから――もういいの」

長い溜息。それを聞いて、シシュの体は縛から解かれる。ようやく息を吸いこんだ。

自分がどこに立っているかは判然としない。

はっきりとした視界もないのだ。だがシシュはそこを「石室だ」と思った。

ゆらゆらと定まらない世界の中、彼は周囲を見回す。

離れたところに、一際明るい光が感じられた。

「サァリーディ」

その名を呼ぶ。光に向かって手を伸ばす。

彼女の姿は見えない。声が届いているのかどうかも。

ただ静かに輝く光へと、シシュは少しずつ近づいていく。

畏れはない。

身を溶かす白光の中へ彼は足を踏み入れた。彼女の名を呼ぶ。

「サァリーディ、そこにいるのか？」

呼んで、また手を伸ばす。一歩近づく。

その直後、彼の体は何の前触れもなく、遥か後方に引きずられた。


「──お前、何してる⁉」

鼓膜を破りかねないほどの怒声に、シシュは遅れて現実へと引き戻された。

彼は床の上に投げられた自分の体を見て、ついで自分の襟首を摑んでいる友人を見上げる。おかしな起こされ方をしたためか頭がすぐには回らない。彼は寝台に視線を移し、そこで眠っている少女に気づいた。血塗れではあるが半裸の彼女を見て、ようやく自分が何を言われているのか理解する。

「待て、違う、誤解だ……」

この状況で妹を溺愛する兄に見咎められては、問答無用に斬り捨てられる可能性さえある。

シシュははっきりしない意識で弁明を試みた。

「いや本当に何もしてない……」

疚しいところが皆無かと問い詰められたら自分でも怪しく思うが、問題になるような一線は少なくとも越えていない。そんな弁解の仕方でいいのか分からないが、弁解しようとしたところでシシュはまた、上から叱りつけられた。

「そういうことを言ってるんじゃない！　死ぬ気か、この馬鹿！」

「……え？」

「これ以上生気吸われたら昏睡するぞ！　いいから安静にして体温戻せ、俺が代わる！」

床に座ったままのシシュの肩に、後ろから女の手が触れる。膝をついたイーシアのその手は、シシュにとって熱湯のように温度差のあるものに感じられた。自身の体が異常に冷えていることをそれで自覚した青年は、眠ったままの少女に視線を戻す。

先ほどよりは顔色がよくなっているだろうか。だが目覚める気配のないサァリを、トーマは寝台に上がって座りこむと膝の上に抱きこんだ。細い体を掛布でくるんで目を閉じる。

「ともかく、話は後で聞くし、こっちから話したいこともある。今は主の間に行って寝てろ。イーシアに薬湯を淹れてもらえ」

「……悪い」

危ないから触れるなと言われたのに、自分から生気を分けておいて昏睡してはサァリに合わせる顔がない。シシュはイーシアの手を借りて立ち上がると、眩暈のする額を押さえた。ぐらりと傾ぎかけた視界に、窓の桟に吊された青い小鳥が入る。

「あれは――」

夢の中で聞いた言葉をシシュは思い出す。トーマが贈ったというそれをシシュは近くで見たいと思ったが、既に目を閉じている兄妹の邪魔はできない。彼はそのままイーシアに促され、離れを後にした。ずいぶん久しぶりにも思える主の間に通される。

イーシアは鉄の急須で薬湯を用意しながら、奥の襖を指さした。

「寝所の用意はできております。着替えも用意いたしましたから、どうぞお使い下さい。自警団には連絡を入れておきました」

「ああ……すまない」

どうにも頭がぼんやりして仕方がない。気を抜けば倒れてしまいそうだ。

座卓に両肘をついて額を支えたシシュに、イーシアは微苦笑して薬湯の入った湯飲みを差し出す。

「お祭ししますわ。かなり体力を持って行かれたのでしょう」

言われてシシュは、普段サァリが体調を崩した際に、同衾を買って出ているのがイーシアだと思い出した。線の細い彼女を感心の目で眺める。

「あれはきついものだな。サァリーディの助けになればと思ったが」

「深手を負ったせいでございましょう。主を庇って下さってありがとうございます」

頭を下げる女は、いつも通り柔らかい物腰だったが、シシュは言葉にしがたい気まずさを覚えて仕方ない。元を辿ればサァリが隣国へ赴いたのも、そこでディスティーラと衝突したのも、王都の揉め事やシシュ自身が原因なのだ。むしろ「彼女を危険な目に遭わせてすまない」と謝りたいくらいだ。

シシュが苦い薬湯を飲み干すと、イーシアは腰を上げる。

「少し花の間を見て参ります。申し訳ありませんが……」

「いや、手を煩わせて悪かった」

この時間にサァリもイーシアもいないのでは、さぞかし女たちは困っているだろう。むしろ自由を味わっているのかもしれないが、それはそれで客が困りそうだ。

イーシアは襖の前で両手をそろえると丁寧な礼をする。貴族の血を引く女は、顔を上げると多くを含んだ目でシシュを見つめた。

「シシュ様、後でトーマが色々申し上げるかもしれません」

「……覚悟はしている」

「ですからその前に一つだけ。――トーマは何故、わたくしを身請けしないのだと思いますか？」

「トーマが？」

何の関係がある話なのだろう。シシュは怪訝に思ったが、イーシアは意味のない悪戯をしかけてくる人間ではない。彼は少し考えて、理由と思えるものを口にした。

「失礼だが、家の反対にあっている、とかか？」

ラディ家は王都でも名家の一つなのだ。いくら月白がアイリーデの正統とは言え、娼妓を妻にすることに反対されているのかもしれない。しかしそれを聞いたイーシアは苦笑してかぶりを振った。

「ラディ家も神供三家の一つです。月白の娼妓を厭うことはいたしません。ただ単に、この館で一度娼妓を身請けした客は、もう客室には通されなくなるのです。それが理由です」

「客室に通されなくなる？」

そんな話は初耳だ。だが確かにそれならばトーマが彼女を連れ帰らないのも分かる。客室に通されなくなっては、妹の様子を見るのに不都合になるからだ。加えて姉代わりのイーシアがいなくなれば、ますますサァリが心配になってしまうだろう。

そう納得したシシュに、イーシアはさらりと付け足す。

「あなた様も今、同じ問題に突き当たっていらっしゃるのですわ」

「俺が？」

身請けの問題などまったく心当たりがない。それとも何か神供で関係する話があっただろうか。思わずシシュが思案顔になると、イーシアは美しい笑顔を見せた。

娼妓として整えられた貌。だがそこに潜むものは、彼女たちなりの深い情だ。長い睫毛が透明な憂いを含んで伏せられる。

「ええ。ですからどうかお気をつけくださいませ。アイリーデの人間は皆……業が深いのです」

それは、サァリもまた負うものなのだろうか。

一人になったシシュは、寝所に向かうと抗えぬ疲労に倒れこみながら考える。

落ちていく夢は、もはや石室には繋がっていない。

彼はそれを少し残念に思って、涙を零す少女の横顔を思い出した。


――そのまま、どれくらいの時間眠っていたかは分からない。

目覚めた時既に外は明るく、シシュはだるさの残る体を引きずって部屋の風呂を借りた。使い終わった風呂を洗い、用意されていた着物に着替えたところで、見計らったようにトーマが訪ねてくる。

妹に生気を明け渡したせいで疲労を漂わせている男は、座卓を挟んでシシュと向かい合うと、手ずから濃い茶を注いだ。それをぞんざいにシシュへと押し出す。

「まずな、何があったかはサァリから聞いた」

「巫は目を覚ましたのか⁉」

「起きた。今はもう寝てるけどな。色々説教はしといた。うちの母親のことも巻きこんで済まない」

「それは……」

やはりディスティーラは、彼らの母であるらしい。言葉に詰まるシシュに、トーマはだが気にした様子もなく続けた。

「あれについてはこっちでなんとかする。本当は両親の問題なんだが、あの二人は役に立たないからな。俺とサァリで対処するしかない。ま、少なくともこれ以上、お前に迷惑はかけないから大丈夫だ」

「俺は別に平気だが……。それよりテセド・ザラスのことで巫に迷惑をかけてる」

「それに関しては手を引かせる。悪いがこっちの調べた情報は全部渡すから、王都で対処してくれ」

「分かった」

元より、アイリーデの巫をそのような問題に関わらせる気はない。シシュが二つ返事で頷くと、トーマは「後で文書に起こす」と片付けた。とんとん進んでいく話に安心して、シシュは下手な淹れ方のお茶を啜る。飲むといい茶葉であることが分かるだけに、雑な扱いに軽く腹が立った。

「どうして酒蔵の息子が、こんなに茶の味に鈍感なんだ……」

「味は分かるが淹れ方が分からん。文句があるなら酒を飲め」

「酒を飲むと疲れる」

「損な体質だな。お前って本当色々損してるよな」

「放っとけ……別に損と思ってない……」

むしろトーマとサァリの兄妹さえ手加減してくれたなら、多少疲労感も緩和する気がする。

しかし当の男は平然と自分の分の茶を飲み干しただけだ。そして雑談の続きのように口を開く。

「で、だ。シシュ」

「今度は何だ」

「その女のことな。お前はそいつ身請けしてもう王都に帰れ。今まで迷惑かけて悪かった」

ことり、と音を立てて空になった湯飲みが置かれる。

シシュはそれを見ながら、何を言われたのかすぐには理解できなかった。

その女とは誰か、どうして身請けの話が出てくるのかを考えようとする。

だが、寝耳に水のせいか思考は回らず、思い出せたのはただ「アイリーデの人間は業が深い」という言葉だけだ。訝しさが表情に出たらしく、トーマが呆れ顔で補足してくる。

「お前、最近ここで女買ってただろ。旧知だっていう女。そいつのことだ」

「………忘れてた」

「お前って本当時々最低だな」

「ぐ……」

何と言われても、忘れていたのは事実なのだ。昨晩から色々なことが重なってすっかりミフィルのことまで気が回らなかった。シシュは頭を抱えかけて、だが一応弁明を試みる。

「別に買ってたわけじゃないんだが」

「事情は聞いたけどな、女が選んで一緒に客室に入ってりゃ、そりゃ買ってるのと同じだろ」

「……そうかもな」

今までサァリの厚意に甘える形になっていたが、はたから見たらそうでしかない。

シシュはがっくりとうなだれた。理解すると同時に様々なものがのしかかってくる。

「しかし、身請けすると月白に出入りできなくなるんだろう？」

「お、お前それ知ってたのか。知ってたのか！　どうしたんだ、お前！」

「俺が知ってるとそこまで驚くのか……。さっき教えてもらった」

「イーシアか。あいつ、今教えるならもっと早く止めろっての」

がりがりと頭を掻く男は、自分が関わらないでいた一連の出来事を忌々しく思っているようにも見える。そこでシシュはようやく、言われた言葉について意識を戻した。

「――王都に戻れと、言ったか」

それが今までのように一時的な帰郷を意味しているのではないことはシシュにも分かる。トーマは月白から、アイリーデの全てから彼に手を引けと言っているのだ。

聞き返された男は苦笑する。

「あのな、意地悪とかで言ってるわけじゃないんだ。その女のことも、鈍いお前に問題はあったが、何も言わないサァリが悪い。月白の流儀を教えないで部屋札を渡したんだからな」

「月白の流儀？」

ひょっとして身請けについての話を知らなかったように、いつのまにか問題を起こしていたのだろうか。シシュが眉を寄せて悩んでいると、トーマが座卓を指で叩いた。

「そう。月白ってのは基本、客に女を変えさせないんだよ。常連ってのは広間に入り浸って客室に入らないか、同じ女を買い続けてるかのどっちかだ」

「それは、まさか……」

問題の一つは「彼がミフィルの客である扱いになっていた」ということ。そしてもう一つは「巫が神供を迎えるのも娼妓として」ということだ。知らぬうちに自分がどういう立ち位置にいたか、ようやく認識したシシュに、トーマは呆れと哀れみの混ざった眼差しを向ける。

「ま、つまりお前はもう神供になる資格がないってことだ。現に最近、主の間に通されなかっただろ？人生何が起こるか分からないよな」

「…………」

「だからサァリが悪いんだ。あいつ、新参に不文律教えないのは酷いとか言っといて、いざ自分の領域になったら教えないんだからな。つまらん意地を張るから結局自分に返ってくる」

「いや……俺が悪い」

彼女の様子がおかしいと思うことはあったのだ。

月白にミフィルが来た時から、或いはその以前からも。

だが結局、突っこんで問い詰めることはしなかった。自分は、鬱陶しいほど細やかに世話を焼く兄とも、彼女に大人になるよう急いた幼馴染みとも違う、彼女自身が選びたいようにする余地を保ってやりたいと思っていたのだ。

しかし結果としてそれは、彼女への無関心と同義になっていたのだろう。

ミフィルのことも、その性格を知っているからこそサァリに迷惑をかけないよう制止していたつもりだが、逆に思いきり迷惑をかけていた。事情を知って自身の行動を客観視した青年は、座卓に額を打ち付ける。

「……悪かった」

「凹みすぎだろ、お前。サァリが悪いって言ってるだろうに」

「…………」

何と言われても返す言葉がない。最近アイリーデに慣れてきたという密かな安堵が、迂闊な行動に繋がったのかもしれない。とりあえずサァリに謝罪しようと心に決めた青年は、だが「続きを聞け」と言われて顔を上げた。見るとトーマは珍しく真面目な顔で彼を見ている。

「いいか？　お前は確かに鈍感だけどな、問題はサァリの方なんだよ」

「意地を張ることなど誰にだってあるだろう……。ましてやサァリーディはこの館の主だ」

「すぐ庇うなこら。じゃなくて、あいつ自身がもうおかしいんだ」

男の端整な顔が苦渋に歪む。それは、言うことを躊躇っているようにも、起きてしまったことを後悔しているようにも見えた。自然と緊張を抱くシシュに、少女の兄である男は重い息をつく。

聞かされた言葉は、シシュが予想もしなかったものだった。

「サァリはな、思考からして完全に人じゃなくなってる。お前の知ってるあいつはもういないんだ」

人ではないと、聞いた時にまず思ったのは「何を今更」というものだった。

彼女が人間ではないことくらい分かっている。だがそう言い返そうとしたシシュは、彼女の体の異様な冷たさを思い出した。それを問い質した時、サァリの様子がおかしかったことも。

思わずシシュが押し黙ると、トーマは立ち上がり、お茶のお代わりを淹れ始めた。

「お前も心当たりあるだろ？　ってか抱いて寝たんだから気づくよな」

「あれは……力を使いすぎてああなってるんじゃないのか？」

「違う違う。今はあっちが平熱だ。熱ないけどな。変な意地を張り通したのも、その変質が影響してるかもしれない。人への執着が異常に薄くなってる」

――思考からして人ではない、とはどういうことなのだろうか。

シシュは冷め切った湯が茶葉に注がれていくのをぼんやりと眺める。

「ディスティーラは、そういう感じに見えなかったが」

「あ、馬鹿。名前呼ぶな。ってか、あれは交合前に切り離されちまった神性だからな。どうしても幼いんだよ。サァリとは逆だ」

「逆というと」

「サァリは交合を経ずに一人で神性を合一させたみたいだな。まさかそれであんなになるとは思わなかったが」

「ああ……確かに最近、普段の性格に近い状態で神性の方が強く出てることが多かったな」

「お前、気づいてたのか！　気づいててなんで止めなかった！」

「なんでと言われても。あれもサァリーディだろう。止めるのはおかしくないか？」

「そう、なんだが。確かにそうなんだが……お前……」

がっくりとうなだれるトーマを見て、シシュは若干の申し訳なさを覚えたが、その反応を見てもやはり止めるのは違うと思う。神としての本性が強く出ていても、彼女自身であることには変わりがないし、問題視するようなことでもない。

「お前のそれは神供としちゃ理想的なんだが、問題はまだ神供じゃなかったという点だな……なんで神供じゃなかったんだお前……」

恨み言のように言われても、サァリにちゃんと選ばれてもいないのに勝手に神供になっていたら、そちらの方が大問題だと思う。ただそれを言うと彼女に責任を押しつけているようになってしまうので、シシュは「すまない」と謝っておいた。トーマはがりがりと頭を掻く。

「悪い、八つ当たりだな……。これはサァリ自身の問題だ。どうもあの兄神のことがあってから神性の統御を急ぎ過ぎてたみたいだからな。術の訓練や力の拡張なんかをかなりやってたらしい」

そうして力を拡張させるにつれて、おそらく彼女の意識自体も引きずられて、少しずつ変質していった。人への執着や子供らしい率直さが薄らいだ彼女は、緩やかに異種の孤独に慣れていったのだ。

「で、孤独を当然とのみこめば、より人から遠くなるわけだ。いい悪循環だな。お前のことに関しても最初は変な意地で遠ざけたんだろうが、お前がそれに乗ったら疎外感で余計人から遠ざかった。昔っからあいつ、そうやって意固地になることがあったんだが、ここまで突き抜けちまうとな。まだ普通に駄々(だだ)をこねられた方が、始末がよかった」

舌打ちしながらトーマは、新しい茶をシシュの湯飲みに注ぐ。お湯がぬる過ぎるのに加えて浸出もまったくされていない、ほぼお茶風味の水だ。シシュは黙ってそれを飲む。

「巫が変わったというのは、それほど前と違うのか」

「違う。大雑把(おおざっぱ)に言っちまうと無関心の塊だ。情動が薄くて冷えきってる。今までは散々お前を煽(あお)ったけど、さすがにあれの面倒を見てくれとは言えん」

「だが、昨日はそこまでじゃなかった」

「そりゃ頭は普通に働くからな。今まで通り振る舞うこともできる。でも、感情がついてこないんじゃ駄目だろ。俺も一応お前の友人のつもりだからな。氷人形を押しつける気はないさ」

「氷人形……」

男のその言い方に、シシュは少なくない衝撃を受ける。トーマも好きで突き放したことを言っているのではないだろう。つまりそれだけ、今の彼女が人から遠いということだ。

お茶の香りだけがかろうじて分かる水を、シシュはじっと見つめる。

「だから王都に帰れと？」

「戻る見込みもないからな。古き国の王に呼ばれた最初の神は、人と交わって人の温度を得た。いわば人に半分歩み寄ったってことだ。けどサァリはその逆を行ってる。これ以上無闇に関わると、国に障るぞ」

沈黙が落ちる。

昼の光が差しこむ主の間は、シシュの記憶にあるよりも乾いて遠く見えた。

常に埃(ほこり)の一つもなく磨かれている床の間を、彼は振り返る。陶磁の花器は空っぽで、今はもう使われていない部屋のようだ。

シシュは夢の中で聞いた言葉を思い出すと、黙って湯飲みの水を飲み干した。顔を上げ、向かいの男を見据える。

「……サァリーディから話を聞きたい」

「やめとけ。というか放っとけ。あいつに関してはもうアイリーデの問題だ。それに、ちょうど余計な神が他にもうろうろしてるしな。サァリの判断は正しいっちゃ正しい」

「だが一対一であれだけの深手を負ったんだ。巫一人を矢面に立たせるわけにはいかないだろう」

「それでも、敵が増えるよりはましだ。王都の問題は王都で、アイリーデはアイリーデで対処した方がいい」

空になった湯飲みに、トーマはついに水差しから直接水を注ぐ。

「いいから戻れ。王へは神供三家からちゃんと送還の事情を書簡で説明しとく。どっちみち残っても神供になれないって分かれば、王も聞き入れるだろ」

――結局は、そこに戻ってくるのだ。

アイリーデにいても、彼は何者にもなれない。むしろ王都の諸々を持ちこんで事態を悪化させるだけだ。そうしてミフィルと月白で揉めてしまったように。

トーマはシシュの返事を待たず立ち上がる。

「とにかく、その女の身請け金を下女に計算させるからちょっと待ってろ。新入りだからそう高くはないだろうが、迷惑料として俺が半分出してやる」

「待て。どんどん話を進めるな」

聞かずに部屋を出て行った男を、シシュはあわてて追う。日の高い時間、他の娼妓たちは眠っているのだろう。静まりかえった月白の廊下を、二人は玄関に向かって足早に歩いて行った。

トーマは自分を留めようとする青年を軽く手で払う。

「どんどん進めるな、って言ったって、お前たちに任せとくと全然進まない上にこじれたりするだろ」

「こじれないよう巫と話し合ってくる」

「やめとけっつの。俺と同じことを言われるだけだ。あいつにとってお前はもう他の女の客なんだよ」

「部屋に入るか入らないかが違いか？」

「というか、金払ってるか払ってないか。じゃないとお前、さんざん主の間に入り浸ってただろ」

「主の間に……」

この街に来たばかりの彼に手を差し伸べた時から、サァリは娼妓を苦手とする彼のために、自分の客室を解放してもてなしてきたのだ。いつ来ても当然のように部屋に招いてお茶や膳を出してくれる彼女に、シシュは何度か食事代を払うと言ったが、彼女はそれを固辞した。対価を払うことの本当の意味を、主である彼女は知っていたからだ。

――つまりそれは。

シシュは階段を下りていく友人の背を眺める。上がり口にいた下女が突然現れた男に目を丸くしたが、トーマは気にせず少女を手招いた。

「悪い。ちょっと計算頼む。主の許可は得てるから」

「あ、はい。何を計算しましょう」

「――今までの分の対価を」

「は?」

割りこませた声にトーマが振り返る。驚いたようなその顔を、シシュはだがあえて無視した。階段の上に立ったまま、月白の三和土(たたき)を見下ろす。

「サァリーディが、いつ俺を主の間に上げたか記録があるだろう」

主がまた娼妓というなら、月白の流儀に従わなければいけないのは彼女もだ。

だからシシュは当然のように続ける。途切れかけた糸を繋ぐ。

「主の花代を計算してくれ。遅くなったが、全て払わせてもらう」

6. 感傷

呼ばれた気がした。

自分に近い、だが遠いもの。そんな何かに呼ばれた。

冷えきった寝台の中で、サァリはゆっくりと頭をもたげる。

血に汚れた敷布は一度起きた時に捨て、今はまっさらな白い布の上だ。浴衣(ゆかた)を背に羽織っただけの彼女は、傷一つない己の躰(からだ)を見下ろす。

「……誰?」

辺りを見回すが、部屋には誰もいない。サァリは寝台に頬杖(ほおづえ)をついてしばらく顎を支えていたが、やがて溜息(ためいき)をつくと着替えるために立ち上がった。

※

新参のミフィルの花代でさえかなりの高額だったのだから、サァリの花代となれば家一軒分くらいは飛ぶかもしれない。

しかしそれでもシシュに、払わないという選択肢はなかった。アイリーデに残るには、この街の流儀で筋を通さなければ交渉地点にさえ立てない。

そのための要求に、だがトーマは虚をつかれた顔から一転、シシュを叱りつけてくる。

「阿呆か！　そんな筋通らないことができるか！」

「できるだろう。客室に上がっていたことは事実だ。ミフィル・ディエの件と何が違う？」

「だから娼妓の本名呼ぶなっていうか、そんなのが通ったらお前、女を変えたって不文律破りでどっちみち出入り禁止だ」

　——おそらく月白で、二人の娼妓を買ったという客の前例はないのだろう。居合わせた下女が呆然としていることからもそれは明らかだ。

　だがシシュは、無理を承知した上で微塵も退く気がなかった。きっぱりと言い放つ。

「どちらも主が許したことだ。一方が通って一方が通らないはずがない」

　シシュを主の間に通したのも、ミフィルに部屋札を手渡したのも、サァリ自身のしたことだ。そして彼女は最初から己の館の不文律を知っていた。出入りが許されないほどの禁忌なら、彼女自身がその時点で留めたはずだ。

　階段を下りながらそう主張したシシュに対し、トーマは珍しく顔を引きつらせる。

「そりゃお前からは金取ってなかったからだろうが。屁理屈こねるな」

「屁理屈をこねているつもりはない。俺は、主の間で支払いをするに充分なもてなしを受けている。当然の対価だ」

「あいつが要らないっていっただろ。特例だ。特例」

「サァリーディが特例だというなら、他の娼妓と彼女を同列に扱う必要もないだろう。巫である彼女が普通の娼妓と同じ制限を受けるのはおかしい。——逆にもし特例でないなら、花代を払うのは当然だ。違うか？」

「お前……」

トーマは詭弁を罵りたそうに顔を歪めたが、それ以上は何も言わない。正確には言えないのだろう。つきつめれば、サァリの兄とは言え彼は月白の人間ではないのだ。ややこしい問題の是非を決められる権限はない。――館主である彼女本人を連れてこなければ。

そしてそれこそが、シシュの狙いだ。

張り詰めた沈黙が月白の玄関に広がる。下女はどうすればいいのか分からないらしく、うろたえて二人の男を見やった。トーマが大きな溜息をつく。

「あーもー、計算してやれ。計算だけな。で、新参の女の身請け金も一緒に計算してこい。サァリの花代の数分の一だろうけどな」

「は、はい！」

投げやりにも聞こえる男の指示は、だがシシュに折れてのものではなく、単に下女を立ち去らせるためのものであったらしい。二人だけになると、トーマはシシュに向き直った。普段の韜晦が完全に消え、冷えて静かな目が青年に注がれる。

「あのな……お前はサァリに甘いが、そういうのはもうやめろ」

冗談でも揶揄でもない言葉は、ある種の重みをもって正統の館に響いた。艶のある木の廊下に、二人の男はまったく異なる影を引いて立つ。神の血を引き、神供を継ぐ家の次期当主として育った男は、剝き出しの厳格さをもってシシュに告げた。

「サァリはな、月白の主なんだ。黙ってても欲しがりゃ誰かがくれると思ってるような、そんな浅ましい女にあいつをするんじゃない。俺も祖母も、あいつがそうならないよう厳しく躾てきた」

「……普通の娘よりも我慢を強いてきて、周囲がそれに報いることも許さないというのか？」

「欲しけりゃ口に出して言えばいい。それができないで甘ったれてるのは、ただのガキと同じだ」

軽い軽蔑さえ漂わせて、男は断言する。

それが、トーマ・ラディの引いた一線なのだろう。月白の主であるならば、堂々と胸を張るべきだと言っている。誰に恥じ入ることなく、美しく傲然とした支配者であれ、と。

――だが、それはアイリーデの人間の意見だ。

硝子(がらす)の鳥が欲しいと、幼い少女が素直になれなかったことが、一体どれほどの恥だというのか。

シシュは友人に反論しようとして――けれど人の気配を感じ振り返った。花の間へと続く廊下、黒い柱の影に一人の女が立っている。

彼女はシシュと目が合うなりうつむいた。トーマが青年につられて廊下を振り返る。

「あ、お前が噂(うわさ)の娼妓か。ちょうどいいから荷物纏(まと)めてこい。身請けさせてやる」

「え……あの……」

青ざめて強(こわ)ばった顔からして、もっと前から話を聞かれていたのかもしれない。白い割烹着(かっぽうぎ)姿なのは掃除でもしていたのだろう。ミフィルは足下に視線をさまよわせると、救いを求めるように再びシシュを見た。その視線に、彼は数年前のことを振り返る。

――彼女に何を求められているのか、分からなかったのは事実だ。

視線さえもない。彼女は肝心な時、いつも顔を覆って泣いていたのだから。「結婚しなければならなくなった」と、言われた時でさえ彼女の望むことが分からなかった。

だから終わったのだろう。つまりは、それだけの話だ。

化生斬り(けしょうぎり)の青年は感傷を退けると、過去の温情を忠告として返す。

「……貴女(あなた)は、娼妓に向いていない。俺はアイリーデに来て長いわけではないが、それでも貴女がこの街に合わないとは分かる。この街の娼妓は、神への返礼として存在する自分たちを誇りに思っているからだ」

もちろん、アイリーデにいる全ての娼妓がそうであるわけではないだろう。同じ面をつけた彼女たちの中身は、普通の人間がそうであるように多様だ。

だがこの街の根源が神への返礼であることには変わらない。だからアイリーデの住民たちは自ら望んでここに在る。その理念を守るために女は自身の子を犠牲にしなければならないことさえあるのだ。

だからミフィルは、この街に——正統月白にいるべきではない。

「ミフィル・ディエ。貴女が見ているのは神でも客でもない。自身の不幸だ。そしてそうである限り、貴女はアイリーデの娼妓にはなれない。王都から来た人間のままだ」

どちらが正しいとも、良いとも言えない。

ただ違うのだ。

サァリはそのことを見抜いていた。シシュも自分で分かっている。

ミフィルも……おそらくは気づいているだろう。

青ざめて頼りなげな女を、彼は感傷を捨てた目で見つめる。

「もし王都に帰る気があるなら手は貸す。ただ、俺は身請けはしない。王都にも帰らない」

「キ、キリス様……」

「俺はアイリーデの人間ではないが、自分の意志でここにいる。それを曲げてまで貴女を助けることはしない」

何のために、と聞かれたら「サァリーディのため」と答えるだろう。

アイリーデの人間が神のために生きているように、彼も彼女のためにこの街にいる。

彼女が孤独に泣かずとも済むように。

そのような感情をなんというのか、彼は知らない。


固まってしまったミフィルを見て、トーマは苦い顔になった。腕組みをしてシシュをねめつける。

「お前、そういうのは初回に言え、初回に。変な期待を持たすからややこしくなるんだよ」

「遠回しに言ったつもりだったんだ」

「お前の遠回しって、ずれてるか本当に遠すぎるかのどっちかだからな。それで伝わるはずないだろ」

シシュの頭を軽く小突いたトーマは、何かに気づいてふっと顔を上げた。遅れてシシュも振り返る。

離れから続く渡り廊下の出口、玄関へと続く通路を一人の女が下女を連れて歩いてくる。

白い浴衣をしどけなく羽織り、帯を締めただけのサァリは、おかしな空気を漂わせる三人を見て首を捻った。

「どうしたの？　皆で朝の掃除？」

「違う。サァリ、精算の話は聞いたか？」

「聞いたけど。よく意味が分からなかった」

そう言ってじっとシシュを見てくる青い目は透き通る硝子球のようだ。そこには何もなく見通すべきものも存在しない。造作は同じながら人形のように変わってしまった表情に、青年は内心緊張する。

トーマが妹の疑問に答えた。

「こいつに新人を身請けさせようとしたら、それは嫌なんだと。代わりに何故かお前の花代払うって言ってる」

「え。それ、月白はすごく儲かるけど、シシュは破産しちゃわない？」

「……どうせ他に使い道もない」

金額の膨大さをさらりと告げてくる言葉に、嫌な予感を覚えないわけではなかったが、使うあてのない財産よりも、今は彼女との繫がりを切らないことの方が肝心だ。

人ならざる女は蒼白な顔色のミフィルに視線を転じる。

「でもなぁ。シシュは彼女のお客さんだし。私が花代もらっちゃったら二重取りになっちゃう」

「サァリーディは、それが月白では禁忌なのだと説明しなかっただろう」

「しなかった。ごめんなさい」

「説明不足での契約は無効だというのが、王都では普通なんだが。譲ってくれないか？」

サァリは感情のない青い双眸を彼に向けたまま、小首を傾いだ。

何を考えているのか、その表情からは分からない。まるで無限の虚のようだ。

月白の主は三人の顔を順に見回す。

「譲って、何か変わる？　私は彼女を身請けする方をお勧めするけど」

澄んで細い声は、不思議なほどに余分なものが何もなかった。

執着のない氷人形――そんな単語を瞬間連想し、シシュは自分を叱りつけたくなる。

サァリは震えているミフィルを見やった。

「フィーは王都に戻れるならその方がいいよね？　この街はやっぱり貴女の思っていたのとは違うから。それとも、もうちょっと不幸を味わってたい？」

「ぬ、主様……」

「別にいいよ。余所から来た人は、みんな最初そうだから。ずっといれば染まってくるけど」

どうでもいいことのように放り投げられた言葉は、ミフィルをぞっと強ばらせた。

サァリは下ろしたままの銀髪を無造作にかき上げる。その白い首筋から開かれた胸元までは傷一つ見えない。シシュはそのことに気づいて、安堵と若干の落ち着かなさを味わった。

彼女は三人に手を振って踵を返す。

「なんでもいいよ。決まったら教えて。ある程度は融通利かせるから」

「――なら、こういうのはどうですか」

新たな声は、玄関の戸が開くと同時にその場にもたらされた。

覚えのある声音にシシュは振り返る。隣にいたトーマが思いきり渋面になった。

足を止めたサァリが珍しい来訪者を見て、目を丸くする。

「何？　言ってみて」

「そこの気の利かない化生斬りがミフィル・ディエに対し持っていた権利を、私に書き換えてください。そして私が彼女を身請けして、王都に送り届けましょう」

彼はそう言うと一同を見渡す。

痩身に似合う洋装と棘のある皮肉げな表情。

王都貴族の青年、ヴァス・エルト・ウェリローシアは、思い出したように左目だけを顰めた。

店を開けていないにもかかわらず突然入ってきた青年の顔を知らないのは、この場ではミフィルと下女だけだ。残る三人はそれぞれの表情で、奇妙な提案をしてきたヴァスを見やる。

ほぼ無表情のサァリが彼に向き直った。

「それ、思いっきり掟破りだと思うんだけど」

「全員の了承があれば可能なことでしょう。長い歴史を持つ月白で、不文律が破られた記録がないというのは単に、記録自体が糊塗されているだけのことと思いますがね。これだけ癖のある妓館で問題が起きていないなどということはさすがにないでしょう」

「それはそうだろうけど」

サァリがあっさり肯定したことにシシュは驚く。生来の性格からして生真面目な彼は、不文律とはもっと確固として動かしがたいものかと思っていたのだ。

もっとも横目でトーマを窺うと、彼はこれ以上ないくらいの険しい顔でヴァスを睨んでいた。三者三様の血族たちは、人目がなかったらもっと派手に衝突したのかもしれない。

サァリは眠気が残る眼でシシュを見やった。

「あの人はああ言ってるけど、シシュは？」

「……それが可能であるなら、お願いしたい。もちろん、彼女の了承が得られるなら、だが」

「キリス様……」

押し殺した声が、彼の名を呼ぶ。慣れ親しんでいるはずのそれはだが、本当の名前でありながらどこか実を伴わない違和感をもって彼の耳に響いた。或いはこの街だけでの名を呼ばれることに慣れ過ぎたのかもしれない。いつのまにか訪れていた変化は、月白でミフィルと会っていた理由が判然としなかったように、ぼんやりとした過去の領域にある感傷として彼の中にたゆたっていた。

サァリがミフィルに問う。

「じゃあ、フィーは？　あの人はああ見えて王都の貴族だから、きちんと遇してくれるとは思うけど。ウェリローシアって聞いたことがあります？」

「そ、それはもちろん……！　ですが……」

首を縦に振りながらも彼女が窺わせているものは困惑だ。ありがたい話であるとは理解できても、そこから先へ思考が続かない。事態についていけないらしい女へ、館主は一つ息をつくと口を開いた。

「フィー、言っておくけれど、私はあなたが娼妓に向いてないとは思っていません。館に入った女がはじめ慣れないのは皆一緒ですから。——娼妓が娼妓と成るには笑い方を身につけてからですが、それは一朝一夕にできるものではないのです。最初は己の足下しか見られないのも当然のことでしょう」

青い目が、半歩後ろに控える下女を一瞥した。下働きの少女は恐縮した様子で、だが礼儀正しく一礼する。気だるげな女から冷厳とした館主へと空気を変えたサァリは、目線だけで頷いた。

「王都では、娼婦たちの生きる世界を苦界などと称するようですが……アイリーデは違います。自身の境遇をのみこんでそれに耐え得るというだけでは駄目なのです。この街の聖娼は、人の温かさを、そしてそれに伴う慰めと悦びを生むためのものですから。花が苦しげに萎れていたら、お客様の興は削がれてしまうでしょう？」

だから笑え、と彼女は言う。

笑って咲くのが、娼妓の本分だと。

「フィー、あなたがアイリーデの人間になるというのなら、娼妓であることを、自分を追いこむための道具にしてはなりません。この街の流儀できちんと笑えるようにおなりなさい。それまでにどれだけ時間がかかっても構いませんし——やはり無理だというなら、それでもいいのです」

サァリがヴァスに視線をやると、彼は目礼する。

それに気づかぬミフィルは、今初めて自分の立つ場を知ったかのように、己の爪先を見ていた。何百年もの間、何千人もの女が歩んだ廊下を注視する。

「……わたくしは」

「自分で決めなさい」

鈴を振るような宣告が落ちる。

ずっと無表情であった神は、そこで初めて淡く微笑(ほほえ)んだ。

穏やかな、人の営みを慈しむような微笑。遠くにあって交わらぬそれはシシュの目に、胸をつくほど美しく映る。確かに以前の彼女とは違うのだと、存在を目の当たりにして実感した。

凍りついてしまったミフィルに、ヴァスが乾いた助け船を出す。

「あまり真剣に考えこまない方がいいですよ。この街の人間の考え方は、私たちには理解しがたいものですから。無理しておかしな人間たちの仲間入りをすることもないでしょう」

「ヴァス、ひどい」

「ろくに面識もないんですから、人の名前を呼び捨てないでください」

立場上サァリとは無関係を装うらしい青年は、当主の苦情を一蹴すると続けた。

「勝手ながら、あなたの大叔母上と少しお話しさせて頂きました。今回の件、名目上は借金返済のためということでしたが、どうやら実際のところは昨今の情勢不安をふまえて、あなたをアイリーデに逃がした、という方が正しいようですね。この街ならば国が滅ぼうとも変わらず残り続けるだろうと」

「そ、そんな……わ、わたくしは……」

「あなたはもちろん知らなかったのでしょう。ですが大叔母上はそう言っていましたよ。『アイリーデで生きるのに、一番待遇がいい館の伝手(つて)を探したが、辛いようなら辞めてもいい』と」

それを聞いて、二人の兄妹は顔を見合わせる。兄の方が先に首を捻った。

「待遇がいいって言えばいいんだろうけどな」

「王都の人間からするとおかしな人間の総本山だよね」

「お前が言うな、こら」

小突かれて肩を竦めるサァリは、既に元の気だるげな様相だ。生粋のアイリーデ人とも言える従兄妹たちを無視して、ヴァスはミフィルに頷いて見せる。

「この街でもう少し様子をみたいというなら、住みこみで働ける茶屋を手配します。王都に戻るなら口添えと援助をしましょう。好きな方を選びなさい」

てきぱきと進めようとする青年は、貴族というより有能な事務方だ。

ミフィルはややあって彼を見つめると、呆然と呟いた。

「どうして、そこまでしてくださるのです……？　それともわたくしは、それほどまでに皆様にご迷惑をかけていたのでしょうか……」

「いえ、全然。あなたに問題はありませんよ」

ウェリローシアの青年は、玄関に立つ少女を左目だけで捉える。

「——尻拭いをしてこいと、せっつかれましてね」

サァリはそれを聞いた一瞬だけ、大きく目を瞠った。


ミフィルは「すぐには決められない」と言って部屋に戻っていった。

ヴァスやトーマも各々の仕事があるらしく、シシュに呆れた目や苦言を投げかけて月白を後にする。

残ったサァリは眠そうにしていたが、シシュが話をしたいと言うとあっさり了承した。

がらんとした花の間で、二人はテーブルを挟んで向かい合う。

お茶を淹れる腕に関して、兄とは雲泥の差を持つサァリは、青年の前に音をさせないよう白いカップを置いた。士官学校時代、よく飲んだ茶の香りにシシュは意表を突かれる。

「月白にもこの茶葉があったのか」

「あったんです。王都の人には懐かしいかと思って」

「確かに懐かしいが……」

どことなく気まずい気分だ。今までのことを思うと、彼女の前で昔を窺わせるような言動はしたくなかった。シシュはさりげなく話題を転じる。

「怪我は治ったのか」

「うん。シシュ添い寝してくれてたんだって？　ありがとう。危うく殺しちゃうところだった」

「……いや」

元から時々摑み所がなかったが、感情が薄くなったという今の彼女は、まったくもってどんな反応が返ってくるか分からない。シシュは、少女が珍しく白い手袋を嵌めているのに目を留めた。サァリは視線に気づくと軽く両手を挙げてみせる。

「この手で普通にお茶淹れるとすぐ冷めそうでしょ。誰かに触って気づかれても面倒だし」

そう微笑む少女の唇は、以前と変わらぬ花弁色の紅だ。血の気が薄いようにも、体温が低いようにも見えない。だが触れればそこは水よりも冷たい温度なのだろう。

シシュは湯気の立つカップの表面を見つめる。

「人ではなくなったと、聞いた」

「元から人じゃなかったけどね。化けの皮が剝がれたみたい」

からりと言う少女には、自嘲も後悔も見られない。ただ自然に自身の変化を受け入れているようで、それが余計にシシュに焦燥を抱かせた。青年は無意識にこれまでの記憶を辿りかける。

「ずっとそのままになるのか?」

「どうだろ。少なくとも、私自身どうすれば戻るのか分からないし、戻りたいとも思ってないかな」

「淋(さび)しくないのか」

「今は感じない」

サァリは目を閉じると綺麗(きれい)に笑う。

孤独ではないと言う彼女は、だが行き着く前は確かに孤独を感じていたのだ。我慢を見せない彼女がいつそうであったのか。振り返っても明確に心当たりが出せない自分を、彼は忌々しく思った。

サァリはふっと表情を消すと、広い花の間を眺め渡す。

「トーマにね、さっき目が覚めた時、先視(さきみ)の話をしたの」

「先視？　できるようになったのか」

「ううん。私が見たものじゃないんだけど」

少しだけ沈黙が落ちて、シシュは心当たりに気づく。先視に優れているのは他でもない王の巫だ。ならばサァリが言っているのも、彼女より伝え聞いたことなのではないのか。

少女はカップに触れぬよう、持ち手だけを摘(つ)まむ。

「私ね、その先視を避けたいと思ってたの。だから色々動いてた。でもその話をしたら、トーマに『当たるはずないと思ってたから黙ってたのか?』って言われたんだよね」

「どういうことだ?」

「たかをくくってたから、他の人間に協力を求めなかったのかってこと。私はそんなつもりじゃなかったけど、でも間違ってたのかも。一緒に寝ただけでシシュを殺しかけるんだもん。やっぱり私が原因じゃないかって」

「それに関しては俺が悪かった、というか何の関係があるんだ」

「なんの関係があるんだろ」

お茶を飲む彼女の目は、既に全ての興味を失って見える。サァリは決して温まらない息を宙に吐いた。そこに全てに倦んだような、存在すること自体に疲れているような倦厭が一瞬よぎるのをシシュは見逃さなかった。

真っ直ぐに伸びて交わらない線上で、二人は向かい合う。

「シシュ、どんな話をしたい？」

「巫の話を聞きたい」

彼女に触れて、知っておきたい。何が最善で、何がのみこまなければならないことかを。

神である女は何の感情もない微笑で彼を見上げた。

「じゃあシシュ、私の子供の父親になってくれる？」

「巫がそれを望むなら」


いつかも同じことを聞かれた。

今もあの時と、同じ地点にいるならばよかっただろう。


サァリはころころと笑う。

「なら……望まない。だからきっと生きて、幸せになってね」

手袋に覆われた手が、ほんの一瞬だけシシュの手に重ねられる。

それを最後として彼女は椅子を引くと、振り返らずに花の間を出て行った。

7. 晴天

アイリーデにあるラディ家の酒蔵は、街の南西の一角を占める大きなものだ。

その蔵に付随した屋敷の一室で、シシュは数時間前を再現するようにトーマと向かい合っていた。

座卓の上の湯飲みには、相変わらず適当なお茶が湛えられている。だがシシュはもはやそれには手をつけず、畳の上で頭を抱えていた。トーマが焼いた油揚げを一切れ摘まむ。

「だからやめとけっつっただろうが」

「…………」

「いや別に変な反省しなくていいからな。お前との繋がりを断つってのは、サァリ自身前から決めてたみたいだったよ。あの女とかお前がどう動いたって関係ない。気にすんな」

「……前にも一度同じことを聞かれてるんだ」

その時は、いつもの冗談なのだろうと思って何も答えなかった。既にあの頃、変質は始まっていたのだろうか。後悔を覚えるシシュに、トーマは薄く酒を注いだ盃を差し出す。

「気にすんなって。あのな、サァリはお前のそういうところに惹かれてたんだよ」

「自業自得なところか」

「違う。俺の妹をおかしな趣味にするな」

金平糖を一粒ぶつけられながら、シシュはまだトーマが彼女を「妹」と言っていることに安堵する。

たとえ人から遠く離れようとも、彼らの繋がりは断たれることはない。それが肉親であるということだ。青年はその関係を羨ましく思って盃を手に取る。白い盃の底には青い猫の絵が描かれていた。

「サァリは、お前のまっとうなところが好きだったんだよ。融通がきかない堅物で、肝心な時にはちゃんと相手の意思を確認して尊重するような無粋なところがな」

「無粋……そんなことは当たり前のことだろう」

「それを当たり前って言うあたりが、お前ずれてんだよ」

腹の立つ物言いではあるが、シシュは黙って盃に口をつけた。澄んだ水を思わせる味が体内に染み渡る。トーマはまた金平糖を一つ投げてきた。

「アイリーデの気風と正反対のお前だ。だからサァリはお前に惹かれた。自業自得なのはサァリも同じだ。それでお前が無理して変わっちまったら、あいつの方が後悔するだろうよ」

——すごく綺麗(きれい)だったから焦がれた。

夢で聞いたあの述懐が真実だというなら、シシュはやはり同じ問いに同じ答えを返すしかない。

彼女自身が選ぶなら、大人になったのなら、自分はそれに応える。そうなってもいいと思ったのだ。

共にいるうちに、彼女個人を助けたいと思うようになった。それが、神との婚姻を意味しているのだとしても。

シシュは自分の額にぶつかって跳ね返った金平糖を、拾って座卓の上に戻す。青い金平糖は硝子(がらす)よりも鈍く光を溜めこんでいるように見えた。トーマが自分の酒盃(しゅはい)に酒を継ぎ足す。

「たとえばお前が、小さな泥人形をすごく欲しいと思ったとする」

「どうして俺が泥人形を欲しがるんだ」

「黙って聞け、朴念仁」

ぴしゃりと言われてシシュは盃に口をつけた。トーマは炙(あぶ)った油揚げを皿ごと押しやってくる。

「でな？　その泥人形は触ると崩れちまうんだ。でもお前はそれが欲しい。じゃあどうする？」

「その条件なら、硝子の器でも被せておくしかないだろうな。下に紙でも差しこめれば安全な場所に移動できるんだが」

「………」

「なんだ」

「いや、お前と話してると時々全部ぶん投げたくなるな。これを楽しめてたサァリに感心しているところだ」

「……話の要旨を言え」

なんだが段々脱線している気がする。トーマは可哀相なものを見る目を向けて、続きを口にした。

「要はな、手に入れたいと思うものがあって、壊してでもそれを手に入れたいって思うやつと、それなら触らないでおこうって思うやつの二種類がいるってことだ。お前はどっちかよく分からんが、サァリは後者。――あいつはお前を殺したくないんだよ」


神の力は絶大だ。

抱いて眠るだけで人の命を奪う。望むと望まないとにかかわらず、それはついてくる。

だから彼女は手を離すのだ。脆弱な体を持つ人間を、意図せず壊してしまわないようにと。

青い鳥を見上げる少女は手を伸ばさず、ただ飛び立っていく軌跡を愛しげに目で追うだけだ。

深手を負った彼女に同衾したことだけが理由ではないのだろう。

彼女の兄神もディスティーラも、サァリの傍にいるシシュを狙ってきた。人の身で彼女と共にいるとはつまり、そういう災難がついてまわるということだ。

シシュは空になった盃を座卓に戻す。

「しかし、まさか硝子の鳥と同じ扱いを受けることになるとはな……」

「なんだそりゃ」

「サァリーディに昔買ってやったんだろう？　部屋に飾ってあった青い――」

その時、何の断りもなく襖が開けられた。洋装の青年が入ってくる。片手に何故か酒瓶を持っているヴァスはそれを座卓の真ん中に置くと、二人の間に座した。

「下を通ったら持っていくよう職人に頼まれましたよ」

「お、悪いな。ついでに飲むか」

内輪の味見用らしい瓶を開けると、トーマは三つの盃に分けて振る舞った。

酒盃を受け取ったヴァスは、冷たい視線を従兄に向ける。

「暢気なものですね。今回のこれは一体どういうことですか」

「どうせ調べてるんだろ？　そういうわけだ」

「全然分かりませんよ。エヴェリの様子がおかしかったようですが」

「自力での神性合一に成功した。ついに例の兄神が戻ってきたからな。他にも問題あるのがうろついてるし、ちょうどいい変質だ。さすが俺の妹」

白々と言うトーマは先に水を口に含む。それから酒の味見をするつもりなのだろう。

厚顔極まりない男に、ヴァスは愕然とした顔になった。まだ口をつけていない酒盃を置く。

「どこから苦情を言えばいいのか分からないんですがね」

「苦情を言う必要があるのか？　この状況で力が足りなくて困ることはあっても逆はないだろうが」

「どうしてそういうことになったんですか？」

トーマに聞いても無駄らしいと判断したヴァスが、シシュに水を向ける。二杯目を手にした青年は大きくうなだれた。

「俺のせいだ……」

「だからそいつに聞くな！　無駄に凹(へこ)んで鬱陶しいんだよ！」

「何なんですか……ひょっとして酔ってるんですか？」

「いや……」

さすがに一杯で酔っているとは思いたくないが、頭は充分に痛い。シシュの様子を見かねてか、トーマが面倒くさげに説明をしなおした。一通りを聞き終わるとヴァスは従兄を睨(にら)む。

「何ですか、それは。どうして途中で止めなかったんです」

「気づけなかったんだよ。あいつ表面を装うからな。シシュは気づいてたらしいが、こいつはサァリに甘いからな。何の制止もしない」

新たな酒の味見をする男は、普段通りの真意が分からない表情だ。アイリーデの人間である兄妹は、こういうところがよく似ているのかもしれない。

一方血族でありながら王都の人間であるヴァスは、目を丸くしてシシュを見やる。

「あなたはあれだけ言っておいたのにエヴェリを放っておいたんですか。うちの姫を自分の古女房か何かだと思ってませんか？」

「思ってない……尊んでる……」

「それはよい心がけですね」

ヴァスはあっさり片付けると、従兄に視線を転じる。

「彼が甘いのは事実でしょうが、あなたもあなたでエヴェリに変なところで厳しすぎるんですよ。意地を張っているだけと分かるなら、譲ってやればいいでしょうに」

「そうやって甘やかすとろくな女にならない。第一お前が言うな。蔵開けの時なんかサァリを軟禁して外に出さないくせに」

「たった数日のことで問題が回避できるんですから当然でしょう。でも今回の問題は一生のことじゃないですか」

「だから大袈裟に言うなと。こいつが凹む」

「酔っ払いは凹ましとけばいいんですよ」

黙っているだけでずいぶんな言われ方をして、シシュは大きく息をついた。久しぶりに酒を飲んだせいか、頭も体も重くて仕方がない。――それでも、やるべきことは分かっていた。

無言のままの化生斬りに、ヴァスが水の入った湯飲みを押しやる。

「それで、あなたは王都に帰るんですか？　帰るなら有用な情報の詰め合わせもありますが」

「いや」

帰った方がいいと、彼女は言う。この街から離れ、幸福になって欲しいと。

だがそれは、自分の選ばない道だ。

重ねられた手がどれほど冷たくとも、それが彼女の手であることには変わりがない。

そして彼女自身が、今の自分に納得しているということも事実だ。

「サァリーディがあの状態でいいというなら、別にそれでいいんだ。俺の意見を押しつけるつもりはない。彼女が自由であることの方が大事だ」

――意地を張っているわけではなく本当にそう思っているのだ。彼女が悲しくないならそれでいい。

盃を手に取るシシュに、トーマとヴァスは顔を見合わせる。

「な、こいつ変だろ」

「本気で言っているらしいあたりが変ですね」

「当たり前のことだろうが……」

先ほどから絶え間なく変人扱いされている気がする。これ以上何を言っても真剣に取り合ってもらえない気がして、シシュは黙って酒を飲むことにした。

ウェリローシアの青年は、そんな王弟をじっと眺める。

「……この二人は、どういう関係だったんでしょうね」

「どういう関係かって言えないような関係だったから、こういうことになってるんだろ。普通の色恋だったらもっと傲慢になりふり構わなかっただろうからな」

「そうであった方が分かりやすかった気もしますが。こんなことになる前にどうにかなっていて欲しかったです」

「何もなかったらいい夫婦になったさ」

無責任な血族同士の会話は、放っておくとどこまでも流れていきそうだ。半ば以上聞いていなかったシシュは、会話が途切れたところで顔を上げる。

「とりあえず、巫の敵を増やしておいてこのまま放置はできない。一つずつ片付けていく」

「軽く言うな。テセド・ザラスはともかく、あとは神が二柱だぞ。下手に動くと死ぬ」

「ものはやりようだろう」

畳の上に置いた軍刀をシシュは引き寄せる。いつもなら丁寧に手入れしている刃は、しかし事情があって昨晩からそのままだ。

胡座の上に刀を抱えこんだ青年は、二人のどちらに言うとでもなく宣言する。

「まず、彼女の母親を。……ああ、斬っても支障ないか？」

「構わん。あれをうろうろさせているのは、ラディ家としても問題だからな」

「ウェリローシアも同じく、ですね。少し心当たりがあるので手を貸しましょう」

血族たちの了承を得て、シシュは頷く。

神を斬る——そのような役割を進んで選ぶ自分に眉を寄せて、化生斬りの青年は立ち上がった。

※

ぼんやりと、全てを遠くに見ている気がする。

たとえば目の前に広がる街並みが、精密にできた子供の玩具に思えるように。

自分だけが小さな作り物の世界に迷いこんでいる——そんな歪な感覚に捕らわれてサァリは軽く頭を振った。白日に照らされたアイリーデが揺れて見える。

「大きさは変わらないはずなのにな……なんでだろ」

意識が変容すると、些細なところまで変わって感じられるのだろうか。

それとも日の光に弱くなってしまったのか。サァリは悩みながら人の行き交う大通りを歩いて行った。氷雪と変わらぬ息をそっと零す。たまには外に出なければ、と思い小物の買い出しに来たのだが、やはり下女に任せた方がよかったのかもしれない。

サァリは定まらない視線を賑やかな雑踏に向けた。

その時、ふっと頭上に影が差す。

「——え？」

顔を上げかけた彼女は、だがすぐに両腕で自分の頭を庇った。大きな影は、サァリの頭すれすれを掠めていく。羽ばたきの音が聞こえ、生臭い風を感じた。

「痛……っ！」

屈みこみながら右腕を見ると、かぎ爪に引っかかれたらしく深い裂傷ができている。髪も乱暴に引き抜かれたようで、ずきずきと頭が痛むのをサァリは手で押さえた。上空を旋回する影を見上げる。

「何？　鷹？」

大きな鳥だということは分かるのだが、逆光でよく見えない。

周囲の人間たちもざわつく中、鳥は再びサァリを狙って降下してきた。

打ち落とそうかと指を上げかけた彼女は、周囲の人目に気づいて固まる。迷っている間に、彼女の視界は男の背で遮られた。だらしなく着物を着崩した男は、向かってくる鳥を見ながら刀を抜く。

サァリはそこまでを見て、後ろにいたもう一人を振り返った。巨体の化生斬りはサァリの傷を見て険しい顔になる。

「巫よ、傷を洗わねば」

「すみません。タギも……」

「鳥にまで嫌われるとか、お嬢何やったんだ？」

刀を抜いたままの男が振り返る。鳥は逃げたのだろう。どこにも姿が見えなかった。

サァリは乱れてしまった髪を撫でつけると、改めて鉄刃とタギに頭を下げる。

「何もしていません。ありがとうございます。二人は見回りですか？」

「いや、ちょうど巫の耳にも入れたい話があった。時間を取れるか？」

「大丈夫です」

どうせこの怪我では買い出しを続けるわけにもいかない。サァリは袖の上から傷を押さえると、優美な仕草で踵を返す。

月白に戻った彼女は二人を花の間に待たせ、血を拭い、治した傷の上から包帯を巻いた。その上で着替えて戻ってみると、二人は棋板を広げて勝負に興じている。

「お待たせしてすみません」

「構わない。巫の体に痕でも残ったら大変だ」

「お嬢、前も顔に怪我してたしな。月白から出ない方がいいんじゃねえか？」

「そういう訳にもいきません。で、どのようなお話でしょうか」

サァリが椅子を引いて座ると、鉄刃が重く頷く。

「巫よ、外では戦が始まったそうだ」

「……そうですか」

それは、アイリーデが今までに幾度となく経験してきた契機だ。

国同士の争いが始まり、興亡が起きる。「外」とは他国を意味しているのではない。この街以外の国内を意味している。波打つ世情をどこか遠くから眺めるようなアイリーデの姿勢に、今の自分と似たものを感じてサァリは微笑んだ。

だがそう言って傍観ばかりをしていられるわけではない。鉄刃は駒の一つを太い指先で立てる。

「巫も承知のことだろうが、先だってのように間諜や刺客が入りこんでくるかもしれない。こちらから率先して探すこととしないが、しばらくは注意が必要だろう。匙加減は難しいがよろしく頼む」

「分かりました」

アイリーデには他国からの客も訪れる。外が戦争ともなれば、彼らに絡んで多くの揉め事もまた持ちこまれることになるだろう。だが、たとえ大陸中に嵐が吹き荒れようとも、常と変わらぬ顔をし続けるのがアイリーデという街だ。客に違和感や不安を覚えさせてはならない。だが「この街に逃げこんでいれば無事でいられる」などという風説が広がっても困るのだ。あくまでもアイリーデは一時の安息を得られる場でしかない。この街に居続けられるのは、この街の住人以外はいないのだから。

サァリは、主要な店に伝達される注意を聞き、巫としての打ち合わせをいくつか済ます。

全てが終わると、鉄刃はまだ若い館主をじっと注視してきた。

「巫よ、最近新人とあまり一緒にいないようだが」

「一年いたらもう新人ではない気もしますが、そうですね」

一週間ほど前に花の間で話をしてから、シシュとは一度も会っていない。

化生の出現はサァリが抑えこんでいる時期だ。要請が来ないのも当たり前と言える。

だがそれだけではなく、彼と自分との間に以前のような繋がりがないこともまた事実だった。

平然とした様子の女に、タギは冷笑を向け、鉄刃は心配そうな声音になる。

「まだ若いのだから、お互いすれ違うこともあるだろう。だが一生を連れ添う相手だ。よく話し合った方がいい」

「………」

もうなんだか、勘違いを訂正する方が悪いような気分になってきたのはどうしてなのか。

弁解しようとしたサァリを、タギが鼻で笑う。

「あれだけべったりまとわりついておいて、急に捨てたのは昔の女が癪にさわったか?」

「そんなつもりはありません」

「ま、気の利かない男だったしな。お嬢が切りたくなるのも分かる」

「そういうことでもありません」

「でもお嬢――今この街にいて、楽しいか？」

タギの皮肉げな問いは、サァリにとって死角から突きつけられたものでありながら、以前から予感していたもののようにも思えた。巫である女は青い目を瞠って男を見つめる。タギは何を驚いているのか、とでもいうように両手を広げて見せた。

「どうしてそんな顔になるんだ？　それだけ冷めた目で街を歩いてて何の自覚もないのか？　何にも興味ないって顔してたぜ。少なくとも娼妓の目じゃないな」

「それは……」

――全てが遠くに見える、と思った。まるで造り物を見ているようだと。

王都の人間を見て「街の気風と違う」と思っていたサァリだが、その実、彼女自身が変質のあまりこの街からさえも浮き立っていたのかもしれない。サァリは手袋を嵌めた手で自分の頬を押さえる。

「自覚がありませんでした。ありがとうございます」

「俺に謝る必要はないだろ。嫌ならやめちまえ。辛気くさい」

音を立てて椅子を引くとタギは花の間を出て行く。奔放な化生斬りの言動に、鉄刃は溜息をついた。

「無礼をして済まない。あれはたまに仕事をさせると倍の面倒を生む」

「タギらしいです。彼は間違ったことは言いませんから」

そしていつも、痛いところを突いてくるのだ。

もっとも今のサァリは「痛い」とさえ思えない。彼女は鉄刃の手で積み上げられていく駒を眺める。

丁寧に繊細に重ねられていくそれらは人の営みを思わせ、サァリはじっと男の手元を見つめた。外見に似合わず器用な鉄刃は、小さな駒の塔を作っていく。

「そういえば巫よ、新入りの娼妓は茶屋に移ったそうだな」

「ええ。先日挨拶に行って参りました」

ヴァスの提案を受けたミフィルは、数日前から大通りの茶屋に移っていった。主であるサァリは、彼女の身の回りの道具一式と金子を用意して挨拶に行ったのだが、客が多く賑やかな茶屋の空気は、商家の娘であるミフィルにとって慣れ親しんで居心地の良いものであるらしい。店自体も昼の店とあって妓館(ぎかん)とは空気が違う。ミフィルはこれから住みこみで働いていくことになるそうだが、サァリは彼女の憂いのない笑顔を初めて見た気がした。

記録上では、ミフィルは客を取らぬ見習いのまま月白を辞めたことになっている。シシュが彼女に払った花代は、全て支度金として彼女自身に持たせた。サァリはその旨きちんと説明したが、ミフィルは「頂きます」と頭を下げて受け取っただけである。以前のように断ろうとしなかったということは、彼女にも何かしらの変化が訪れたのかもしれない。

――ただ、時間をかければいい娼妓になれる可能性もあっただろう。

サァリは冷たい息をそっと吐き出した。

「私は、未熟者ですね」

「誰しもが死ぬまでそうだ。巫に限ったことではない」

「主がそれでは、女たちが困りましょう」

それだけでなく化生斬りたちも迷惑を蒙(こうむ)るに違いない。

サァリは微笑んで目を閉じる。昔の自分であればこのような時どんな表情をするのか、どうしても思い出せなかった。

※

手紙を開いてみると、中には簡単な近況と感謝の言葉が書かれていた。

シシュはミフィルから届いた書簡を二度読み返すと、元通り封をする。馬の鞍を確かめていたトーマが前を見たまま問うてきた。

「何て書いてあった？　何も分かってくれなかった、とか恨み言が書かれてたか？」

「書かれてない。普通の近況だ」

とは言え、似たような批難を受けたことがあるのは事実だ。まるで見ていたかのような友人の言葉を、シシュは不可解に思ったが何も言わなかった。

手紙を懐にしまった青年は、自身も馬に歩み寄る。アイリーデの街外れに位置するラディ家の厩舎には、昼時とあって他に誰の姿も見えなかった。シシュは轡に触れて手綱を確かめる。

「……今まで、何度か考えていた」

「何をだ？」

「どうして俺は、彼女を訪ねていたのだろうと」

問われても、明確に返すことはできなかった。ミフィルに手を貸したいと思いながら、それを拒絶されても通う自分の感情がよく分からないでいたのだ。

だが、今は言葉にできる。シシュは、手紙の最後に書かれていたものと同じ文句を口にした。

「――幸せになって欲しいと、思う」

たとえ行く道が分かたれても、その先が安らかであればいいと思う。

彼女が彼女の望むように生きられたらいい。そう願って訪ね続けていたのだ。

サァリも今、同じように思っているのだろうか。

手綱を取る青年にトーマは苦笑する。

「そうだな。お前はそういう奴だな。やり方下手だけどな」

「サァリーディに、俺も同じことを言われたんだ」

「つまり振られたってことだな」

「…………」

これ以上話していても、不利な流れにしかいかない予感がする。シシュが口を噤むと、トーマもそれに合わせてか無言になった。二人は支度を終え騎乗すると、街の外、南の方角へと馬首を向ける。

「んじゃ行くか。そろそろ時間だ」

「ああ」

まもなく用意も調うはずだ。誰かに気づかれる前に動いた方がいいだろう。

街道に沿って馬を走らせながら、シシュは遠ざかるアイリーデを振り返る。

日の光に照らされた神の街は今日も平穏だ。

そしてこの平穏を保つために、これから同じ神を殺しに行くのだ。それはどう建前を繕ったとしてもシシュに罪悪感を呼び起こさずにはいられない。彼は出かかった溜息をのみこむ。

馬に乗って二人が向かった先は、アイリーデから少し南下し、街道からも外れた広い草原だ。

既にそこにはヴァスが待っており、やって来た二人を見て軽く手を上げる。

トーマとシシュは近くの木に馬を繋いでしまうと、ヴァスのいる草原の中央へと踏み入った。腰の左右に二振りの剣を帯び、戦闘を意識してか軽装の青年は、薄白い空を見上げる。

「本当は新月まで待ちたかったんですけどね……」

「そこまで待っちまうと化生が出た時に困る。昼間だってだけで充分だろ。今だってネレイの後釜がアイリーデをうろついてるかもしれないからな。さっさと済ませて戻るに限る」

「さっさと済ませられればいいんですが」

不吉な発言をするヴァスは、ふとシシュの佩いている軍刀に目を留めた。

「いつもの刀じゃないですか。それでいいんですか？」

「平気だ。一回斬ったことがある」

「何をですか」

「ディ……彼女を」

危うく神名を呼びそうになって、シシュは言い直した。二人からは呆れた視線が突き刺さる。

「なんだそりゃ、実体ないって話だろ？」

「ないんだが、この刀なら多分いける。一応予備策もあるが」

神の血がついた刀は、おそらく実体がない彼女をも斬ることができるのだ。もっともいつまでも刀をそのままにしては傷むので、今回の件が終わったら研ぎ直しに出した方がいいだろう。

ヴァスは怪訝そうな顔のままだったが、それ以上追及するのも面倒なのか軽くかぶりを振った。

「ならいいですね。あなたが使うかと思って得物を取り寄せていたのですが」

「得物？」

「もう来ますよ、ほら」

ヴァスは後ろ手に草原の入り口を指さす。そこに現れた人物を見て、シシュは目を見開き、トーマは渋面になった。馬上の男もあからさまに嫌な顔になる。

馬から下りたアイドは二人を無視してヴァスの前まで来ると、布に包まれた長物を差し出す。

「頼まれていたものだ」

「ありがとうございます」

ヴァスは長物を受け取ると、巻かれていた黒布を解いた。

そうして中から出てきたものは二振りの刀だ。黒塗りの鞘には螺鈿細工が施されており、一見して儀礼刀のようにも見えた。トーマが螺鈿の紋章に驚きの声を上げる。

「何だこりゃ。ウェリローシアと月白の紋が両方入ってるのか」

「屋敷の蔵からの持ち出しです。門外不出の刀ですね。この鞘だけでも誰かに見られたら大問題です」

アイリーデの正統「月白」と古き王家の血を継ぐ「ウェリローシア」は対外的には無関係ということになっているのだ。このような刀が存在すること自体、余所に知れたら面倒なことになる。取り扱いに細心の注意を要するであろうそれを、しかしヴァスは軽く確かめると、一振りをトーマに、もう一振りをアイドに差し出した。

「では、あなたたちはこれを使ってください。昔、ウェリローシアの当主が双子の女児を産んだ時に作られたものです」

「双子？　そんなことあったのか」

「待て。なんでオレが使うんだ。頼まれ物を届けに来ただけだぞ」

トーマは刀を受け取りながら、アイドは手を出さぬまま憤然と、貴族の青年に言い返す。

癖の強い二人に挟まれたヴァスは、けれどまったく動じる様子なくそれぞれに答えた。

「双子の両方に一対の刀を与えてその勝敗で次の当主を決めたそうですよ。いわば神殺しの刀ですね。あとあなたの方は私を動かしてアイリーデまで来させたんですから、それくらいは動いてください」

「……動かして？」

シシュが驚いて隻眼の男を見ると、アイドはさっと目を逸らす。

その反応は「誰が先日の一件でヴァスを月白に寄越したのか」を如実に示していた。今まで気にもしていなかった引っかかりが、シシュの中で連鎖的にささやかな疑問として呼び起こされる。

巫の兄が、旧知の相手に心底呆れた目を注いだ。

「お前、人の忠告をまったく聞かないのな。いつか本当に死ぬぞ。っていうか今日死ぬな」

「刀を届けに来ただけだと言ってるだろう！」

「ま、来たなら働いてけよ。人数が増えれば死人も少なくて済むだろ。ついでにこっそりお前を始末できるからな。ちょうどいい」

「だからオレはやらないと！」

叫ぶアイドをよそに、血族の男たちはさっさと準備を始めている。シシュは、かつて自分が右目を潰した男に同情めいた気分を抱いた。

だがそんなことを口にでもすれば、ディスティーラと戦う前に刃傷沙汰になりかねない。シシュは自分も支度に取りかかる。懐にしまったものを密かに服の上から確かめた。

抵抗を諦めたのか、アイドが文句を言いながらも刀を受け取ると、トーマ・ラディは全員を見渡す。精悍な顔立ちから戯れが消えた。

「んじゃ、一応確認しとくが、今回の相手は実体のない神な。三十年前に月白の巫になるはずだった女から切り離されて封じられたものだ。一応今回の件があったから、どういう封印だったかを聞いてきたんだが、巫名を呪にして王都の池に封じてあったらしい。もともと巫になる前に王都へ退いた女だから、名が他に知られてなかったんだな。そのまま名前を知る人間が全部死に絶えたら封印は永久に作用したんだろうが――」

「俺が呼んだ」

冷たい視線を覚悟してシシュが申告すると、ヴァスは呆れて、アイドは愕然として彼を見てくる。

確かに自分でも意味不明な話なのだから、呆気に取られるのも無理はない。トーマがどうでもいいように付け足した。

「しかし先視ってどういう仕組みなんだろうな。お前が名を呼んでる未来を視て、それをお前に教えたわけだろ？　だからお前は名前を知ってって……これどっちが先なんだろうな。鶏と卵みたいだぞ」

「よく分からない。巫曰く『人の歴史は、先視が使われるということ自体、含んで流れている』のだそうだ」

「分かるような分からないような話だな。その巫もあくまで人だからってことか」

トーマが首を捻ると、ヴァスが薄ら寒そうに空を仰ぐ。

「あまり突き詰めて考えたくはないですね。視るか視ないか、それを人に言うか言わないかまで決まっているのだとしたら、これからの勝敗も既に決まっているということでしょうから」

「そこまで全ては決まっていないらしい。大きな流れはあるが、細かいところは流動的なのだと」

「小さな石の一投で流れが変わることもあるさ」

それでも特に不透明であるのが神の関わる歴史だ。彼らは得てして人の歴史の枠内には収まらない。

――もしかして、だからこそアイリーデは国の興亡に関わってこないのだろうか。

シシュは街のある方角を振り返る。古き神話の時より変わらぬ享楽街。流れる川に留まり続ける岩は、この国が滅びた後も悠然と在り続けるのだろう。

だとしたら尚更、彼女を煩わせることはしたくなかった。

トーマは黒塗りの鞘から神殺しの刃を抜く。

傷の一つもない刀身は、それ自体が月を思わせる冴えた銀色だ。神の血を引く男は不敵に笑う。

「ちなみに俺としては、今でもサァリに始末を任せた方がいいと思ってる。が、こいつが自分でやるっていうからな。恨むならこいつを恨め」

顎で指されたシシュは、残りの二人――特に不本意そうなアイドに向けて言った。

「手伝ってもらえるならありがたいが、命の保証はできない。無理だと思ったら離脱して欲しい」

アイリーデから追放された男に、色々と思うところがないわけではないが、死んで欲しいとはまったく思っていない。トーマやヴァスが何と言おうとも、戦うかどうかは彼の判断次第だ。

隻眼の男は理解しがたいものを見るようにシシュを凝視したが、不意に視線を外すと忌々しげに手の中の鞘を睨む。

「……今回が最後だ。次は王都を出るからな」

「そりゃお互いにとって朗報だ」

不機嫌さを漲らせるアイドとそれを煽るトーマは、一瞬だけ唾棄せんばかりに相手を見たが、すぐにそれぞれ踵を返すと広い草原の中で距離を取る。ヴァスがシシュにだけ見えるように肩を竦めた。

「そろそろ始めますか」

「そうだな」

四人だけで顔をつき合わせていては、長引けば長引くだけ余計な揉め事になりそうだ。シシュは自身も抜刀すると、三人の様子を確認する。問題ないと判断すると月の見えない空を見上げた。

そして、神の名を呼ぶ。

「ディスティーラ――神供より申す」

飾り気のない言葉を、彼女が聞き留めるかどうかは半ば賭けだ。

だがシシュは、かなりの確率で彼女は来るだろうと考えていた。

人に拒絶され切り離された――そんな彼女が孤独を厭っていないはずがないのだ。

あれだけ人に囲まれて生きているサァリでさえ本能的に孤独を嫌がっていた。ましてやディスティーラなら尚更だろう。

風が広がる青草を揺らす。

遠くの森から鳥の声が聞こえる。

静寂が彼ら四人に意識される一歩手前で、シシュの目前に透き通る少女が現れた。

宙に溶け入る銀髪の彼女は、刀の届かぬぎりぎりの高さに浮いて青年を見下ろす。彼を睨もうとして――だが耐えきれなかったのか、すぐに口元を緩めた。

「なんだ。この前のことを詫びる気か？」

人懐こい嬉しそうな表情は、少し前のサァリを彷彿とさせる稚いものだ。シシュはそのことにまた罪悪感を覚えて、けれどかぶりを振った。

「あなたが、俺の望みを聞き入れるというのなら詫びよう」

「うん？　言ってみろ」

「元の通り封印されて欲しい」

はっきりとした拒絶の言葉。

それを聞いてディスティーラは、ぽかんと口を開いた。

言った瞬間、戦闘になることも予測していたシシュは刀を握り直す。透けた少女の体越しに、対面にいるトーマが顔を顰めたのが見えた。ディスティーラが震える声で聞き返す。

「何故だ」

「理由はない」

――それを言えば、サァリの名を出すことになってしまう。

そんなことをして万が一逆上されて月白に向かわれたら困る。第一トーマにはこの勧告自体止められていたのだ。現れてすぐ不意打った方がいいと言われて、だがシシュ自身が封印を勧めることを主張した。たとえ完全に切り離されているのだとしても、ディスティーラは彼らの母なのだ。殺さないで済むのならその方がいい。

けれどシシュは、己のその考えが甘いものだということもまた知っていた。

ディスティーラは小さな唇を噛みしめる。

「おぬしも、吾を拒絶するのか」

「あなたの神供にはならない」

「何故拒む。吾の存在を必要としたのは人であろうに。今更それを……」

「シシュ」

彼の名を呼ぶ声はトーマのものだ。刀を手にした男は、流れからはぐれてしまった神へと一歩踏み出す。情味のない視線が、母だったかもしれぬ女を貫いた。

「交渉決裂だ。始めるぞ」

広い草原に道は見えない。

シシュは首肯する代わりに少女を見上げると、黙って己の軍刀を構えた。

8. 羨望

向けられた切っ先を見てもなお、ディスティーラは動かなかった。

ただ傷ついた目をシシュに注いでいる。その目を見上げている時間は、彼にとってとても長いものに感じられた。

草の上を踏みこんできたトーマが細身の刀を振るうのが見える。シシュの体は自然に、その巻き添えにならぬよう一歩退いた。銀の刃が、浮いているディスティーラの胴を薙(な)ぐ。

——直後、二人はその場から弾(はじ)き飛ばされた。


「……っ！」

声にならない息を吐いて跳ね起きた時、シシュの傍(そば)にはヴァスが立っていて彼を覗(のぞ)きこんでいた。突剣を手にした青年は何ということのないように「おや、生きてましたか」などと言ってくる。シシュは自分が軍刀を持ったままであることに安堵(あんど)すると、体を起こした。

「俺は気絶してたのか？」

「気絶というほどの時間は経(た)ってませんよ。ほんの数秒です、ほら」

ヴァスが指し示す方を見ると、ちょうど反対側に弾かれたトーマが草の上から立ち上がるところだった。少し離れたところではアイドがうんざりとした顔で空を見上げている。そこでようやくシシュは、ディスティーラが四人の中央、手の届かぬ空に浮いていることに気づいた。

透き通る少女は、斬られたはずの胴もそのままで、体に巻き付けられた薄銀の布にも裂け目はない。

シシュは立ち上がりながら、隣の青年に苦情を呈した。

「神殺しの刀じゃなかったのか？」

「効いてますよ。ちょっと薄くなった気がしますし。ただ肉体がないってことは普通の痛手を与えられるわけじゃないみたいですね。少しずつ存在を削っていくしかないんでしょう。あといくつか誤算も発見しましたし」

「誤算？」

聞きたくないが、聞かないわけにはいかない。

シシュがディスティーラを見上げたまま問うと、隣のヴァスも視線を動かさぬまま頷いた。

「一つはああやって手の届かないところにいられると、どうしようもないということと――」

「いやそれは分かってただろう」

「あとは、攻撃の手段は考えてきましたが、相手の力をどう防ぐかは考えていなかったことですね」

「考えても対策はなかったと思う」

生産性のないやりとりを、ディスティーラが聞いていたなら怒り出しただろうが、彼女の注意はもっぱらトーマに向いているようだ。立ち上がった男を少女は射殺さんばかりに睨む。

「貴様……あの男の息子か。よく似ておる」

「お察しの通り。俺も父の逃げ腰には腹が立つけどな」

「ならば父を斬ればよかろう。どんな女の腹から生まれたかは知らぬが、今なら見逃してやる」

それを聞いた時、トーマの表情は微塵も変わらなかった。

いつもの余裕ある薄い笑顔のままで――だから少女の言葉に胸をつかれたのはシシュの方だ。

婚姻前に肉体から切り離されたディスティーラは、元の自分が二人の子供を産んだことを知らない。親子であって親子ではないのだ。

もしサァリが己の神性を切り離したなら、彼女の半分もこのように時の流れから孤独に切り離されたのだろうか。誰もいない月下で佇む彼女を想像し、シシュはいたたまれなさと軽い憤りを覚えた。

「……気が知れない」

「何がですか」

心をよぎる言葉をつい口に出していたらしい。ヴァスに聞き咎められて、シシュはかぶりを振った。

「サァリーディの父親の気が知れない。自分の妻の半分を否定するなど」

月白の巫が人ではないと知った時、確かにシシュも驚いた。普段の彼女とまったく異なる側面にのみこみきれないものを感じた。

だが今となってはやはりあの彼女も紛れもなくサァリ自身だと理解している。彼女の彼女たる本質を切り離して捨てていこうとは思わない。自らが選んだ女に永い孤絶を味わわせるような真似が、どうして彼らの父親に可能だったのか、想像することさえできなかった。

憤懣を滲ませた渋面の彼に、ヴァスが溜息をつく。

「あなたのそういうところは、そのうち命取りになりますよ。……ま、別に私はどうでもいいですが。それより浮いている方の対策をなんとかしないと、トーマが死にますね」

その直後、二人の足下を地響きが伝った。目に見える何かがあったわけではない。ただ見ると、ディスティーラが形のよい指でトーマを指し示している。涼やかな声が鳴った。

「目障りだ。――地にのまれていろ」

低い宣言は、それ自体が力を持っていた。

草原の下、広範囲にわたって地面に亀裂が入る。

自身の真下から蜘蛛の巣状に広がっていくそれを、トーマは大きく飛び退いて避けた。根の張った土ごとのみこまれていく青草を飛び越え、更に距離を取る。同じく地割れの範囲内にいたアイドが外へと走りながら叫んだ。

「オレを巻きこむな！」

「うるさい。お前はのまれてろ」

言いながら別々の方向に離れる二人の後を、白い光が追っていく。アイドは途中で振り返ると、借り受けた刀でそれを払った。光は細かい飛沫となって草の上に散っていく。

だがそうして逃れられるのも一時のことだ。シシュは、サァリが以前に数十の光条を操って無数の黒蛇を打ち払うところを見ている。神たる存在が本気になれば、あの程度では済まないはずだ。

「早い内に勝負をつけないと、彼女が本気になったら即死させられそうだな」

「その危険性は無ではないですが、案外低いと思いますよ」

落ち着いた訂正は、突剣を手にしたヴァスからのものだ。彼は剣先で足下の草を軽く払う。

「彼女たちは、人に召喚されてこの地に根を下ろした存在ですからね。人間というものに対しあまり大きな力は振るえないんですよ。人外に対しては違いますが」

「そう言えば、サァリーディがそんなことを言っていたな……」

人の血肉を介して生まれる彼女たちの存在こそが、人との融和の証であり、その古い約の影響で彼女たちは人間に強過ぎる力を振るえない。この禁を破る時は、彼女たちが人間を見限った時だ。

若干は希望が持てる要素にシシュが眉根を緩めると、隣の青年は淡々と付け足した。

「ま、大きな力が振るえないと言っても、結局は神ですからね。力の差は歴然ですよ。物理的にも手が届きませんし」

「一応予備策はある」

シシュは軍刀を鞘に戻すと懐から黒い包みを取り出す。そこにしまってあるものは、左手だけの皮手袋と掌ほどの長さの短剣が五本だ。柄の先は輪になっていて長い鋼線がくくりつけられており、その鋼線の反対端には地に埋めこむための鉄杭が付随していた。

見慣れない類の道具にヴァスは怪訝な顔になる。

「何ですか、それは」

「空を飛ばれることは分かっていたから、城に頼んで用意した」

白い閃光が走る。

上空から地上へと打ち下ろされる波に、トーマとアイドはまたもやそれぞれ飛び退いた。

草原から白い煙が上がる。

サァリの力と似ているのか違うのかは分からないが、一つでも食らったらただでは済まないはずだ。いつまでも傍観はしていられない。

シシュは素早く手袋を替えると、駆け出しつつ短剣の一本を手に取った。刃にびっしりと呪が彫り込まれた短剣を、空中のディスティーラ目がけて投擲する。その刃は、狙い通り空を切って飛んだ。

「……っあっ⁉」

いつかと同じ小さな悲鳴が上がる。

トーマだけに注意を払っていた少女は、左の脹脛に突き刺さった短剣に気づいて顔を歪めた。神殺しの刀でさえも通り過ぎた体に、その刃はうっすらと白く光りながら突き刺さって留まっている。

「何だこれは……」

その疑問に答えていられる時間はない。シシュは鉄杭を地面に突き刺すと、足で先端を押さえながら左手で鋼線を引いた。ディスティーラの小柄な体がぐらりと傾いで落ち始める。

その青い目が、振り返りざま彼を捉えた。

「っ、おぬし、よくも」

少女の右手に白い光が生まれる。

冷気の塊と思しきそれに、シシュは鋼線を引いたまま左へ跳んだ。引きずられて地面へとぶつかりそうになる少女へ、反転し走りこんできたトーマが刀を振るう。

だが刃が彼女の体にかかる直前で、シシュの引いていた線がふっと手応えを失った。

「気をつけろ！」

――鋼線を切られた。

そう悟って警告を発した時にはもう、ディスティーラはトーマに向かい飛びかかっていた。命を刈り取る激しい冷気が至近から打ち下ろされる。

「トーマ！」

明らかに避けられない距離だ。

男の頭を狙って打ち込まれた光が、その場にいた者たちの視界を焼く。

シシュは左目だけを閉じて視力を庇いながら、二本目の短剣を手に取った。最悪の結果さえ予想していたが、光が去った後にトーマはまだ草の上に立っている。彼は咄嗟に刀身を上げて攻撃を受けたようで、無事ではあったが右肩が白い霜に覆われていた。その下からみるみる血が滲んでくる。

紛れもなく深手であろうそれに、だがトーマは動じる様子もなく左手で刀を振り切った。ディスティーラの細い首を銀の刃が通り過ぎていく。

少女は一瞬不愉快そうに顔を顰めたが、水面の月に似て揺らいだ姿はすぐに元へと戻った。残酷な微笑が透ける美貌に浮かぶ。

「それで終わりか?」

触れれば裂けそうな男の肩口に、彼女は改めて細い手を伸ばす。

シシュは息を止めると、少女の背を狙って短剣を投じた。

けれどそれは、ディスティーラを止めるには間に合わない。

手遅れを予感しかけた時——しかし彼女の腕に、横合いからもう一振りの刀が降りかかった。

一対である神殺しの刀、持ち出されたもう一振りに、少女の左腕は斬り落とされる。神の腕は、陽炎の如く掻き消えた。

それを成した男は、ディスティーラを見据えたまま片足でトーマを蹴り除ける。

「邪魔だ。オレは早く帰りたい」

「……このやろ」

隻眼の化生斬りは、刀を振るいながら更に一歩を踏みこむ。

ディスティーラはしかし、己の背を振り返り、そこに刺さる短剣を見たままだ。欠損した左腕が白い靄となって戻ってくる。その手が、頭に振りかかるアイドの刀の刃を摑んだ。

もはや悲鳴を上げることさえしない神は、氷の双眸に静かな怒りを湛えて四人を見回す。

「面白い」

月光よりも青い眼が、燐光となって輝いた。

「来い。——全員まとめて相手をしてやる」

神の宣告。

それと同時に発されたものは、圧倒的なまでの存在の威だ。いつかも金色の狼を前にして感じたもの、立っていること自体が苦痛なほどの圧力に、シシュは吐き気さえ覚える。

だがそのままうずくまり、後ずさるような真似はできなかった。それをしては魂から彼女に屈服することになる。人として、神の前に立つことはできなくなるだろう。

だから彼は、全身の力をかけて一歩を踏みこんだ。左手で鋼線を引く。

凍りついていた時間が、それをきっかけに動いた。

「――っ！」

吐く息と共にシシュは右手に軍刀を抜き直す。背から引き寄せられたディスティーラが軽く瞠目して彼を見たのが分かった。左手に神殺しの刃を握っていた彼女は、その手をあっさりと離すと自身の背に手を回す。刺さっていた短剣を透き通る手が摑み、鋼線が弾け飛んだ。

ディスティーラは抜いた短剣を、追いすがってきたアイドへと投擲する。避けられぬ距離からの攻撃、鎖骨の下へと深く突き刺さった剣に、男は呻き声を上げて体を折った。

シシュはその間にも更に進んだ。忘れられた神へと刀を向ける。

ディスティーラは美しく微笑んだ。

「何故、恐れない？」

その問いを、聞いたと思ったのは気のせいだったのかもしれない。

次の瞬間シシュが見たものは、自分の頭をもぎ取ろうとする少女の手だ。

神の手に慈悲はない。彼女たちはどこまでも人ではない。

ほんの刹那で、彼は死を理解する。そして何も思うことはない。

ディスティーラの愛らしい顔が間近に迫った。水そのもののような手が、彼の前髪をかき上げる。

「――恐れろ」

触れあうほどの距離から覗きこんでくる青い瞳。

彼の精神はその眼差しで無造作に、底無しの恐怖へと放りこまれた。


――闇の中に立っている。

何も見えない。見えるのは離れた場所に佇む首のない幼子だけだ。

赤い晴れ着を着た子供は、シシュに背を向け立っている。その体だけは不思議なほどくっきりと暗闇の中で浮き立って見えた。童女らしい子供はゆっくりと両手を前後に振っている。

空気はやけに生温い。

どこか遠くからは、舌っ足らずな声の童歌が聞こえてきていた。音の傾いた歌の出所を探して、シシュは辺りを見回す。

「何だ……？」

暗い周囲にはだが、やはり何もない。

視線を戻した彼は、ぎょっとして思わず声を上げそうになった。

いつのまにか赤い晴れ着の子供が、彼の目の前に立っている。切り取られた首の断面はぬらぬらと光って蠢き、そこだけまるで別の生き物のようだ。愕然と凍りつく彼に、子供は青白い右手を差し伸べてくる。耳のすぐ後ろで大人の男の声が歪んで笑った。

「あそぼう」

生臭い囁きに、シシュはぞっと戦慄する。

振り返ることは何故かできない。体が動かない。

ただ背には「見られている」という感覚が如実にあった。何者かの吐息が首筋にかかる。

「あ、そぼお」

いつのまにか調子外れの童歌が大きくなっている。ぐぁんぐぁんと頭の中に響く音に、シシュはこめかみを押さえた。

引きつったような笑声が背後から聞こえる。目の前の子供に首はない。だが「笑んでいる」ということは分かった。全ては笑っている。恐れているのは彼だけだ。シシュは声にならない息を嚥下(えんげ)する。

その時、ぐにゃりと足下がたわんだ。

のみこまれていく感触に彼が地面を見やると、いつのまにか辺りにはおびただしい量の臓物が広がっている。赤黒い腸の隙間には黒い虫が列をなして這(は)っており、その行列は、遠く地平の果てまで広がっているようだった。

知らぬうちに暗闇は消えている。

遠くまで見渡せるようになった異界の景色を、シシュは呆然(ぼうぜん)と眺める。

「――ここは、なんだ」

空はない。

見渡す限り広がる臓腑(ぞうふ)は、遥(はる)か果てから壁のように迫り上がって世界全てを包んでいる。

その全てはゆっくりと蠕動(ぜんどう)し、そこかしこに虫が従順な行列を形作っていた。笑い声が、天の襞(ひだ)を震わせ血を滴らせる。

「あそぼぉ」

期待に満ちた荒い息が肩にかかる。首のない子供が、晴れ着の袖を上げた。膨らんで青白い手がシシュの服の裾を摑む。

鮮やかな赤に埋め尽くされた視界。

切り落とされた首から湧く虫が、死した子の手を伝ってシシュの体を上り始める。

童歌が聞こえる。

シシュは目を閉じる。

ゆっくりと、体が臓物に沈んでいく。首筋を這う虫が次々耳の中に入ってきて、内耳で細かく羽を震わせた。ぶよぶよと弾力のない指が、彼の手を取って指を絡める。

何も考えられない。

息ができない。

重みのままに落ちていった先——そこには、人ならざる深淵が広がっていた。

※

「……シシュ？」

ぽつりと呟いた名は、彼女自身の意思によるものではなかった。

まるで自然に滑り落ちた言葉に、サァリーディは首を傾げる。三和土に下りていた彼女はぐるりと辺りを見回した。外で掃き掃除をしていた下女と目が合う。

「主様？　いかがなさいました？」

「……何だろう」

一瞬、おかしな気がしたのだ。耳元で存在しない虫の羽音が聞こえた気がした。

サァリは右耳に手を当てて頭を振る。入りこんでしまった何かを振り落とすような素振りは、けれど彼女に何の確信も与えなかった。サァリは生けられた花に視線を止める。

「ね、シシュが近くにいる？」

「見て参ります」

竹箒（たけぼうき）を手に門へと向かった少女は、道に顔を出し道の左右を確かめた。

「――いらっしゃらないようですが」

「そう。ならいいの」

ぼんやりとする頭を振って、サァリは上がり口に戻る。

今日は火入れ前に来客の予定があるのだ。いつまでも白昼夢に似た錯覚に煩わされてはいられない。

彼女はかぶりを振ると、自分と下女以外いない景色を眺めた。少し前に建て直した門を見やる。

――何か大事なことを、忘れてしまった気がする。

それが何なのかは分からない。変質したとは言え、記憶が失われているわけではないのだ。

ただ「失った」という感覚だけがある。郷愁に似たそれは、おそらく気のせいなのだろうが、ふと振り返ると目の前に空いている穴を思わせた。サァリは冷たい息を吐き出す。

「そういえば……」

「いかがいたしましたか、主様」

「いいえ。私も子を産まねばならないのは変わりないと思って」

合一のための神供が不要となったとはいえ、後を継ぐ巫は必要なのだ。

そのためには彼女も客を取らなければならない。人の営みが遠く感じられるせいか、すっかり失念していたことを思い出し、サァリは首を捻（ひね）った。人の体温ではない指を眺める。

「でもどうしようかな」

今のこの体では客になる男を驚かせてしまうだろう。一人しか選べないのにその一人に逃げられてしまったら困る。まるで母親の二の舞だ。

——ディスティーラという巫名を持っていた母について、祖母は詳しいことを教えなかった。

その名を初めて聞いたのはシシュの口からだ。更に後からトーマが、神性を切り捨てた母のことを話してくれた。聞くまではまさかそんなことが可能だとは思っていなかったが、母はそれほどまでに父に執着していたらしい。サァリはその思いの強さに素直に感心し、また「理解しがたい」とも思った。そんな彼女から生まれた自分が人を拒絶し独りで合一したことに、運命の皮肉を覚える。

——ならば自分は、これからどのような運命を辿るのか。

竹箒を抱えた下女は、頬をうっすらと染めてはにかんだ。

「主様ならば、どのような方でもお好きに選ぶことができましょう」

「それが誰を選んでも逃げられそうなんだけど……」

「シシュ様がいらっしゃいます」

即答されたのは、おそらく先日の一件のせいだ。あの時青年の啖呵を目の当たりにした下女は、彼の愚直さにいたく感じ入ったらしい。この街では無粋とも言われる彼の性質だが、その誠実さが全てを貫いて女の心を捕らえることもあるのだ。自身もそうだったサァリは微苦笑した。

「シシュは駄目」

神供になってもいいと言ってくれた彼ならば、この体であってものみこんで抱いてくれるだろう。だがそれでは駄目なのだ。彼を死なせたくない。以前からずっとそう思っていた。

——だが、彼を死に追いやるのは、結局のところ自分自身だったのかもしれない。

サァリは、不思議そうな顔をする下女に軽く手を振ってみせる。

「まぁ、なんとかなるでしょう」

いざとなったら血族であるヴァスに頼めばいいのだ。さぞかし嫌な顔をされるだろうが、あれだけウェリローシアを捨てた母に批判的だった彼だ。役目となれば譲ってくれるだろう。

そして、シシュに付きまとうディスティーラも近いうちに打ち倒さねばならない。

完全に人から断たれたにもかかわらず人に執着する気持ちはサァリには分からないが、自分と同じものが何にも繋がれず自由にしているなど放っておけるはずがない。もう一柱と重ならないように片付けていく必要がある。実体を持たぬ彼女を殺しても、人となった母に影響はないだろうという話だが、障りが出ると言われてもサァリはディスティーラを殺すつもりだった。

一筋縄ではいかなそうな問題たちに、彼女は溜息をつきたくなる。

「もう……なんで、こんなに人外がいるんだろ。帰ればいいのに」

問題を解決するために召喚された神が、今になって問題を起こしている。まるで本末転倒だ。今の世の人間にとってはいい迷惑に違いない。

ぼやきながら中に戻ろうとしたサァリは草履を脱ぎかけて、だがふと気を変えると玄関脇の造り棚を開けた。中から千代紙を一枚取り出すと、それを折り始める。

そうしてできあがった小さな空色の鶴に、彼女は顔を寄せてそっと息を吹きこんだ。途端鶴は、うっすらと青く輝き始める。

「お行き」

氷の息を吹きこまれた鳥は、命を受けると紙の羽を動かして玄関の外へと消えた。

相手のもとに届くだけで大した術ではないが、熱が出ている時の氷囊代わりにくらいはなるだろう。

空耳のような錯覚に、それ以上の感情はない。サァリは冷えきって揺らがない情動ごと踵を返す。

ただ鶴だけが、アイリーデの空を南へと飛んでいった。

※

両足が浸された小さな池には、赤い月が映っていた。

真円に限りなく近い月は、静止した水面で変わることがない。夜の池に立ち尽くすシシュは、光のない目でただ目の前の月影を見つめていた。

少女の声がどこからともなく聞こえてくる。

「他の人間ももう落ちた。神殺しを試みた代償は大きかったな」

言われた言葉は、意味は分かるのだがどうしても頭に入ってこない。シシュは膝上まで水に浸かった自分の足を見下ろす。冷たいとは思わない。むしろ生温いそれは人の体液を思わせる。眠りを誘う温度の中で、彼の意識は無に溶けかけたまま漂い続けていた。

ディスティーラの影が水面の月から頭をもたげる。半身を現した少女は、赤い月に頬杖をついて虚ろなシシュの眼を見上げた。

「気分はどうだ？　何も感じられないか」

少女の声は、彼の意識の上を滑っていくだけだ。問われても何も感じない。

ただ少しだけ、澄んだ声に違和感を覚える。よく似て、だが違う懐かしい声に叫びだしたような渇きを感じるのだ。

動かない青年をディスティーラはじっと注視する。自身が作る世界で、神は微かに溜息をついた。

「人は、弱い」

赤い月が、さざなみだつ。

「愚かで移り気だ。ひたむきで、それでいて卑怯。だが温かい。その温かさが吾は欲しかった」

少女は目を伏せた。シシュはそれを見ていながら、何一つ考えることができない。ただぼんやりと池の中に立つだけの亡霊だ。

そしてそれが、今までディスティーラの置かれていた境遇だった。彼女は楕円形の池を見回す。

「繋がれていないと、自分が溶け消えてしまいそうな気がするのだ。糸の切れた凧のように自分でないものになってしまう気がする。吾にはアイリーデという座も、そこに繋ぎ止めてくれる神供もないからな。――ずっと独りだ」

ぽつりと吐き出された言葉は、シシュの精神をわずかに揺り動かした。

いつか誰かと似た会話をした。その時彼は思ったのだ。「彼女に孤独を味わわせたくない」と。

シシュは掠れた声を落とす。

「独りで、いることはない……」

――望んで孤独になることはない。

手を伸ばすなら、いつでもその手を取る気はあるのだ。シシュはおぼろげな意識の中で、それだけを手放してはならぬ糸として口にする。

彼が返事をしたことに、ディスティーラは大きく瞠目してその顔を覗きこんだ。

「まだ話せるのか。吾らの力に慣れているからか?」

問われた意味は、やはりよく分からなかった。足下を見たままのシシュに、ディスティーラは腕を伸ばす。月の影からしなやかな体を現した少女は、透き通る掌を彼の頬に触れさせた。焦点の合わぬ眼差しを己の目で受け止める。

「……壊れてしまうくらいなら、最初から吾に応えていればよかったのだ。そうすればお前は神の力を手に入れられた。貪欲に神をものもうとする人の性と、望むままに戦うことができたのだ」

淋しげに微笑む少女の貌は、やはりどこか懐かしい。

失われてしまったもの。だが忘れることのできないもの。その名を呼びたいとシシュは思う。ディスティーラの指が優しく彼の瞼に触れた。閉ざされようとする視界の中で、少女は小さく頷く。

「もう眠れ。何も言うな」

疲れ果てた精神を寝かしつけようとするディスティーラは「何も言うな」と言う割には、何かの言葉を待っているようにも見えた。微笑したまなじりから涙が零れる。

それを見たシシュはまた心にさざなみを感じた。「彼女」に言わなければならない。その引っかかりだけを頼りに彼は手を上げる。指先を少し動かすだけで耐えがたい倦怠が全身にのし掛かってきた。

彼はその手で、少女の腕を摑む。

「……大丈夫だ」

たとえ、これから自分たちの進む道が分かたれるのだとしても。

「分かっている。巫を否定することはしない」

彼女の生き方を肯定する。異質だからといって逃げることはしない。

懸命に進もうとした姿に報いる。自分だけは、そうでありたいと思う。

シシュは疲れた息を吐き出す。

その時、どこからともなく飛来した青い鶴が、そっと寄り添うように彼の肩にとまった。

——鶴の羽ばたきが起こす風は、身を切るほどに冷たいものだった。

耐えがたいその冷気は、シシュの意識に正気の橋を渡らせる。虚ろであった双眼が、驚くディスティーラの顔を捉えた。彼はその一瞬で、自分の置かれた状況を理解する。少女の腕を摑む手に力を込めた。腰から下が月影に溶けたままの彼女を無理矢理に引きずり出す。

ディスティーラの支配下にあるこの世界に、彼の軍刀はない。だがその分、実体が無いはずの彼女に触れることができた。

シシュは細い首を左手で摑む。そのまま力を入れれば折ることもできたかもしれないが、彼はそれをしなかった。呆然としているディスティーラに鋭く告げる。

「これ以上は無駄だ」

「何を……」

「俺は屈しない。あなたも、もう自ら進んで傷つくな」

人間である彼らを圧倒した少女は、だがそれで少しも気が済んだようには見えない。ただ孤独に苦しんでいるだけだ。そんな不毛をこれ以上続けて何になるというのか。絶句していた少女は、我に返ったのか辛辣な微笑でシシュをねめつけた。

「面白いことを言う。命乞いのつもりか？　第一、こうなっているのもお前のせいだろう。神に捧げられた人間が何故それを拒む」

「神供になることを拒んでいるわけではない」

シシュは肩にとまる鶴を横目で見やった。

何故、ここにこのようなものが来ているのかは分からない。だが、誰が寄越したのかは分かる。冴えて冷たいもう一つの月を思って、シシュは続けた。

「ディスティーラ、あなたにとって人間とは酒と変わらぬものなのか？　誰であっても変わらぬ慰めに応えるべきだ。――当然、神供であっても」

「そう思っているのなら、あなたは理解できぬだろう。月白の娼妓(しょうぎ)は客を変えない。ならば客もそれ

「……何が言いたい。それがどうかしたのか」

の道具か」

神であるなら誰でもいいわけではない。神供が彼女の一生でただ一人であるように、男にとっても彼女が変わらぬ一人であるべきだ。そうでなくては、神の孤独に見合う心は差し出せない。

少女の双眸を思わせる青い鶴を、シシュは強く意識する。たとえ彼女が自分を選ぶ気がないのだとしても、少なくとも別の神供が選ばれてしまうまでは待っているつもりだ。背を向け諦めてしまった子供が再び、壊れやすいものを手に取ってみようと思うくらいまでの時間は。

シシュは顔を顰めたままディスティーラの様子を窺(うかが)う。

返答次第では即座に首を折ることも辞さない。そう身構えていた彼に、ディスティーラはだが、気を抜かれたような表情で問うた。

「それは、あの小娘のためか」

シシュは答えない。

けれど意志の滲む沈黙は何よりも強い肯定だった。少女の唇が微かに震える。

「捨てられて、どうして殉じられる?」

「そうすべきだと思った。神と正面から向き合うならば人も誠意を尽くさねば」

「裏切られてもか」

「少なくとも、己が納得できるまで」

もしサァリーディが普通の人間で、自分たちがただの化生斬りと巫であったら、答えはもっと早く

出ていたのかもしれない。ただ彼女に惹かれ、自然に人生を共にすることも選べただろう。

けれど多くを負う彼女と向かい合うならば、自身も相応の覚悟を真摯に築かねばならないと思う。

だからディスティーラの手を取るつもりはない。そのために命を賭し敗北することになろうとも。

神に触れるとは、きっとそういうことだ。


ディスティーラは、取り残された子供のように瞳をわななかせて彼を見ていた。

そこに映っているものは、おそらくシシュではない過去の誰かだ。裏切られ、切り捨てられて眠っていた神は、自身と繋がる赤い月に視線を落とす。頼りない述懐が小さな唇から洩れた。

「吾も……」

少女はうつむく。水面にぽたりと滴が落ちる。

微かな波紋、悠久となるはずだった絆の残骸と影、
それだけの残されたものを見つめて、ディスティーラは力なく微笑った。

「吾は……おぬしたちが羨ましい」

その言葉を残して、神の体は全て小さな池へと流れ落ちた。

※

戻ってきた世界において、真っ先に見えたものは広がる青空だ。

続いて濃い血臭に、シシュは自身の体がまだ動くか不安になる。

「っ……!」

指先から確認しようとしたシシュは、右腕に走る激痛に呻く。幸い左腕は無事なようで、体を起こしながら確認してみると、右肘から先がおかしな方向にねじ曲がっていた。半分以上は痛覚が麻痺しているのか、おびただしく背を濡らす冷や汗を自覚しながらも動けないほどではない。シシュは歯を食いしばって立ち上がった。

——草原にはその時、無事でいる者が一人もいなかった。

トーマの体は草の中に血塗れで打ち捨てられており、生きているか死んでいるか分からない。その傍で膝をついているアイドは鎖骨に短剣が刺さったままで、虚ろな目はどこも見ていないかのようだ。シシュに背を向けて立っているヴァスは、まだ右手に突剣を握っている。だが左肩から下は血塗れで、足下の草にぽたぽたと赤い滴がしたたっていた。

「意識はあるか?」

思わず口にした言葉に、ヴァスは肩越しに振り返る。その目には昏い影があり、シシュは状況のまずさを実感した。しかしウェリローシアの青年は、何ということのないように返してくる。

「無事と言えば無事ですね。あなたたちが向こうで彼女を引きつけてくれてたおかげで、こちらもなんとかなっていましたし」

突剣が指し示す神、ディスティーラは、もはや少女とは言えない外見になっていた。十にも届かないほどの子供の姿で草の上に浮いており、その両眼は固く閉じられている。

ヴァスは右手に持ったものをシシュに見せながら言った。

「これくらい削れば充分でしょう。一時はどうなることかと思いましたが」

「それは……サァリーディの腕輪か」

「正確にはエヴェリの母の、ですね。適当なことを言って借り受けてきました」

青年が突剣と合わせて持っているのは、サァリがいつもつけていた銀の腕輪だ。巫の力を抑えるというそれが、彼が自分のために用意した対策だったのだろう。

シシュは小さく息をつくと、離れたところに落ちていた軍刀を見つけて拾いに行く。その間もディスティーラはまったく動く気配がなかった。

ヴァスが溜息をついて彼女へと歩き出す。

「ともかく、そろそろ終わらせてあの二人を回収しましょう。もう死んでるかもしれませんが」

否定できないだけに縁起でもない発言に、シシュは一瞬異議を呈そうか迷ったが、それをしている場合ではない。彼は拾った柄を強く握り、痛みを意識外に追いやる。

その時、ディスティーラが不意に目を開けた。青い目が正面にいるヴァスを捉える。

「貴様……」

「手を焼かせないでください。あなたにとっても、いつまでもここにいるのはよくないのですよ」

温度のない声で返す青年に、ディスティーラは怒りと恐れの混じった目を向ける。

彼女は視線をさまよわせシシュを一瞥すると、小さくなった右手を上げた。

そこにはいつのまにか青い折り鶴がある。

途端、光を帯び始める鶴に、ヴァスは舌打ちして地面を蹴った。

投げられた腕輪が、鶴を少女の手から弾き飛ばす。

しかし一瞬遅く——波紋に似て広がった光は、シシュたちもろとも草原を一気にのみこんだ。

9. 絶氷

全身を焼き尽くすかと思うほどの光が過ぎ去る。

そうして目を開けたシシュたちは、先ほどとはまったく違う場所に立っていた。

アイリーデの中央広場、人通りが多い中に突然放り出されたシシュは、あわてて辺りを見回す。

だが使われていない舞台の上にもどこにも、ディスティーラの姿は見えない。近くにいたヴァスが忌々しげに吐き捨てた。

「跳ばされたみたいですね。あの鶴が影響してアイリーデになったんでしょう。彼女も一緒に跳んでいるはずだと思いますが」

「逃げられたか？」

「探します」

自身も血に濡れたヴァスは、言うなり人混みの中へ姿を消す。

一方シシュは、離れたところに倒れているトーマとアイドを見つけると、驚いている通行人たちをかき分け傍(そば)に駆け寄った。うつ伏せに倒れているトーマの首に手を触れ、脈を確認する。

「……生きてる、か」

弱々しいが息はある。シシュは集まってきた街の人間の中にミディリドスの楽師を見つけると、友人を任せ手当てを頼んだ。続いてアイドに歩み寄ると、こちらはトーマほどの重傷ではないのか自力で起き上がる。隻眼の男は自身に刺さったままの短剣を見て、うんざりした顔になった。

「――気味の悪い幻覚を見させられた」

「俺も見た。今、抜いて止血する」

シシュは通行人の手から薄帯を借りると一息で短剣を抜き去る。そのまま傷口をきつく押さえた。アイドは苦痛に顔を歪めたが、声は上げない。代わりに背を支えようとするシシュの手を払う。

「あの女は？」

「これから探す」

「さっさと行け……。いいか、まず月白にだ」

付け足された指示にシシュは驚いたが、すぐに頷いた。

サァリのことを羨ましがっていたディスティーラだ。彼女のところに向かった可能性もある。シシュは使い物にならない右手を諦め、左手に軍刀を握り直した。

「先に行く。歩けるなら後からでも月白に来た方がいい。治療ができる」

今の巫ならばアイドの傷も治せるだろう。ざわつく人の中へと踏み出しかけて、しかしシシュはふっと振り返った。引っかかっていた違和感が問いになる。聞くならば、今しかないと何故か思った。

「……サァリーディが持っている青い硝子の鳥を知っているか？」

脈絡のない質問を向けられ、隻眼の男は一瞬驚いたようだった。

だが、すぐ嫌そうに眉を寄せる。

「あいつ、まだあんなもの持ってるのか」

その答えは、シシュが予想した通りのものだった。

つい先日も、こうして月白までの道を走った気がする。

ずきずきと痛む腕を無視して古き妓館の門へと辿り着いたシシュは、石畳に水を撒いていた下女に駆け寄った。挨拶抜きに確認する。

「サァリーディはいるか？」

「お、おりますが、今はお客様がいらしていて……」

「客？　ウェリローシアか？」

ヴァスが先に来ているのかと思って問うと、下女はかぶりを振った。

その様子からして何の異変も起きていないようだが、ディスティーラは姿を消すこともできるのだ。

シシュは短い間に逡巡すると、やはりサァリの様子を確かめることにした。三和土に靴を脱いで廊下へと上がる。

「巫は花の間か？　少し邪魔する」

「え、あの、ですがお怪我を……」

「すぐに済ます。アイドが来たら手当てしてやってくれ」

追放された化生斬りの名を上げると、下女は更に当惑顔になった。

それを無視して青年は花の間へと向かう。火入れの時間にはまだ早いが、常連か商人でも顔を出しているのだろう。今まで要請に来た時の経験からそう察したシシュは、突き当たりにある扉を押し開いた。昼の白光が差しこむ広間に目を細める。

花の間にいたのは何度か見たことがある常連の老人と――見知らぬ若い男だった。

彼らと何を話していたのか、にこやかに笑っていた館主は入ってきたシシュに気づくと一瞬美しい貌から表情を失くす。だがすぐに非の打ち所のない娼妓の顔に戻ると、二人へと頷いた。

「私が身篭(みご)もるまで通ってきてくださるのなら。構いませんわ」

彼女の言葉は、広い花の間へ艶美に響いた。それを聞く若い男の表情は、人の好い、はにかんだような笑顔で、シシュは客取りの話をしていたのかと理解する。

彼女にも次の主となる子は必要だ。客を選ぶ時が来たのだろう。シシュはそう納得しながらも、どこか焦燥に似た気分を覚えて彼女を見つめた。

サァリは二人へと微笑(ほほえ)みながら腕を上げる。だが、彼女がその指先を向けたのは、シシュの方へだ。主である少女は、突然の闖入者(ちんにゅうしゃ)に向き直ると細い首を傾(かし)げる。

「どうしたの、シシュ。また大発見？　ひょっとしてまた怪我してる？」

「いや……」

サァリの眼差(まなざ)しには、繕わない虚ろがあった。娼妓としての仮面もない神の目。ディスティーラのものよりも遥(はる)かに感情の窺(うかが)えないそれが孕(はら)むものは、人との断絶と気だるい倦怠(けんたい)だ。

けれどシシュは、変わりない彼女の様子に内心安堵(あんど)する。そして、サァリが無事でいるならば今は充分だ。シシュは三人に軽く頭を下げた。

「突然邪魔をしてすまなかった。失礼する」

「待っ、怪我を――」

サァリの呼び止める声が聞こえたが、勝手に動いている以上説明を求められても困るだけだ。それよりもヴァスと合流してディスティーラを探したい。

シシュは廊下を戻ると下女の制止を振り切って門外へと出た。アイリーデの街中へと駆け出す。

一方、突然来て去って行った青年に、サァリは軽い驚きから抜け出すとかぶりを振った。

ほんの数秒のことでよく分からなかったが、シシュはひどい怪我していたようだ。また何かが起きているのかもしれない。サァリは挨拶に来ていた二人へと頭を下げて詫びた。

「大変失礼致しました。ですが……」

「構わないよ。こちらこそ早い時間に邪魔してすまなかった。今日はこれで。またお邪魔するよ」

常連の老人と、隣国での商売を引き上げてきたという彼の息子は鷹揚に笑う。しばらくはこの国での商売を中心にするという息子は、顔見せにまだこれからアイリーデの他の店を回るつもりらしい。

去り際に老人は、サァリへと耳打ちする。

「ちょっとした世間話のつもりだったんだが、彼に誤解させてしまったのだとしたら悪かったね。謝っておいてくれ」

「いえ」

他国に戻る人間でも客になれるのか、などと聞かれたので答えはしたが、シシュが足早に出て行った原因はおそらくそれではない。

何か別の問題が起きているのだ。サァリは三和土で二人を見送ると、あわただしく造り戸棚から白い折り紙を取り出した。丁寧に折る時間も惜しんで、門外に向かいながら手元でそれを鶴にする。嘴の歪んだ鶴は、息を吹きこまれるとよたよたと宙を飛んでいった。

先ほどのものとは違って、沈痛と治療を申しつけた鶴だ。彼のところに追いつけば居場所も分かる。

そう思って鶴の後を追っていこうとしたサァリはだが、門を出てすぐに別の青年と出くわした。やはり怪我をしているらしく血の滲んだ格好の従兄に、サァリはぎょっとする。

「何？　どうしたのです？」

「別に大したことじゃありません」

「シシュも怪我してたみたいですけど」

「元凶は逃げ出しましたから、あれ以上にはなりませんよ」

「元凶？」

知らぬうちに、二柱のどちらかが何かをしたのだろうか。

険しい顔になったサァリは、だがふと軽い違和感を覚える。その正体を確かめようと意識を集中しかけた彼女は、ヴァスに門の中を示され我に返った。

「ともかく、少し話があるので中で。門前で口にできるような内容でもないですから」

「でもシシュが……あなたの怪我も」

「私は平気です。それより話の結果次第で、今ある問題を一掃できるかもしれませんよ」

「え？」

急に何を言い出すのかとサァリは従兄の顔を見直したが、彼はいつもの自若たる様子のままだ。

彼女は少し迷ったが、ヴァスは無意味な提案をしないし無益なこともまず言い出さない。ウェリローシアを預かる者としての血族の有能さを知るサァリは、困惑しながらも了承した。目を丸くしている下女を下がらせ、花の間へ彼を案内する。

途中もう一枚千代紙を手に取り、それを折りながらサァリは声を潜めた。

「何が起きているのか説明して頂けますか」

その質問にヴァスが答えたのは、花の間の扉を閉めてからだ。開けられた窓から飛んでいく鶴を見送って、青年は口を開く。

「ディスティーラと事を構えました。怪我はそのせいですね。ぎりぎりで逃げられましたが、大分弱体化させましたから、今後あなたを脅かすこともないでしょう」

「……え？」

二柱のうちのどちらかが関係しているのかもしれないとは思ったが、結論までが性急ですぐにはのみこめない。サァリは窓を閉める手を止め、彼を振り返った。

「どうしてそんなことに」

「化生斬りの彼が言い出したことですよ。呼び起こした本人ですし、責任を取っての判断でしょう」

「責任なんて、そんな」

彼がそんなものを感じる必要はないのだ。今この大陸に神々がいるのは古き時代の出来事が原因であり、その伝統を継いできたサァリたちの存在がゆえのものだ。むしろサァリは、そんなことに彼を巻きこまないようにと強いて遠ざけた。

なのにどうして自分の知らぬところで衝突が起きてしまっているのか。呆然とする彼女に、ヴァスは肩を竦めて見せる。

「あなたの気持ちも分かりますがね、止めようとして全てが止められるわけではないでしょう。人とはそういうものですし、人を超えた存在がこの大陸にある以上、いつでも起こり得る問題ですよ」

「いつでも、って……」

「まさか考えなかったわけではないでしょう？　あなたが産む子や、その子が産む子……或いはあなた自身が、いつ次のディスティーラになるやもしれない。神とは人のために在るものではないですからね。些細なきっかけで人を脅かすこともある。当然のことですよ」

「それは」

——紛れもない事実だ、とサァリは思う。

神と人とは違う。殺したくないと願うサァリでさえ、シシュの死の原因になるところだったのだ。ましてや次代以降がどうなるかなど、何も保証できない。

無言を保つ彼女に、ヴァスは苦笑する。

「分かりますよね。問題は根本にあるのだと」

「……そうですね」

無益なことを、彼はやはり言わないのだ。

サァリは素直に首肯する。首筋にちりちりと違和感がよぎった。彼女は鶴の飛んでいった窓の向こうを見やる。

※

消えたディスティーラを探してあちこち回ってみたが、やはり彼女の姿は見当たらない。

シシュは危険を承知で何度かその名前も呼んでみたが、透き通る少女が姿を見せることはなかった。さすがに用心されているのかもしれない。

これは諦めて一度腕の手当てをするべきか、シシュは迷う。サァリが送ってくれたのだろう不器用に折られた鶴は、彼に追いついて腕の痛みを軽減してくれていたが、まだ刀を振るえるほどではない。これ以上無駄に体力を消耗するのも危険だ。少なくとも、ヴァスとは合流した方がいいだろう。

ついでにトーマの様子も見てこようかと大通りに戻りかけた青年は、だがそこに至る小道で旧知の女に出くわした。茶屋の着物姿で買い出しに出ていたらしいミフィルは、ところどころに血が滲んでいる彼を見て挨拶より先に口元を押さえる。

「キリス様、またお怪我を……？」

「いや平気だ。それより人を見なかったか？　この間月白で会ったウェリローシアの彼だが」

「きょ、今日はまだお目にかかっておりませんが……」

「そうか」

ヴァスと会えたなら色々相談もできるだろうが、アイリーデは小さい街ではない。先にトーマのところへ行こうと決めたシシュは、けれど続く言葉を聞いて歩を緩めた。ミフィルは顔に手を当てたまま、心配そうに呟く。

「ああそういえば、あの方もお怪我をなさっているでしょう？　ご無理をなさらないとよいのですが」

「そうだな……いや」

違和感は小さな棘のように微かなものだ。振り返ったシシュはミフィルに確認する。

「彼が負傷している？」

今日は会っていないという彼女は、ヴァスの何を知っているというのか。大した話ではないと思いつつも確かめようとするシシュに、ミフィルはあっさりと頷いた。

「ええ。大叔母からの手紙を見せて頂いた時に、あの方のお荷物が崩れたので拝見してしまったのですが。刀傷のある服をお持ちでした。血の匂いもしていましたし……」

「怪我をしていたのか」

ヴァス自身まるでそんな素振りを見せなかったが、彼も彼で何かがあったのかもしれない。

そうのみこみながら、けれどシシュの中の違和感は大きくなる一方だ。考えがまとまるより先に、口が独りでに問う。

「――どんな服だった？」

こんなことを聞いて何の意味があるのか。

だが、ディスティーラの紡ぐ悪夢の中で、シシュは聞いた気がするのだ。「他の人間は落ちた」と。

けれど目覚めた時、ヴァスは無事でいた。これは何を意味するのか。

ミフィルは不思議そうに目を瞬かせて返す。予想したくなかった答えが、シシュの耳を打った。

「確か黒い外套でしたわ。すっぽりと被るような作りの……それが如何致しました?」

嘆息は、言葉にならなかった。

※

差し伸べられた手を、サァリは見つめる。

――溜息をつきたい気がする。

だがそんな感情はあやふやで、真かどうかも分からない。彼女は血族である青年を見上げる。

「ヴァス」

「分かっているのでしょう、エヴェリ」

少しだけ皮肉げな微笑。その双眸は今や日の光と同じ金色だ。人ならざる領域に在る彼は、穏やかに、当然のように促す。

「さぁ、もう帰りますよ。――私たちの在るべき場所に」

それがどこかなどとは、もはや聞く必要もなかった。

※

刀傷のある服と聞いて引っかかりを覚えたのは、それがシシュ自身の記憶を刺激したからだ。

ある晩襲ってきた黒衣の男、ネレイの次の傀儡である誰かは、シシュと斬り合って以来姿を見せなかった。そのことがどこかで気になっていたのだ。

「キリス様、いかがなさいました？」

完全に足を止めてしまった彼を、ミフィルが覗きこむ。その声で我に返ったシシュは、事態のまずさに青ざめると顔を上げた。一瞬迷ったが彼女に言付けを頼む。

「アイドに……隻眼で着物の化生斬りを見かけたら、ヴァスに注意するよう伝えてくれ」

「え？　ええ……分かりました」

「俺は月白に戻る」

肩にとまる二羽の鶴が落ちないように押さえて、シシュは踵を返した。返事を待たず走り出す。

頭の中を多くの疑問が駆け巡ったが、それらの大半は空回りするだけでシシュ自身にも認識できない。ただ「いつからそうであったのか」という強い焦りだけが何度も意識の中央に去来した。シシュは来た道を戻りながら、ここ数ヵ月の記憶を辿る。

――いつから変わってしまったのか。

少なくとも顔を隠して襲ってきた時は既に、ヴァスは神の影響下にあったのだろう。

ならばと遡って考えたシシュは、けれどすぐ答えに突き当たった。

「……あの時か」

以前二人で金色の狼に相対した時、ヴァスはシシュを庇って狼に食らいつかれたのだ。

体に外傷はなかったが、あの後長い間彼は伏せっていた。その間少しずつ存在が侵食されていったのかもしれない。サァリも気づいていないようだったところを見ると、相当慎重に、そして周到に動いていたのだろう。

シシュは気づかなかった自分を心中で罵り――それ以上に、ヴァスが取りこまれてしまったかもしれない現実に歯噛(はが)みした。彼はいわばシシュの身代わりになったようなものだ。あの時嚙(か)まれたのが自分であったら、今の立場も逆転していただろう。

「まずサァリーディに相談して……」

彼を元に戻せるか、対策を練らねばならない。

シシュはけれど、その先までも考えて渋面になる。

ネレイの時は戻せなかったから殺した。だがヴァスが同様の状態であった時どうすればいいのか。

答えを出すことを否定するようにシシュは走る速度を上げる。

夕暮れに近づきつつある空は雲一つなく、明るさを失い澄んで深い青へと変わりつつあった。

※

――従兄の変質に気づけなかったのは、自分の願望が影響していたからだろうか。

金色の双眸を見ながら、サァリはふとそんなことを考える。

本当なら真っ先に疑っていてもよい可能性だったのだ。だが彼女はそれを考えなかった。無意識のうちに避けていたのかもしれない。サァリは冷たい息を細く長く吐き出す。

「さすがに驚きますし……落ちこみますね。むざむざ血族をあなたの手に渡してしまうとは」

「おや、私がまるで別の人間になってしまったかのように言うのですね」

「違うのですか?」

彼を見る目に、期待がなかったわけではない。

だがサァリはすぐにその期待を放棄した。小さく首を横に振る女にヴァスは苦笑する。

「ともかく、話の要旨は理解したのでしょう? 以前はとんだ決裂に終わりましたからね。今回はあなたの意にできるだけ添えるように調整しましたよ」

「ディスティーラのことですか」

「それ以外のことも。欲しい情報に困ったことはないでしょう」

「ええ」

テセド・ザラスについても、彼は充分過ぎるくらいの情報を回してくれていた。サァリの考えることを先回りしているかのように細やかに手を回してくれたのだ。それがけれど、どういう力と意図によって為(な)されたものなのか彼女は知らないままだった。

——今となっては、ただ愚かなだけだ。

取り戻せなくなってから気づく。いつもいつもそうだ。サァリはうっすらと微笑む。

「他の人間に操作を?」

「していません。不要のものでしょうし、あなたを怒らせたいわけではないですから」

「怒るなんて」

そんな感情は、とうに摩耗してしまった。

以前の自分がこんな時、どのような反応を示していたかもう分からないのだ。

サァリは曖昧に笑って、だがその表情をもすぐに消す。虚飾が必要な相手ではない。一人の時と同じく無為でいられるのは、存外楽だった。

彼女は結い上げてある銀髪に手をやると正絹の簪（しょうけん、かんざし）を引き抜く。人の振りをするための装いを剝（は）がして、息が軽くなるのを感じた。彼女は頬にかかる髪をかき上げる。

「それで？　私の意を汲むというのなら、私がここから離れられない理由も知っているでしょう」

「地に眠る蛇ですか。もちろん考えていますよ。そのためにディスティーラの力を削りましたから」

青年は血濡れた左肩を一瞥する。深手を負ったように見えるが、今の彼なら傷を治すことも容易いはずだ。服の下は既に元通りになっているのかもしれない。

ヴァスはまだ、いつもの彼自身であるかのように淡々と説明した。

「彼女を削った力が地に染みこみましたからね。しばらくは蛇を押さえられるでしょうし、彼女もあれだけ弱ればやがて溶け消えます。そうなれば存在の残滓が蛇と相殺し合って数百年は持つでしょう」

「数百年？　その後はどうなるのです」

「徐々に戻るかもしれませんし、或いは蛇がいなくなったままになるかもしれません。ただ人間がいる限り、いつでも蛇のようなものが生まれる可能性はあるのですよ」

「人間がいる限り……？」

それはどういう意味なのか、眉を寄せるサァリに青年は辛辣な微笑を見せた。その指が床を、更にその下を指さす。

「いいですか、化生というものはそもそも人がいるからこそ生じているのです。人が己の器に収まりきらないほど抱いた欲望や感情が、宙を漂い、やがて集まって化生となる。――蛇とは、この地に棲まう神が年月をかけ無数の化生に蝕まれた結果です。エヴェリ、人の欲望は神を食らうのですよ」

かつてこの大陸が一つの古き国によって支配されていた頃、北の岩山には一匹の大蛇が棲んでいた。深い眠りについていた蛇はある日、目を覚ますと天に輝く太陽をのみこもうとしたのだ。

伝承にある蛇の鱗は蒼色、だがサァリの前に現れたのは影を濃くした黒い蛇だ。その違いを彼女は、一度祖である神によって殺されたためだと思っていた。

サァリは初めて聞く話に軽い驚きを覚えて、青年を見返す。

「化生が人の欲望で、蛇はそれに蝕まれたと？　本当の話なのですか」

「ええ。あなたたちは、存在は受け継がれても知識が受け継がれるわけではありませんからね。しかし今のあなたなら意識を研ぎ澄ませれば分かるはずですよ。蛇とは、この地の神を人の情念が食らった結果だと。そして人はそれに留まらず、蛇を動かし『私』を食らおうとした。もっとも……実際に食らわれたのはあなたの方ですが」

太陽を食らおうとした蛇は、召喚された月の神によって殺された。

そしてそれからというものの、彼女たちは永く人と交ざり生き続けている。それを「食らわれた」と言うのは、外に居続けた彼からすれば無理のないことなのかもしれない。

サァリは物憂げに口の両端を上げた。

「私が人の欲望に食らわれているから、連れ戻そうと？」

「これ以上、人間に付き合う必要もないでしょう。神が容易く人を害するように、人は底無しの欲望をもって神を食らおうとする。不毛な共存をこれ以上続けることに意味はないと、私は思いますが。むしろあなたを必要としているのはこちらの方です。いつまでもあなたという存在が欠落していては、落ち着かないことこの上ないですから」

もう分かっているのだろう、と金の目が問う。

サァリは何も言わない。青い目を閉ざして、彼女は沈黙を保った。

人を殺す神と神を食らう人。

向かい合い、互いをのみこもうとするそれらは、貪欲な蛇そのものだ。

まるで不毛に絡み合いながら、いつまでも終わることなく続いている。

——神が産む娘もまた、血によって薄められぬ神であるからだ。


花の間に流れる空気は、人の世とは相容れぬ温度のないものだ。

神の室と変わらぬ静謐(せいひつ)に、青年の声が二重に響いて聞こえる。

「何か言いたいことがあるなら聞きますよ、エヴェリ」

そのような口ぶりは以前の彼と同じだ。サァリは虚ろに変じかけていた意識を引き戻す。少し顔を傾けて青年を注視した。

「シシュを襲ったのはどうしてです？」

「ちょっとした好奇心です。彼の腕がどれほどのものか試したくなりまして」

ばつが悪そうに肩を竦める青年の目には、けれど悪いと思っている様子は見られない。本当にただの好奇心なのだ。サァリはその答えに憤りを覚え……だが感情そのものが、辿り着くまでに冷えきってしまうほど遠かった。

——おそらくここで声をあららげて怒れない自分はもう、駄目なのだ。

彼女は冷たい指をそっと握りこむ。自分に失望している自分を、まるで他人事のように眺めた。

「ヴァスは……あなたの意識に残っているのですか。あなたは変わってしまっただけで、ヴァスのままなのですか」

それとも、人ならざるものが彼に似せてその振りをしているだけなのか。

サァリが問うと、青年は楽しそうに笑う。

「どうでしょう。どちらだと思いますか？　私があなたの従兄なら素直に帰る気になりますか？」

「………………」

「それとも逆でしょうか。あなたは『私』を嫌っていたようですから」

棘のある言葉を語る青年の顔は、けれどその内容とは裏腹に曇りのない笑顔だ。

サァリは自身も微笑する。

「ヴァスはこういう時、よく左目だけを細めて私を見るのですよ」

それは、すっかり見慣れてしまった彼の癖だ。険のある表情を懐かしく思い出してサァリは目を閉じる。おどけたような相手の声が聞こえた。

「ああ、そうだったのですか。失礼しました。記憶は全て引き継いだはずなのですが、不可分な程に取りこんでもまだ違うとは、人間は難しいですね」

「ええ……」

人間は、難しいのだ。人の中で生まれ育った彼女でさえ、上手くできなかったのだから。

サァリは熱くなる瞼を押さえる。それは冷えた体の中で唯一熱を持つ部分だ。そして最後の感情が詰まったそれを零してしまったのなら、自分にはもう一滴の熱もなくなる。

だから彼女は涙を飲みこんで顔を上げた。青い燐光を帯びた瞳で失われてしまった血族を見つめる。

――取りこまれた彼は眠っているのだろうか。それとも溶けて消えてしまったか。

どの道、詫びることはもうできない。できるのは共にいることくらいだ。人ではない兄妹として。

「帰ります。あなたと一緒に」

差し伸べた手を、彼は恭しく取る。

触れた指先は彼女と同じ、どこまでも温度のないものだった。

※

月白の門前に辿り着いたシシュが真っ先に感じたものは、肌身に刺さる静かな威圧感だ。人ならざる存在を前にして受ける圧力、今まで幾度も経験してきたそれに、彼は軽く息を止める。サァリ一人がこの気を発している可能性もあったが、シシュはそこまで楽観的ではない。彼は二羽の鶴を落ちないよう懐にしまうと、左手に軍刀を抜いた。門をくぐり誰の姿もない石畳を進んでいく。見たところ下女の姿はない。火入れの時間も迫っているが、誰かが玄関に現れる様子もない。

三和土に足を踏み入れたシシュは靴を脱ごうか迷ったが、花の間から漏れ出す空気にそのまま上がることを決めた。万が一何もなかったら後で床を拭こうと、足音を殺す。

進むごとに変わっていくものは、周囲の温度だ。氷山から吹きつけるような冷気が足を撫でていく。

——少しずつ、神の領域に踏みこんでいる。

そんな幻想が頭の中をよぎったが、あながち間違いでもないだろう。シシュは自分の吐く息さえもが場を汚している気がして口を閉ざした。

だが、進まぬわけにはいかない。一歩を踏み出すだけのことに全身の力を使いつつ、彼はついに突き当たりの扉の前へと立つ。霜がびっしりと張っている扉を見て、シシュは最悪の事態を想像しかけた。

「いや……違うか」

冷気が強いということは、サァリが生きているということだ。それならば少しも最悪の事態ではない。第一ヴァスが本当に乗っ取られているのだとしても、その目的は彼女を連れ帰ることなのだ。彼女を傷つけることが目的ではない。

シシュはそう自身に言い聞かせて扉に手をかけた。軋む音を立てて花の間が開かれる。

「っ、」

途端、溢れてくる冷気に、彼は刀を握る左手で顔を庇った。

そしてその手を下ろした時、シシュは絶句する。

――石室にいるのかと思った。

思わずそう錯覚してしまう程、花の間は元の姿を留めていなかった。

天井も床も全てが凍りついていて沈黙した部屋は、既に人のいるべきではない場と化している。立っているだけで肌を切られそうな空気は、だがそれでも澄みきって静かであり、シシュは自分が礼儀を弁えない異物であることを悟った。

広間の中央に立つ青年が、彼に気づいて苦笑する。

「まったくあなたは間が悪いですね。それとも間がいいと言うべきでしょうか。別れの挨拶には間に合ったのですから」

ヴァスはそう言って、向かい合う女を目で示す。シシュに背を向け立っている彼女は長い銀髪を下ろしており、その髪自体が月光に似た光をうっすらと放っていた。

シシュは目に見えるものを全てのみこむと、覚悟を決める。

迷っている時間はない。彼は軍刀を鞘に戻すと、自由になる左手を彼女へと差し伸べた。躊躇わず足を踏み出す。

「サァリーディ、迎えに来た」

遠い、と感じる。

だがそれは当たり前のことだ。彼女と自分とは違う存在だ。

そのことを知っている。知って受け入れている。

だからこそ迎え入れるのだ。初めの神を識った人間がそうしたように。

ただ今のシシュは、それでも嫌な予感がしてならなかった。


少女は首だけで振り返る。青い瞳は月光と同じく淡い燐光を帯びていて、彼は内心息を詰めた。

サァリは笑いもせず返す。

「そう？　――でもいいの」

赤い唇に霜がかかる。

彼女の吐く息は全てを拒絶し、眠らせていくようだ。

そこに感情はない。シシュは月そのものであるかのような美しい女に、それ以上の言葉を失った。

薄く光る彼女の双眸を見ただけで分かったのだ。彼女がヴァスの変貌を知っていることと、理解した上で己の道を決めたことを。

彼女の前に立つ青年が、自身の背後へと左手を向けた。冷えきった空間がゆらりと歪む。そこに暗い大きな穴が開くのを、シシュは信じられない思いで見つめた。

神となった青年は、サァリの手を引く。

「では帰りましょうか。忘れ物は……と聞きたいところですが、意味はないですね。肉体さえもなくなりますから」

「待て、サァリーディ！」

呼び止め、駆け出しかけた彼を留めたのは、振り返ったサァリの目だ。

透き通る一瞥で彼を止めた彼女は、溜息が出るほど繊細な造作に、一滴の感情も加えることなく口を開いた。

「無理だよ。私もう、戻り方が分からない」

「戻らなくていい。そのままでいればいい」

それでも構わないのだ。

彼女が選んだ。そして彼女であることには変わりがない。

だから無理をする必要はないのだ。そう言う彼に、虚ろな双眸が向けられた。

言葉なき時間を含んで、彼女は真っ直ぐにシシュへと返す。

「でもね、シシュ。――シシュなら分かってくれるよね?」

何のことを指しているのか、言われずとも分かった。

彼は喉奥の苦さを嚥下する。言葉になるかもしれなかったそれは臓腑に落ちて溶け、代わりに肯定だけが言の葉になった。

「……分かる」


いつからだったか。

おそらくは彼女が体温を失った頃だ。

彼女はどこか遠くを見ていて、不安そうで、それでいて全てを受け入れているように見えた。

生き辛いと、美しい姿が引く影が嗤っていたのだ。穏やかに館主として微笑みながら、人として振る舞うことに倦んでいるようだった。

矜持をもって背を伸ばしながら、だが今の彼女はあまりにも人から遠い。

人でいることに疲れているのだ。

そのことが、アイリーデの人間ではない彼にだけは分かった。


——余計な期待を彼女に負わせない。

他の誰が彼女に責任と毅然を求めようとも、己だけは彼女の自由を守る。そうしたいと思ったのだ。

だからシシュは頷いた。サァリはそれを聞いて、ほんの少しだけ嬉しそうに唇の両端を上げる。

「ありがとう、シシュ。ごめんね」

彼女は最後の息を吐いて背を向けた。ヴァスに手を取られ穴へと踏み出す。

その姿に焦燥を覚えるシシュの肩に——だが後ろから唐突に手が置かれた。

「状況を説明しろ」

言いながら隣に並んだのは、着物のあちこちを血で染めたアイドだ。

ミフィルに言付けた警告を聞いたのかどうか、シシュは分からないながらも質問に返す。

「ヴァスは……金の狼にのまれたのだと、思う。サァリーディは完全な神になった。だから彼女は、人の世を去ることを選んだ」

推測が多分に含まれているだろうが、そうとしか言いようがない。ディスティーラのことも蛇のことも、サァリはきっと考えた上でこの結論に至ったのだ。そして変わってしまった従兄のことも。

考えて受け止めて、彼女は決めたのだろう。そのことがシシュの足を止めさせた。

耐えがたい倦厭をのみこんでも自分の傍に残ってくれとは……とても言えなかった。

どうして引きとめようとしないのか、きっと呆れられるだろう——そう思っていたシシュは、だがアイドが「分かった」とだけ答えたことに驚いた。

怪我のせいか軽く足を引きずって、男はサァリの背へ歩み寄る。

それに気づいた彼女が振り返ると同時に、ヴァスが剣を抜いた。左右に帯びていた鞘のうち、ずっと抜かれないままであった一振り、いつもの突剣ではない直刃の剣がアイドに向けられる。研がれた刃に、いつかシシュが見たものと同じ金色の光が走った。

「あまり近づくと危ないですよ。巻きこまれますから」

接近を警告する刃は、アイドの鎖骨の下、既に負っている深手と同じ場所に向けられた。

アイドはだが、そんなものなど存在していないかのようにサァリを睨む。

彼女の硝子に似た目が彼を見上げた。

時が停滞して思える一秒。男の声が氷室に響く。

「本性に捕らわれるのはやめろ、サァリ」


青い硝子の鳥。

兄がくれたのだと、彼女は言っていた。だがそれは違うのだとシシュは知っている。

素直になれず諦めてしまった彼女に、何も言わず硝子の鳥を贈ったのは、彼女を見ていた幼馴染みだったのだ。

アイリーデという神の街で、隣り合いながら違う道を生きた彼らは、自分たちが思うよりずっと相手のことをよく見ている。だからアイドは聞かずとも分かるのだ。彼女が何を欲しがっているのか、助けを求められずに沈黙している時も。

サァリは少しだけ困ったように首を傾げた。

「アイド、これが私だよ」

「ならそれがお前の望んだことか？　違うだろう。この街に……自分に縛られて生きるのはやめろ。お前の生きたいように生きろ」

男はそう言って一歩踏み出す。向けられた切っ先が心臓のすぐ上、血濡れた着物に食いこんだ。ヴァスは眉一つ動かさず、剣を引く気配もない。サァリが空洞の目を男に向けた。

「危ないよ、アイド」

「そう思うならさっさと戻れ。これ以上手を焼かせるな」

「戻れない。どうすればいいか分からないし」

淡々と返す彼女はだが、わずかに困惑しているようにも見える。

人としての振る舞い方を失ってしまった彼女は、異種そのものの目でアイドを見上げた。断絶を思わせる冷気。彼は月光のごとく光る双眸と、その背後にあけられた穴を視界に入れる。溜息はない。

忌々しげな悪態も、そこにはなかった。彼の視線はただ一人の女にだけ向けられている。

アイドは白銀を纏う神へと告げた。

「サァリ……オレがお前の尻拭いをするのは、これが最後だ」

そして彼は、一片の迷いもなく歩を踏み出すと、腕を伸ばし細い体を抱きしめた。


その光景に驚いていなかったのはアイドただ一人だったろう。

シシュは一瞬の予感に止めかけた手を上げたままで、ヴァスもまた愕然とした表情で固まっていた。男の腕の中にいるサァリは大きな目を見開いている。彼女の白い着物に、直刃の剣から滴る血がぽたぽたと垂れた。

胸から背までを貫通した剣に、けれど男は微塵も表情を変えない。静かな声をサァリに降らせる。

「お前の周りにいる男は、気の利かない人間ばかりだ」

深い息。

薄い背を支える手に霜が走る。サァリは唇をわななかせる。

「だからちゃんと言え……欲しがってやれ。のみこんで泣くような、みじめな真似をお前にさせるな」

男は、顔を寄せると艶やかな銀髪に口付けた。そうして腕を解く。

わずかに離れた体の間で、金の刃がとめどなく溢れる血に濡れているのがシシュの目にも見えた。みるみる広がる赤に吸い寄せられていた彼女の視線を、アイドは震える手で上向かせる。子供の顔の泥を拭うように、硬い指がサァリの頰を撫でた。強い郷愁が彼女を見つめる目に溢れる。

「……サァリ」

失われたものを呼ぶ声。

捧げられた熱が、染みこんで彼女を濡らした。

それ以上はない。

掠れた吐息を残して、アイドの体は崩れ落ちる。

薄氷の上に広がっていく血溜まりを、そして永遠に閉ざされた男の目をサァリは見下ろした。限界まで見開かれた青い眼に、感情のさざなみが走る。

彼女は震える両手を己の髪の中に差しこんだ。

「あ……」

小さく喘いで、サァリは立ち尽くす。

次の瞬間――神の室には、壊れた絶叫が響き渡った。

※

「誰も遊んでくれないのか？」

ぶっきらぼうな声が頭上から降ってくる。

覚えのあるその声に、月白の門前で石遊びをしていたサァリは顔を上げた。

傷だらけの手足に寸足らずの着物、アイリーデでは手に負えない悪餓鬼で知られる少年に、彼女は目を輝かせる。「一緒に遊んで」とねだりかけて、だがあわてて首を横に振った。

「違うの。遊びたいわけじゃないの」

「なら何をやってるんだ」

「石、かたづけてただけ。お客さまがつまずくと困るから」

――自分は、この妓館の主になる人間なのだ。

まだ十にならぬ年とは言え、きちんとしていなくてはならない。そうである限りにおいて、彼女は我儘を許されている。サァリは周囲の大人の様子から早々にそのことを理解していた。

だから普通の子供のように「遊んで欲しい」などと駄々をこねてはいけない。

子供なりに、つんと澄ました娼妓の真似をするサァリに、アイドは呆れ顔になる。

「馬鹿か。そんなもの下女がやるだろ」

「わたしだってやるもの」

「じゃあ休憩しろ。これから釣りに行くからな」

「釣り⁉」

やったことのない遊びの名を出され、サァリは飛び上がる。

だがすぐに彼女は館を振り返り、逡巡した。祖母がなんと言うか考えたのだ。

しかしそれには構わず、アイドは小さな少女の手を摑む。

「ほら、行くぞ。釣った魚を運ぶやつが要るんだ。手伝え」

「おてつだい？」

「火入れまでには終わる。お前がぐずぐずしなければな」

少年は小さな手を引いてさっさと歩き出す。サァリはあわててその隣を駆け出した。月白の門がみるみるうちに遠ざかる。

繋いだ手は温かい。それは、彼女にとって長らく当たり前のものだった。

※

サァリの絶叫は、半ば以上が声にならない力の波となって響き渡った。床を覆う氷が、そして厚く壁に伝った霜が、次々に音を立て砕け散る。

それは彼女の背後に開いていた穴をも掻き消し、愕然と固まっていたヴァスはようやく表情を変えた。狂乱しているサァリへと手を伸ばす。

しかしその手を、シシュの投擲した短剣が防いだ。

間をおかず駆け出していたシシュは、ぎりぎりで短剣を避けたヴァスを更に軍刀で払おうとする。その刃を金の目で一瞥した青年は後ろに跳び退きかけて——だが次の瞬間、二人とも横合いからの力に吹き飛ばされた。

中庭に面した窓近く、亀裂の入った床に叩きつけられたシシュは、全身の苦痛を無視して起き上がる。広間の中央で、サァリが男の体に取りすがって叫んでいるのが見えた。

「どうして……どうして！　なんで、馬鹿！」

乱暴に肩を摑んで揺さぶられ、だがアイドは目を開けない。サァリの涙が血に濡れた頰の上にぽたぽたと落ちる。

「こんなの！　アイド……！」

彼女は幼い子供のように、しつこくアイドの体を揺すった。言葉にならない嗚咽が洩れる。そこには先ほどまでの冷厳さは微塵も残っていない。覆らない現実を前に必死で抗おうとする彼女の姿はただ憐れで、痛ましいだけだった。

近づくことさえ躊躇われる女の様子にシシュは絶句する。すぐ背後から疲れたような声が聞こえた。

「まったく、参りましたね……。まぁ今は彼に免じて、あなたに預けておくとしますか」

「——っ、待て！」

シシュは振り返ったが、そこには既に誰の姿もない。ただ皮肉げな声だけが返る。

「また、伺いますので」

不吉な挨拶を残し、人ならざる気配は消え去った。

シシュはなおも険しい表情で辺りを窺ったが、それ以上声が聞こえる様子もない。

彼が部屋の中央を見ると、サァリは男の肩に顔を埋めて伏していた。すすり泣く声が彼にまで届く。

「ひどい……いかないで……」

かぼそい、迷子に似た呟き。

無理を知って乞うサァリの顔は、血と涙に汚れきっていた。細い五指が男の肩を摑んで震えている。

それは、我儘というには憐れな嘆願だ。口にした時には遅過ぎるものだ。

叶えることはできない願いに、けれど応えようとしてか、青白い光が男の体の中からゆっくりと浮かび上がる。両手に収まるほどの小さな光の球は、サァリの眼前で留まりその存在を主張した。

蛍火のように灯る光を、彼女は顔を上げ、じっと見つめる。消え入りそうな声で問うた。

「アイド？」

青白い光球は、うっすらと光を強めてまたたく。

サァリは涙に濡れる目を瞠ると、宙に浮かぶ光へと両手を差し伸べた。かぼそい光は吸いこまれるようにその手の中に収まる。

彼女は小さな光球を見つめると、大切そうに胸へ抱きこんだ。そっと目を閉じる。

「ごめんなさい……アイド」

固く食いしばられた口元には、拭えない後悔が詰まっている。

銀の髪はもう光を帯びていない。

白い頰を伝う涙は滴となって落ち、音もなく温かい血の中へと溶け消えていった。

※

鬱蒼とした竹林は日の落ちかけた夕暮れ時、夜に等しい影を細い道に投げかけている。

いつ通っても静寂を湛えているそこを、シシュは見回りがてら一人歩いていく。月白へと続く道を行きながら、見舞いで訪ねた友人の言葉を思い出した。


『俺にはできなかっただろうな』と、トーマは全てを聞いた後に言ったのだ。シシュが彼女の意思を汲んで動けなかったように、トーマは神の決定に逆らえない。だからきっと結果は変わらなかった。

そう遠回しに慰められて――けれどシシュは、容易く自身を許してしまう気にはなれなかった。

ヴァスもアイドも、無事だった時を共有していたにもかかわらず、呆気ないほど簡単に失われてしまったのだ。もっと何かできなかったかと自問せずにはいられない。たとえ自分の気質が違う道を選ばせないだろうと、分かっていても。


――そしてもう一人、後悔の中でもがき続けている女がいる。

竹林が途切れた頃、月白の門が見える前にシシュは小道を曲がった。雑木林にそって月白の裏門へと回る。そこにある小さな鉄門を開けて敷地へと入った彼は、館の中からは見えぬ裏庭にサァリの姿を見つけ、草の生い茂る中を歩み寄った。

長い銀髪を下ろし白の着物姿の彼女は、シシュに気づくと微笑む。

「いらっしゃい、シシュ」

「ああ」

何をしていたのか、とは聞かない。彼女の足下には、数十羽もの折り鶴が落ちていた。いくら折れども飛ばないそれらは、おそらく単なる手慰みで作られたものなのだろう。

サァリの肩には一羽だけ、青い鳥がとまっている。

硝子でできた小さなその鳥を彼女に贈ったのは誰なのか、シシュは結局話してはいない。言わずともサァリは既に分かっている気がしたからだ。

彼女が細い指を差し伸べると、硝子の鳥はその上にとまりなおす。うっすらと青く光る鳥を、サァリは目を細めて見つめた。苦みと情愛の混ざり合う声が囁く。

「――もう、お行き」

鳥は、少しだけ頭を傾けて彼女を見つめた。

培われた時間の重み。サァリは両手で小さな体を包みこむ。

「行って。私は大丈夫だから。……ありがとう」

重ねての言葉に、鳥はわずかに頭を垂れる。その背から浮き出した薄青い光球は、一度サァリの頭上をゆっくりと回ると、夕暮れの空へと舞い昇り始めた。

彼女はその光を見上げて謳う。

「よき母のところへお行き。あなたの生に、尽きることのない恵みと護りを、私は贈ろう」

呪は、力となり遠ざかる光を追う。光の周囲を巡り導く神の言は、そうして光球を庇うように取り巻くと、共に夕闇の中、南の方角へと遠ざかっていった。サァリは光が見えなくなると呟く。

「幸せになって」

そうして彼女はまた、目を閉じて泣いた。

後悔の中でもがいている。

己にできることと、できないことの間で。

だがそれでも、覚悟がないわけではないのだ。シシュはそのことを知っている。

彼女を引き留めるために死を選ぶことはできずとも、彼女を守るためならば命を賭けられる。

ただ、できるならこれ以上彼女を悲しませたくないとも、思った。

「サァリーディ」

涙を拭った彼女が顔を上げるのを待って、シシュは右手を差し出す。

サァリはそれを見て少し微笑むと、白い手を重ねた。二人は夕闇時の庭を歩き出す。

微(かす)かに震えている手は、ほっそりと頼りない。女はもう片方の手に硝子の鳥を握りながら囁いた。

「ね、シシュはちゃんと生きてね」

「巫(ふ)がそれを望むなら」

「いつも望んでる。……望んでたよ、ずっと」

詰(なじ)るように、濡れた声でサァリは笑う。

小さく温かい手。その手を取るシシュは黙って頷(うなず)いて、ただ彼女を引いた。

空に浮かぶ月は、いつのまにか失われた形に欠けていた。

10. 結

全てが終わり、日が経って日常に似たものが戻ってきた時、月白を訪ねたシシュが通された場所は、主の間ではなく花の間だった。

まだ火入れ前の他に誰もいない部屋。丸テーブルを挟んで座る彼らは、じっとお互いの顔を窺う。

それを不快とも不安とも思わないのは、あまりにも違い過ぎる相手と自分との間に、一定の均衡が築かれているからかもしれない。

シシュは美しい女の視線を捉えた。彼女は相好を崩し微笑む。

だがその微笑には、ゆらめく翳(かげ)が見て取れた。シシュは自分から口を開く。

「今回の件、色々と迷惑をかけた」

「全然。ありがとう、シシュ。……ごめんね」

はにかんだ女は、もう初めの時のように少女には見えなかった。たおやかに笑う娼妓(しょうぎ)。そして、冷徹な巫。――最後に淋(さび)しげな神である彼女は、何度も涙に濡れた睫毛(まつげ)を揺らす。

だが、彼女はもう泣こうとはしない。その肩には青い鳥がいないからだ。

シシュは自分の前にだけ置かれたお茶のカップを手に取る。

よい香り、よい茶葉だということは分かったが、今はそれほど飲みたい気分ではない。

ただ彼女が自分のために淹(い)れてくれたのだから、冷める前に飲もうと思った。

シシュは一口飲んで続ける。

「あれから、俺も色々考えた」

「うん」

「アイリーデでのことで、巫自身のことだ。どうなろうとも巫の決定を尊重しようと思っていた」

自分は、この街では異端者だ。己の価値観を押し通すことがよいこととは思えない。そして、彼女に自分の願望を照射することも、できることならしたくなかった。

だからあの時サァリを止めなかった。あれが彼女の選ぶ最善だと分かったからだ。それ以上に、「生き辛くてもここにいてくれ」とは言えなかった。

だが結局、全てを覆して彼女を人の側に引き戻したのは、自分の感情を最後まで譲らなかった男だ。

サァリは、青年の考えを読んだのか苦笑する。

「何がよかったかなんて決められないよ。あのまま私が帰ったなら、少なくともこれ以上の被害は抑えられたと思う。蛇も……数百年は大丈夫だったろうね。そのまま消えちゃったかもしれない」

「向こうの嘘じゃなくてか」

「嘘じゃないと思う。あの時の私にはそれが分かったし。私がいるから、蛇は私を食らおうと残り続けてる」


——人の欲望が、神を食らいたがる。

サァリが語るその話を、シシュは黙って聞いていた。そして納得する。

神の力が容易く人を殺してしまうということ以上に、神を食らいたいと思う欲望を、彼は理解できたのだ。対面に座る女をシシュは注視する。

艶のある銀髪に小さな白い顔。稀代の細工物を思わせる容姿は清艶で、着物の上からも分かる瑞々しい肢体は男の意識を引いてやまない。

或いは彼女たちが「聖娼」と呼ばれるようになったのは、そのような蠱惑が影響しているのかもしれないのだ。夜の褥で人に食らわれる女——神と神供のどちらが「捧げられた」ものなのか、倒錯を抱かせるだけの引力を彼女たちは持ち合わせている。

彼女自身が望むと望まないとにかかわらず、その存在に惹かれる人間はいるのだ。

それを欲望でないと言うことは、シシュにはできなかった。


あの時の最善は何だったのか。言ってもそれは詮無きことだ。シシュはカップの持ち手を握り直す。

「サァリーディ」

「うん」

「俺は、今でも巫の意思を大事にしたいと思ってる。何か別のもののために巫に無理をさせたくない」

たとえばそれが、自分の感情であるなら尚更だ。

「ただ、巫の望みと意思が食い違うなら、俺は巫の望みを無視したくない。……巫がそう口に出せなくともだ」

欲しがっても口に出せない。そうであるなら別に構わないのだ。言え、とは言わない。自分が読み取って考えれば済むだけだ。「彼」のように上手くできずとも、試みることはできる。

けれどサァリは、微笑んでかぶりを振った。

「無理しないで、シシュ」

「……無理はしてない」

「大丈夫だよ、シシュそういうの苦手そうだし。フィーの時だってそうだったでしょ？」

「………」

「大丈夫だから——私が自分で、ちゃんと言うから」

サァリの青い瞳が、真っ直ぐにシシュを射貫く。

澄んで、ひたむきな目。それはしなやかな強さを備える、美しい娼妓のものだ。

彼女と向かい合う青年は、喉の渇きに似た熱を覚える。

「自分で言う？」

「うん。だからシシュも言ってね。あなたが何を望んでるか知りたいから」

「……あまり言いたくない」

「ずるいよ、それ」

ころころと笑って、彼女はテーブルの上に左手を差し出す。その手を取って欲しいのだと理解して、シシュは自分の手を彼女に重ねた。サァリは嬉しそうに彼の指に自分の指を絡める。込められた力と同じだけの熱をもって、彼女は問うた。

「じゃあ、もしまた私があの時みたいになって、やっぱり帰りたいって思ったら……私を止める？」

「止めない」

——あの時の彼女は、確かに帰還を望んでいた。

今の彼女とは違う、まったき神としての彼女の願いだ。だが、シシュにとってはどの彼女も同じ「サァリーディ」だ。そこに区別をつけることはしない。彼女の父と同じ轍は踏まない。

喪失を経験した彼女がもう一度同じ選択をする時が来たなら、そして彼女自身がそれを望むなら、おそらく止めることはしないだろう。それが自身の感情を裏切ることになってもだ。

サァリは答えを聞いて、花のように蕩ける眼差しで笑う。

「あなたの、そういうところが好き」

囁かれる言葉は、彼に熱と眩暈をもたらした。


彼女は音をさせず立ち上がると、シシュの隣に立つ。

嬉しそうな、だがどことなく物憂げな目が、彼に注がれた。繋がれたままの手をシシュは握り返す。

「私、この街が好き。ここで生きていたい」

「ああ」

「あなたのことも好き。でも一緒にいて死なせちゃうなら、どこか遠くにいて欲しいって思う」

「俺は死なない。巫と俺のどちらかしか、生きられないような状況になるまでは」

「その時は自分を優先して」

「……話し合いで決めよう」

「ずるい、シシュ」

神である女は眼を閉ざす。花弁に似た口元だけが微笑んで、それはまた憂いを帯びていた。

シシュは温かな小さい手を握る。

彼女を守って進む先に何があるのか。

ただ喉を焦がすこの感情が何であるのか、今の彼は知っていたのだ。

あとがき

古宮九時です。この度は『月の白さを知りてまどろむ』の第二巻をお手に取ってくださりありがとうございます。架空の世界を舞台にした和洋折衷ファンタジー、異類婚姻譚の第二巻です！

アイリーデに突如赴任させられたシシュも、今巻中で赴任から無事一年が過ぎました。一年が経ったらもう街の気風に慣れそうなものですが、慣れたと思っているのは本人だけで相変わらず浮いています。その代わりサァリの方は一歳大人になりましたので、もたつく関係も少しずつ動いてきた次第です。あと外圧が強い。物理的に。

我を通すキャラクターたちばかりのせいで、物語の様相も一巻の終わりとは大分異なりました。ただそれも主人公たち二人以外は、それぞれの決断の結果なので

このお話は文庫一冊が一章にあたり、それが五章分で一区切りとなります。ＤＲＥノベルスさんでは一冊あたり二章ずつ入れて頂いているので、全三巻計算です。いわばこの巻が序破急の破にあたり神話の街の本領発揮でもあるのですが、前巻同様楽しんで頂けましたら幸いです。

では今回も謝辞を。

一巻と同様のみっちみちの行数と文字数で原稿を送っても受け取ってくださった担当様、本当にありがとうございます。しれっと「これが普通です」みたいな顔しててすみません。「五万字のおまけつけたいんですけど何とかなりませんか」とか聞いてすみません。来世ではもっとコンパクトにいけるよう頑張ります。引き続きよろしくお願いいたします。

前巻に続き、美しい世界観を描いてくださった新井テル子先生、ありがとうございます！　一巻とはまた違った雰囲気の表紙が素敵です！　新井先生のおかげで浮世離れした話に奥行きが生まれ、感謝の気持ちでいっぱいです。

また、この本を読んでくださっている皆様、いつも応援ありがとうございます！　こうして続きがお届けできるのも皆様のおかげです！　ラノオンアワードでの月間入賞など、じりじりと口コミを広げて頂き感謝です！　無事最後まで走りきれるよう頑張ります！

神のために作られた宝石箱のような街で綴られる、今代の神と神供のお話。最後までお付き合いいただけたら幸いです。

ではまたどこかの時代、どこかの場所で。

ありがとうございました！

古宮　九時

章外：祝福

「あなたはねえ、よく泣く子だったのよ」

母にそう言われることは初めてではない。少年は、囲炉裏端で繕い物をしている母を振り返った。

「昔の話はいい加減にしろよ、母さん」

「はいはい」

彼が生まれ育ったのは、この南部の小さな漁師町だ。父は、母が彼を身籠ってすぐ漁に出たまま帰らぬ人になった。そこから十五年、彼ら母子は互いを助け合って生きてきた。

彼は古びた畳の上に広げた道具を手入れしていく。この町に生まれた子供として、彼は漁船に乗って漁の仕事もしているが、むしろ得意なのは山の方だ。この町は連なった山を北側に持っており、鹿や猪をはじめとして様々な動物が生息している。彼は時折そこへ狩りに行って、毛皮や肉を市場に卸すのだ。いい儲けになるし、彼は自分の勘と運に自信があった。

「明日は山に入るの？」

「ああ。狙ってる大物がいるって言っただろ。真っ黒いやつ」

少し前に、山の麓近くで大きな鹿を目撃したのだ。木々の向こうに見えただけだが、普通の鹿の二倍近くあり、体毛が真っ黒だった。初めて見る異様な雰囲気の鹿だったが、もし狩れたならあの毛皮はかなりの儲けになるはずだ。

けれど母は心配そうに眉を寄せた。

「でもそれ化生（けしょう）とかじゃないの……？　危ないでしょう」

「平気だ。化生だったとしてもオレは負けない」

鳥獣の形をし、人の心を傾かせる影。それを見ることのできる人間は限られているが、彼もまたその素質を持っていた。いわゆる「化生斬り（けしょうぎり）」になりうる資質だ。

けれどこんな小さな町では、化生斬りで食っていけるほど化生は出ない。そして彼は、母を置いて別の街に行くつもりもなかった。母は彼を育てるために寝食を惜しまなかった。人のよい女なのだ。彼が泣きだせば何時間でも抱いて町外れの道を歩いて回った。指のあかぎれから血が滲むのにも構わず働いて、それ以外の時間は全て我が子のそばについていた。

常に笑顔で穏やかで、子供と共にいる時間を自分の幸せと思っている。不器用で、自分を省みない。愛情深い人間で……ただ彼を産むまで家族に恵まれなかった。両親からはひどく邪魔者扱いされ、年の離れた夫とはついには気持ちが通じ合わなかった。生まれ持った大きな愛情のやり場がなくて空回りしているような、不遇な人生だった。

——そういう女を「彼」は母に選んだ。放っておけなかったのだ。

彼は短剣を研ぐ目を細める。

「……まあ、あなたは昔っから運がいい子だから、平気だとは思うけど」

母親の言葉に彼はふっと顔を上げる。自分が今何を考えていたのか、もう思い出せない。彼には昔からそういうところがあった。

「神様に大事にされてるんじゃないかって町の人にもよく言われてね。流行り病（はやりやまい）にもかからなかったり、あんたが寝坊した日に限って海が荒れたり」

「そんなの知るか。見たこともない神なんているわけが――」

その時、ふっと知らないはずの少女が脳裏をよぎった。

白い月のような、どこまでも美しく傲岸な少女の貌が。


「っ……」

軽い眩暈を彼は頭を振って落とす。子供の頃から時々ある幻視だ。見たはずもない街の景色や、知らない人物の面影がよぎったりする。けれどそれらは成長するに従って薄れてきたので、最近はすっかり忘れかけていた。

母が繕い終わった外衣を広げる。それはずいぶん着古した母自身のもので、彼は密かに「次の獲物が売れたら新しいものを買おう」と考えていた。母子二人、決して裕福ではないが、食べるものに困るほどではない。彼が成長するにしたがって暮らし向きはよくなってきている。いずれは母のために庭のある小さな家を買おうと彼は考えていた。

「そう言えば、昨日から旅の人が来てるらしいわ。『お礼をするから人外や妖物を知っていたら教えて欲しい』って言ってるんですって。変わった話ね」

「妖物？」

それはどういうことなのか。彼はちらりと黒い鹿のことを考えたが、もしあれが妖物でなかったら、見も知らぬ人間に獲物を横取りされてしまう。自然と押し黙る彼に、母親が窺うような目を向けた。

「その鹿のこと、言ってみない？」

「言わない」

「でも、本当に化け物だったら……」

不安げな母の言葉に重なって扉が外から叩かれる。母はびくりとしたが、彼は平然と立ち上がると扉を開けた。てっきり近所の人間だろうと思ったのだが、そこに立っていたのは見知らぬ若い男だ。旅装に軍刀を佩いた黒髪の青年。端整なその顔立ちを見上げて、彼は思わず口を開く。

「なんでお前がここに——」

咄嗟に口をついて出たのは、自分でも意味が分からない言葉だ。

相手が目を丸くしたのを見て、彼は口を噤む。何を言おうとしたのか自分でも不明だ。ただ何故か一瞬、相手の顔に強い既視感を覚えたのだ。こんなところにいるはずがないと思った。もっと北の、とある街にいるべき人間だと感じたのだ。

彼は自分自身の曖昧な感覚に落ち着かなさを覚えて顔を顰める。

その間にも黒髪の青年はまじまじと彼を見ていたが、ふっと目元を和らげた。

「そうか……。ここにいたのか」

「何の用だ」

黒髪の青年は、彼の突然の言葉もまったく気にしていないようだ。ぶっきらぼうに返す少年に真面目くさって返す。

「実は、事情があって人外や妖物を探して旅をしている。山に何かがいるとの目撃情報を聞いたが、山のことについてはあなたが一番詳しいと聞いて伺った」

それを聞いて彼は思わず舌打ちする。大方他にもあの黒い鹿を見た人間がいたのだ。それを謝礼目当てに旅の人間に話したのだろう。

けどだからと言って、自分がそれに付き合う義理はない。彼はそっけなく手を振った。

「知らない。余所をあたれ」

「そうか。すまない」

　あっさりと引き下がられて彼は顔を顰める。こんな調子で旅をしていては他の街で散々騙されたり嘘をつかれてきたのではないか。色々小言を言いたくなったが、そんな間柄でもない。

　旅の男は、扉を閉める前にまたじっと彼を見た。母が丁寧に針を入れてくれたことが分かる上衣を見て、男はほんのわずか目元を和らげる。

「突然すまなかった。……どうか、幸せになって欲しい」

　そんなことを言って、相手は深々と一礼すると去っていく。彼は呆気に取られて男の背を見つめた。初対面の人間が別れ際に言う言葉ではまったくない。意味不明だ。重いにもほどがある。

　彼は思わず歯軋りすると、旅装の男を追いかけた。何となくの腹立たしさでその背を軽く殴る。

　驚いて振り返る青年に、彼は言った。

「最近、麓近くを普通の二倍くらいある黒い鹿がうろついてる。けど、あれはオレの獲物だ。毛皮を傷めず仕留めればいい稼ぎになる」

「……そうか」

「ただ、もし鹿に見えるだけの化け物だったら売れない。だから教えてやる。それだけだ」

　普通の鹿だったら手を引けと、言外に言っているのを相手は理解したようだ。「分かった。ありがとう」と答えるともう一度礼をする。そうして去っていく男の背を、彼は苦い顔で見送った。

　――まったく記憶にない、初めて会ったはずの相手。

　だがさっきの言葉を聞いた時、何かを言わなければと思ったのだ。

「幸せになって」などと、あの男に言われる筋合いはない。それ以上に言いたいことがあった。けれどそれは思い出せなかった。だから、言うつもりのなかった鹿のことを口にして――

「幸せに……してやってくれ」


自然と言葉が零れ落ちる。

ああ、これが言いたかったのか、と腑に落ちる。

自分ではない自分の残滓をのみこんで立つ彼に、後ろから心配そうな母の声がかかった。

「どうかした？　大丈夫？」

その声に彼はゆっくり振り返る。潮の匂いが濃い風景を眺め、彼を慈しむ母を見つめた。

そうして胸に宿るものは噎せ返るような郷愁ではなく、ただの穏やかな温かさだ。

ずっと欲しくて、知らぬままで、そして今は彼の手にあるもの。

彼は、思い出さなかった記憶をのみこむ。彼の家に帰る。そして不安げに玄関に立つ、自らが選んだ母に笑った。

「なんでもない」

※

翌朝、彼の家の前には血抜きされた巨大な鹿が置かれていた。

その体は確かに見たはずの黒い体毛ではなく艶やかな茶色の毛で――

彼は、名も知らぬ男の律義さを鼻で笑った。

DRE NOVELS

月の白さを知りてまどろむ2

2023年4月10日　初版第一刷発行

著者　古宮九時

発行者　宮崎誠司

発行所　株式会社ドリコム
〒141-6019　東京都品川区大崎2-1-1
TEL　050-3101-9968

発売元　株式会社星雲社（共同出版社・流通責任出版社）
〒112-0005　東京都文京区水道1-3-30
TEL　03-3868-3275

担当編集　小原豪

装丁　AFTERGLOW

印刷所　図書印刷株式会社

ISBN978-4-434-31706-4

ファンレター、作品のご感想をお待ちしております。
右のQRコードから専用フォームにアクセスし、作品と宛先を入力の上、
コメントをお寄せ下さい。
※アクセスの際に発生する通信費等はご負担ください。